Hye Won World Best 2

물레방아 외

나도향 지음

惠園出版社

"점잖으신 어른이 이게 무슨 짓이에요."
하면서도 그의 몸짓에는 모든 것을 허락한다는 뜻이 보였다.
영감은 계집의 몸을 끌어 안더니
방앗간 뒤로 돌아 들어섰다.

〈물레방아〉中에서

물 레 방 아

차···례

일러두기

1. 이 책은 발췌 수록이 아닌 모든 작품의 전문을 수록하였다.
2. 표기는 원작에 충실했으되 오자는 현행 맞춤법에 따랐으며, 당시의 방언이나 속언은 살리되 의미 전달을 위해 가급적 현대 표기법을 따랐다.
3. 띄어쓰기는 개정된 한글 맞춤법에 따랐다.
4. 외래어는 현행 외래어 표기법에 따랐다.
5. 대화체와 인용은 " "부호로, 독백이나 생각은 ' '부호로 표기했다. 책명은《 》로, 잡지나 신문명은「 」부호로 표기하였다.
6. 이해하기 어려운 단어는 번호를 지정해 뜻풀이를 해놓았다.
7. 이 책의 수록 순서는 연대순이다.

별을 안거든 우지나 말걸

1

저는 이 글을 쓰기 전에 우선 누님 누님 누님 하고 눈물이 날만치 감격에 떨리는 목소리로 누님을 불러 보고 싶습니다.

그것도 한낱 꿈일까요? 꿈이나 같으면 오히려 허무로 돌리어 보내일 얼마간의 위로가 있겠지만 그러나 그러나 그것도 꿈이 아닌가 하나이다. 시간을 타고 뒷걸음질친 또렷하고 분명한 현실이었나이다.

그러나 꿈도 슬픈 꿈을 꾸고 나면 못 견딜 울음이 북받쳐 올라오는데, 더구나 그 저의 작은 가슴에 쓰리고 아픈 전상(前像)을 주고 푸른 비애로 물들여 주고, 빼지 못한 애달픈 인상을 박아 준 그 몽롱한 과거를 지금 다시 돌아다볼 때 어찌 눈물이 아니 나고 어째 가슴이 못 견디게 쓰리지 않을 수가 있을까요?

그러나 멀리멀리 간 과거는 어쨌든 가 버리었습니다. 저의 일생을 꽃다운 역사, 행복스러운 역사로 꾸미기를 간절히 바라는 바가 아닌 게 아니지마는 지나갔는지라 어찌할까요. 다시 뒷걸음질을 칠 수도 없고 다만 우연히 났다 우연히 사라지는 우리 인생의 사람들이 말하는 운명이

라 덮어 버리고 다만 때없이 생각되는 기억의 안타까움으로 녹는 듯한
감정이나 맛볼까 할 뿐이외다.

2

그날도 그 전날과 같이 고개를 숙이고 무엇을 생각하였는지 몽롱한
의식 속에 C동 R의 집에를 갔었나이다. R은 여전히 나를 보더니 반가
워 맞으면서 그의 파리한 바른손을 내밀어 악수를 하여 주었나이다.
　저는 그의 집에 들어가 마루 끝에 앉으며,
　"오늘도 또 자네의 집 단골 나그네가 되어 볼까?"
하고 구두끈을 끄르고 방 안으로 들어가 모자를 벗어 아무 데나 휙 내
던지며 방바닥에 가 펄썩 주저앉았다가 그의 외투 주머니에 손을 넣어
담배 한 개를 꺼내어 피워 물었나이다.
　바닷가에서는 거의거의 그쳐가는 가는 눈이 사르락사르락 힘없이 떨
어지고 있었나이다. 그때 R의 얼굴은 어쩌 그 전과 같이 즐겁고 사념
(邪念)없는 빛이 보이지 않고, 제가 주는 농담에 다만 입 가장자리로 힘
없이 도는 쓸쓸한 미소를 줄 뿐이었나이다. 저는 그것을 보고 아주 마음
이 공연히 힘이 없어지며 다만 멍멍히 담배 연기만 뿜고 있었나이다.
　R은 무엇을 생각하였는지 멀거니 앉았다가,
　"DH."
하고 갑자기 부르지요. 그래 나는,
　"왜 그러나?"
하였더니,
　"오늘 KC에 갈까?"

하기에 본래 돌아다니기 좋아하는 저는 아주 시원하게,

　"가지."

하고 대답을 하였더니 R은 아주 만족한 듯이 웃음을 웃으며,

　"그러면 가세."

하고 어디 갈 것인지 편지 한 장을 써가지고 곧 KC를 향하여 떠났나이다.

　KC가 여기서부터 육십 리, R의 말을 들으면 험한 산로(山路)를 넘어가지 않으면 안 된다 하지요. 그리고 벌써 열한시나 되었으니 거기를 가자면 어두워서나 들어갈 곳인데 거기다가 오다가 스러지는[1] 함박눈이 태산같이 쌓였나이다.

　어떻든 우리는 떠났나이다. 어린아이들같이 기꺼운 마음으로 뛰어갈 듯이 떠났나이다.

　우리가 수구문(水口門)에서 전차를 타고 왕십리 정류장에 가서 내릴 때에는 검은 구름이 흩어지기를 시작하고 눈이 부신 햇발이 구름 사이를 통하여 새로 덮인 흰 눈을 반짝반짝 무지갯빛으로 물들였었나이다. 저는 그 눈을 밟을 때마다 처녀의 붉은 입술 사이에서 때없이 지저귀는 어린 꾀꼬리의 그 소리같이 연하고도 애처롭게 얼크러지는[2] 듯한 눈소리를 들으며 무슨 법열[3] 권내(法悅圈內)에 들어나 간 듯이 다만 R의 손만 붙잡고 멀리 보이는 구부러진 넓은 시골길만 내려다보며 천천히 걸어갔을 뿐이외다.

　그러나 R의 기색은 그리 좋지 못하였나이다. 무슨 푸른 비애의 기억이 그를 싸고 돌아가는 것같이 그의 앞을 내다보는 두 눈에는 검은 그

---

1) 스러지다 ― 나타난 형체가 차차 희미해지면서 없어지다.

2) 얼크러지다 ― 일이나 물건이 이리저리 몹시 얽히다.

3) 법열(法悅) ― 설법(說法)을 듣고 진리를 깨달아 마음 속에 일어나는 기쁨.

림자가 덮여 있는 듯하였나이다. 그리고 때때 내가 주는 말에 대답도 하지 않고 보이지 않게 가벼운 한숨을 쉬며 그의 괴로운 듯한 가슴을 내려앉혔나이다.

때때 거리거리 서울로 향하여 떠들어 온 시골 나무 장수의 소몰이 소리가 한적한 시골의 가만한 공기를 울리어 부질없이 뜨겁게 돌아가는 저의 피 속으로 쓸쓸하게 기어들어올 뿐이었나이다. 넓고 넓은 벌판에는 보이는 것이 눈뿐이요, 여기저기 군데군데 서 있는 수척한 나무가 보일 뿐이었나이다. 저는 이것을 볼 때마다 저—— 북쪽 나라를 생각하였으며 정처 없는 방랑의 생활을 생각하였나이다.

그리고 지금 우리 두 사람이 방랑의 길을 떠난다고 가정까지 하여 보았나이다. R은 다만 나의 유쾌하게 뛰어가는 것을 보고 쓸쓸한 웃음을 웃을 뿐이었나이다.

우리가 SC강을 건널 때에는 참으로 유쾌하였지요. 회오리바람만 이 귀퉁이에서 저 귀퉁이로, 저 귀퉁이에서 이 귀퉁이로 휙휙 불어 갈 때에 발이 빠지는 눈 위로 더벅더벅 걸어갈 제 은싸라기 같은 눈가루가 이리로 사르락 저리로 사르락 바람에 불려 가는 것은 참으로 끼어안을 듯이 깜찍하게 귀여웠나이다. 우리는 그 눈 덮인 모래톱으로 두 손을 마주 잡고 하나, 둘을 부르며 달음질을 하였나이다. 그리고 또다시 SP강에 다다랐을 때에는 보기에도 무서워 보이는 푸른 물결이 음녀(淫女)⁴⁾의 남치맛자락이 바람에 불리어 그의 구김살이 울멍줄멍하는 것같이 움실움실 출렁출렁하고 있었습니다. 우리는 나룻배를 타고 그 강을 건너 주막거리⁵⁾에서 점심을 먹을 때에 R이 나에게 말하기를,

---

4) 음녀(淫女) — 음탕한 계집.
5) 주막(酒幕)거리 — 주막이 있는 길.

"술 한잔 먹으려나?"

하기에 나는 하도 이상하여,

"술!"

하고 아무 소리도 못 하였습니다. 여태까지 술을 먹을 줄 모르는 R이 자진하여 술을 먹자는 것은 한 가지 이상한 일이었나이다.

KC를 무엇하러 가는지도 모르고 가는 저는 또한 R이 술 먹자는 것을 또다시 그 이유까지 물어 볼 필요가 없었나이다.

그는 처음으로 술을 먹었나이다.

우리는 또다시 걸어 나갔나이다. 마액(魔液)은 그 쓸쓸스러운 R을 무한히 흥분시켰나이다. 그는 팔을 내저으며 목소리를 크게 하여 말하기를 시작하였나이다. 그는 나의 손을 힘있게 쥐며,

"DH."

하고 부르더니 무슨 감격한 듯한 어조로,

"날더러 형님이라고 하게."

하고 조금 있다가 다시,

"나는 DH를 얼마간 이해하고 또한 어디까지 인정하는데."

하였나이다.

아, 얼마나 고마운 소리일까요? 저는 손아랫동생은 있어도 손위의 형님을 가질 운명에서 나지를 못하였나이다. 손목 잡고 뒷동산 수풀 사이나, 등에 업고 앞세워 물가로 데리고 다녀 줄 사람이 없었나이다. 무릎에 얼굴을 비벼 가며 어리광 부려 말할 사람이 없었나이다. 다만 어린 마음 외로운 감정을 그렁저렁한 눈물 가운데 맛볼 뿐이었나이다.

그리고 할아버지나 할머니의 머리를 쓰다듬어 주시는 부드러운 사랑을 맛보지 못하였나이다. 그리고 아버지, 어머니는 본래 젊으시니까 —— 그리고 어려서부터 오늘까지 지낸 과거를 생각하여 보면 웬일인지

한 귀퉁이 가슴 속에 메인 듯해요.

그런데 '형님'이라고 부르고 '아우'라고 부르라는 소리를 듣는 저는 그 얼마나 기꺼웠을까요? 그 얼마나 반가웠을까. 그리고 나를 이해하고 나를 얼마간일지라도 인정하여 준다는 말을 들은 나는 그 얼마나 감사하였을까요. 그러나 그 감사하고 반갑고 기꺼운 말소리에 나는 얼핏 '네' 하지를 아니하였나이다. 그 '네' 하지 않은 것이 잘못일는지 잘못 아닐는지 알 수 없으나 어찌하였든 저는 '네' 소리를 하지 못하였습니다. 그러면 그것이 나를 이해하고 나를 인정하여 주는 그 R의 마음을 더 슬프게 하였을는지 더 무슨 만족을 주었을는지 알 수 없으나 나는 거기에 이렇게 대답을 하였나이다.

"좋은 말이오. 우리 두 사람이 어떠한 공통 선상에 스스로 인정하고 서로 이해함을 서로 받고 주면 그만큼 더 행복스러운 일이 없지. 그러하나 형이라 부르거나 아우라 부르지 않고라도 될 수 있는 일이 아닐까? 도리어 형이나 아우라는 형식을 만들 것이 없지 아니하냐?"
고 말을 하였더니 그는 무엇을 깨달은 듯이,

"딴은 그것도 그렇지."
하고 나의 손을 더 힘있게 쥐었나이다.

3

금빛 나는 종소리가 파랗게 갠 공중을 울리고 어디로 사라져 버리는지? 그렇지 않으면 온 우주에 가득 찬 에테르를 울리며 멀리멀리 자꾸 자꾸 끝없이 가는지, 어떻든 그 예배당 종소리가 우두커니 장안을 내려다보는 인왕산 아래 붉은 벽돌집에서 날 때 저와 R은 C예배당으로 들어갔나이다.

그때에 누님도 거기에 앉아 계시었지요. 그리고 그 MP양도…….

처음 보지 않는 MP양이지마는 보면 볼수록 그에게서 볼 수 있는 것이 자꾸자꾸 변하여 갔나이다. 지난번과 이번이 또 다르지요. 지난번 볼 때에는 적지 않은 불안을 가지고 그 여성을 보았습니다. 그리고 얼마간의 낙망을 가지고 보았을는지도 모르지요. 그러나 이번에 그를 볼 때에는 웬일인지 그에게서 보이지 않게 새어 나오는 무슨 매력이 나의 온 감정을 몽롱한 안개 속으로 헤매이는 듯이 누런 감정을 나에게 주더니 오늘에는 불그레하게 황금색이 나는 빛을 나에게 던져 주더이다. 그리고 그 황금색이 농후한 액체가 평평한 곳으로 퍼지는 듯이 점점 점점 보이지 않게 변하여 동색(銅色)의 붉은 빛으로 변하고 나중에는 어여쁜 처녀의 분홍 저고리 빛으로 변하기까지 하였나이다.

그리고 그가 고개를 돌릴 듯 돌릴 듯할 때마다 나의 전신의 혈액은 타오르는 듯하고 천국의 햇발 같은 행복의 빛이 나의 온몸 위에 내리붓는 듯하였나이다. 그리고 한 시간밖에 안 되는 예배 시간이 나의 마음을 공연히 못살게 굴었나이다.

어찌하였든 예배는 끝이 났지요. 그리고 나와 R은 바깥으로 나왔지요. 그때 누님은 나를 기다리었지요. 그리고 저와 누님은 무슨 이야기든가 그 이야기를 할 때 아아, 왜 MP양이 누님을 쫓아오다가 저를 보고 부끄러워 고개를 돌리며 저편으로 줄달음질쳐 달아났을까요?── 그렇지 않다는 그 MP양이── 누님, 그 MP양이 고개를 돌리고 줄달음질을 하거나 부끄러워 얼굴빛이 타오르는 저녁놀 빛 같거나 그것이 나에게 무엇이 되겠습니까?

그러나 왜 나를 보고 그리하였을까요? 아마 다른 남성을 보고는 그리 안 했을 터이지요? 그리고 그 줄달음질하여 저쪽으로 돌아가서는 그의 마음이 어떠하였을까요? 더욱 부끄럽지나 아니하였을까요? 그렇지 않으면 후회하는 마음이 나지나 아니하였을까요?

어떻든 그것이 나에게 준 MP의 첫째 인상이었나이다. 그리하고 환희와 번뇌의 분기점에 나를 세워 놓은 첫째 동기였나이다.

저는 언제든지 이 시간과 공간을 떠날 날이 있겠지요. 그러나 그 깊이 박힌 인상은 두렵건대 그 시간과 공간에 영원한 흔적을 남겨 줄는지요?

4

사랑하는 누님, 왜 나의 원고는 도적질하여 갖다가 그 MP양을 보게 하였어요? 그 MP양이 그 글을 보고 얼마나 웃었을까요? 누님의 도적질한 것은 그것을 죄를 정할까요, 상을 주어야 할까요? 저는 꿇어 엎디어 절을 하겠습니다. 그리고 천국의 문을 열어드릴터입니다. 그런데 원고 ○○○이라 한 곳에 서투른 필적을 자랑하려 한 것인지? 그렇지만 그런 것은 아니겠지. 그렇지요, 그렇지는 않지요? 그러나 나의 원고를 더럽힌 그에게는 무엇이라 말을 하여도 좋을까요?

그러나 그러나 그 필적은 그가 가슴에 무엇인지를 전하여 주는 듯하였나이다. 사람의 입으로나 붓으로는 조금도 흉내낼 수 없는 그 무엇을 전하였더이다. 다만 취몽[6]중에 헤매이는 젊은이의 가슴을 못 살게 구는 그 무엇을?

---

6) 취몽(醉夢) — 술이 취하여 자는 동안에 꾸는 꿈.

5

    고맙습니다. 누님과 그 MP양과는 또다시 더 어떻게 할 수 없는 형제와 같다 하였지요? 그리고 서로서로 형님 아우 하고 지낸다지요. 저는 다만 감사할 뿐이외다. 그리고 영원한 무엇을 바랄 뿐이외다. 그러나 저에게는 그 누님과 MP양 사이를 얽어 놓은 형제라 하는 형식의 줄이 나를 공연히 못 살게 구나이다. 그리고 모든 불안과 낙망 사이에서 헤매이게 하나이다.

    누님의 동생이면 나의 누이지요. 아니 나의 누님이지요.── 그 MP양은 나보다 한 살이 더하니까── 그러면 나도 그 MP양을 누님이라 불러야 할 것이지요.

    아아, 그것이 될 일일까요. 누님이라 부르기가 어려운 일이 아니지마는 나의 입으로 그를 누님이라고 부른다 하면 그 부르는 그 날로부터는 그의 전신에서 분홍빛 나는 무슨 타는 듯한 빛을 무슨 날카로운 칼로 잘라 버리는 듯이 사라져 버릴 터이지. 아니 사라져 없어지지 않더라도 제가 이 눈을 감아야지요. 아아, 두려운 누님이란 말, 나는 이 두려운 소리를 입에 올리기도 두려워요.

6

    오늘 저는 PC에 보낼 원고를 쓰고 있었습니다. 머리가 아프고 신흥이 나지가 않아서 펴놓은 종이를 척척 접어 내던져 버리고 기지개를 한 번

켜고 대님을 한 번 갈아 매고 모자를 집어 쓰고 바깥으로 나갔습니다. 시계는 벌써 일곱시를 십 분이나 지나고 있었나이다.

저의 가는 곳은 말할 것도 없이 R의 집이지요. 그리고 내가 책을 볼 때에나 글씨를 쓸 때에나, 길을 걷거나 천장을 바라보고 누워 있을 때나, 눈을 감고 명상할 때에나 나의 눈앞을 떠나지 않는 그 MP양을 오늘 R의 집에를 가면서도 또 보았습니다.

저는 언제든지 MP양을 생각합니다. 허무한 환영과 노래하며 춤추며 이야기하며 나중에는 두렵건대 손을 잡고 이 세상의 모든 유열(愉悅)[7]을 극도로 맛보았습니다. 그러나 그것이 한낱 공상인 것을 깨달을 때에는 저도 공연히 싫증이 나고 모든 것이 귀찮고 모든 것이 비관의 종자가 될 뿐이었나이다. 그리고 아아 과연 다만 일찰나 사이라도 그 MP의 머릿속에서 나의 환영을 찾아낸다 하면 그 얼마나 행복하였나이다. 그리고 그 MP는 나를 조금도 생각지 않는 것만 같아서 공연히 마음이 애달팠나이다.

그날 R은 집에 있지 않았습니다. 저의 마음은 눈물이 날 듯이 공연히 센티멘털[8]로 변하여졌나이다. 그래서 정처 없이 방황하기로 정하고 우선 L의 집으로 가 보았습니다.

제가 그 처녀와 같이 조금도 거짓 없음을 부러워하는 L은 나를 보더니 그 검은 얼굴에 반가워 죽을 듯한 웃음을 띄고 손목을 잡아 자기 방으로 끌이더니 어저께도 왔었는데,

"왜 그 동안에 그렇게 오지를 않았나?"

하지요. 그래 나는 그 얼마나 고독히 지내는 그 L을 보고 이때껏 계속

---

7) 유열(愉悅) ― 유쾌하고 기쁨. 즐거움.
8) 센티멘털(sentimental) ― 감상적·감정적인 특성이 있다.

하여 왔던 감상이 가슴 한복판으로 모여드는 듯하더니 공연히 눈물이 날 듯……하지요. 그래 억지로 그것을 참고 멀거니 앉아 있었더니 그 L은 또 날더러 독창을 하라지요. 다른 때 같으면 귀가 아프다고 야단을 쳐도 자꾸자꾸 할 저이지마는 오늘은 목구멍에서 무엇이 잡아당기는지 그 목소리가 조금도 나오지를 아니하였나이다. 그래 공연히 앙탈을 하고 일어나기를 싫어하는 그 L을 옷을 입혀 끌고 바깥으로 나갔습니다.

저녁 안개는 달빛을 가리고 붉은 전등불만이 어둠 속에 진주를 꿰뚫어 놓은 듯이 종로 큰 거리에 나란히 켜 있을 뿐이었나이다. 두 사람이 나오기는 나왔으나 어디로 갈 곳이 없었나이다. 주머니에 돈이 없으니 하루 저녁을 유쾌히 놀 수도 없고 또 갈 만한 친구의 집도 없고 마음만 점점 더 귀찮고 쓸쓸스러운 생각을 하였나이다.

우리 두 사람은 결국 때없이 웃는 이의 집으로 가기로 하였나이다. 우리는 한 집에를 갔으나 우리를 기다리지 않는 그는 있지 않았나이다. 그래 하는 수 없이 설영(雪影)의 집으로 가기를 정하고 천변으로 내려섰나이다. 골목 안의 전깃불은 누구를 기다리는 것같이 빙그레 웃으며 켜 있었지요. 우리는 그 집에를 들어가,

"설영이."

하고 불렀나이다. 안방에서 영리한 목소리로,

"누구요?"

하는 설영의 목소리가 났습니다. 우리 두 사람은,

"있구나."

하였습니다. 그리고 공연히 마음이 반가웠나이다. 그리고 설영이는 마루 끝까지 나와,

"아이구 어서 오세요, 왜 그렇게 한 번도 아니 오셔요."

하지요.

아, 누님 그 소리가 진정이거나 거짓이거나 관성(慣性)으로 인하여 우연히 나온 말이거나, 아무것이거나 나는 그것을 생각하려고 하지는 않습니다. 다만 감상에 쫓기어 정처 없이 방황하려는 이 불쌍한 사람에게 향하여 그의 성대를 수고롭게 하여 발하여 주는 그의 환영의 말이 얼마나 나의 피곤한 심령을 위로하여 주었을까요.

그는 날더러 '오라버니'라 하여 주기를 맹서하여 주었습니다. 그리고 영원히 오라버니가 되어 달라 하였습니다.

누님, 과연 내가 남에게 오라버니라는 존경을 받을 만한 자격의 소유자가 될 수 있을까요. 물론 그것도 나의 원치 않는 형식입니다. 그러나 나는 그 설영을 친누이동생같이 사랑하렵니다. 그리고 영원히 영원히 나의 누이동생을 만들려 하나이다. 그리고 다만 독신인 설영이도 진정한 오라비 같은 어떠한 남성의 남매 같은 애정을 원하겠지요. 그러나 그러나 무상인 세상에 그것을 과연 허락할 참신이 어느 곳에 계실는지요? 생각하면 안타까울 뿐이외다.

그날 L은 설영을 공연히 못 살게 놀려먹었나이다. 물론 사념(邪念) 없는 어린애 같은 유희지요. 그때 L은 설영을 잡으려고 달려 들었습니다. 설영은 소리를 지르며 간지러운 웃음을 웃으면서 나의 앞으로 달려들며,

"오라버니! 오라버니!"
하고 그 L을 피하였나이다. 나는 그때 설영이 비록 희롱에서 나왔다 하더라도 L에게 쫓기어 나에게 구호함을 청할 때에 아아, 과연 내가 이와 같은 여성의 구호를 청함을 받을 만한 자격의 소유자일까 하였나이다. 그리고 모든 여성은 다 나를 보려고 하지도 않는 생각을 하고 혼자 이 설영이가 나에게 구호함을 청한다는 것은 그 설영을 끼어안은 듯이 귀여운 생각이 났나이다. 그러나 나타났다 사라지는 환영의 그림자일까?

팔팔팔 날리는 봄날의 아지랑이일까? 영원이란 무엇일는지요──.

7

날이 매우 따뜻하여졌습니다. 내일쯤 한번 가서 뵈오려 하나이다. 하오에 기다려 주십시오. 그리고 W군은 어저께 도쿄로 떠나 갔다는 말을 들었습니다. 만나 보지 못한 것이 매우 섭섭하외다. 그리고 S군, Y군도 그리로 향하여 수일 후에 떠나간다는 말을 들었습니다. 아아, 저는 외로운 몸이 홀로이 서울에 남아 있게 되겠지요. 정다운 친구들은 모두 다 저 갈 곳으로 가 버리고……

8

왜 어저께 저는 누님에게를 갔을까요? 그 간 것이 나에게 좋은 기회이었을까요? 그렇지 않으면 좋지 못한 기회이었을까요.

어떻든 어저께 나는 처음으로 그 MP와 말을 하게 되었습니다. 그리고 가까이 서로 보고 앉아 간질간질한 시선으로 그를 보게 되었습니다. 그리고 나의 눈에서 방산(防散)하는 시선의 몇 줄기 위로 나의 쉴새없이 뛰는 영의 사자를 태워 보내었나이다.

그는 그때 그 예배당 앞에서 나를 보고 고개를 돌리고 줄달음질하던 때와는 아주 달랐습니다. 그의 마음 속으로는 나의 전신이 귀퉁이로부터 귀퉁이까지 호의의 비평을 하였을는지 악의의 비평── 그렇지는 않겠지?── 을 하였을는지 어떻든 부단의 관찰로 비평을 하였겠지요. 그러나 그의 눈과 안면은 아주 침착하였나이다. 그리고 그에게서 가장 아름다운 목소리는 아주 나의 마음을 취하게 할 듯이 부드럽고 연하며 은빛이 났나이다.

그리고 나의 글을 너무 칭상(稱賞)하는 것이 조금 나를 부끄럽게 하였으며 또는 선생님이라는 경어가 아주 나를 괴롭게 하였나이다.

누님, 만일 그가 날더러 선생이라 그러지 않고 오라비라고 하였더면? 그 찰나의 나의 모든 것은 다 절망이 되어 버렸을 터이지요.

그 선생이라는 말을 듣기 싫어하는 제가 도리어 그 선생이라는 말을 듣는 것이 행복인 것을 깨달을 날이 있을 줄은 이제 처음으로 알게 되었나이다.

어떻든 저는 그 MP와 만날 기회를 얻었습니다. 그리고 서로 말소리를 바꾸게 되었습니다. 아마 이것이 저와 그 MP 사이에 처음 바꾸는 말소리가 되었겠지요? 그리고 우주의 생명 중에 또다시 없는 그 어떠한 마디이었겠지요.

그러나 저는 불안을 깨닫습니다. 마음이 못 견딜 만치 불안합니다. 다만 한 번 있는 그 기회의 순간이 좋은 순간이었을까요, 기쁜 순간이었을까요. 무한한 희망과 영원한 행복을 저에게 열어 주는 그 열쇠 소리가 한 번 째깍 하는 그 순간이었을까요. 그렇지 아니하면 끝없는 의혹과 오뇌 속에서 만일의 요행만 한 줄기 믿음으로 몽롱한 가운데 살아 있다 그대로 사라져 없어졌다면 도리어 행복일 걸 하는 회한의 탄식을 나에게 부어 줄 그 순간이었을까요? 어찌하였든 저는 한옆으로 요행을 꿈꾸며 한옆으로 부질없는 낙망에 헤매이나이다.

9

오늘은 아침 아홉시에 겨우 잠을 깨었나이다. 그것도 어제 저녁에 공연히 돌아다니느라고 늦게 잔 덕택으로 아침에 일어나지 못하는 행복을 얻었더니 그나마 행복이 되어 그리하였는지 R이 찾아와서 못살게 굴지요. 못살게 구는 데 쪼들리어 겨우 잠을 깨어 세수를 하였나이다.

이상한 일이었나이다. 제가 R의 집을 가기는 하여도 R이 저의 집에 찾아오는 일이 없는 그가 오늘 식전 아침에 저를 찾아온 것은 참으로 뜻밖이고 이상합니다.

그는 매우 갑갑한 모양이었나이다. 그리고 요사이 며칠 동안 그의 얼굴은 그리 좋지 못하였으며 언제든지 무슨 실망의 빛이 있었나이다.

오늘도 그는 침묵 속에 있었나이다. 그리고 먼 산만 바라보고 있었나이다. 그는 어디로 산보를 가자 하였나이다. 저는 아침도 먹지 않고 그와 함께 정처 없이 나섰나이다.

천기는 청명(淸明), 가는 바람은 살살, 아주 좋은 봄날이었나이다. 우리는 전차에서 내렸나이다. 오포[9]가 탕 하였나이다. 멀리멀리 흐르는 HC강은 옛적과 같이 고요히 흐르고 있었나이다. 아무 소리도 없고 아무 향기도 없고 아무 웃는 것도 없고 다만 푸른 물 속에 취색(翠色)[10]의 산그림자를 비추고 있어, 다만 '아아 아름답다' 하는 우리 두 사람의 못 견디어 나오는 탄성만이 고요한 침묵을 가늘게 울릴 뿐이었나이다.

---

9) 오포(午砲) ─ '오정포(午正砲)'의 준말. 오정을 알리는 대포.
10) 취색(翠色) ─ 남색과 파란 색의 중간 빛.

우리는 언덕으로 내려가 한가히 매여 있는 주인 없는 배 위에 앉아 아무 소리 없이 물 위만 바라보았나이다. 푸른 물 위에는 때때 은사(銀絲)의 맴도는 듯한 파연(波漣)이 가늘게 떨 뿐이었나이다. 그리고 사르렁사르렁하는 은사의 풀렸다 감겼다 하는 소리가 들리는 듯하였나이다.

우리는 한참이나 앉아 있었나이다. 우리는 문득 저쪽을 바라보았나이다. 그리고 나의 가슴은 공연히 덜렁덜렁하고 전신에 식은땀이 흐르는 듯하였나이다. 저기 저쪽에는 그 비단결 같은 물 위에 한가히 떠 있어 물 속으로 녹아들 듯이 가만히 있는 그 요트 위에는 참으로 뜻밖이었어요, 그 MP가 어떠한 다른 동무하고 나란히 앉아 있었나이다.

그러나 그 MP는 나를 보고도 모르는 체하는지 보지 못하고 모르는 체하는지 다만 저의 볼 것, 저의 들을 것만 보고 들을 뿐이었나이다.

저는 그 MP에게로 달려가고 싶었습니다. 아, 그러나 만일 그가 나를 보고도 못 본 체한다면 불과 몇 십 간 되지 않는 거기에 있는 그가 어째 나를 보지 못하였을까? 못 보았을 리가 있나? 라고만 생각하는 저는 그에게로 가기가 두렵고 공연히 무엇인지 보이지 않는 무엇이 원망스러웠을 뿐이었나이다.

그런데 웬일일까요.—— MP를 나 혼자만 아는 줄 아는 저는 R의 기색에 놀라지 아니치 못하였나이다.

R은 나의 손을 잡아당기며,

"MP가 왔네."

하였습니다. 그 소리를 듣는 저는 R이 어떻게 MP를 아는가 하였나이다. 그리고 무엇인지 번개와 같이 무슨 공포를 깨달은 것이 있었나이다.

R은 대담하게 MP에게로 갔습니다. 저도 그를 따라갔습니다. R은 모자를 벗고 그에게 예를 하였나이다. 아아 그러나 누님, 정성을 다하지 않고 몽롱한 의심과 적지 않은 불안으로 주는 저의 예에는 그의 입 가

장자리로 불그레한 미소가 떠돌았으며 따뜻한 눈동자의 금빛 광채이었나이다. 그리고,

"아이고 어떻게 이렇게 오셨어요?"

하는 그의 전신을 녹이는 듯한 독특한 어조가 저를 그 순간에 환희의 정화(精華)[11] 속으로 스며들게 하였나이다.

우리 두 사람은 그를 작별하고 바로 시내로 들어왔나이다. 웬일인지 저의 마음은 한없이 기뻤나이다. 그리고 전신의 혈액은 더욱 더 펄펄 끓기를 시작하였나이다. 그러나 R의 얼굴은 그 전보다 더 비애롭고 실망의 빛이 떠돌았나이다. 쓸쓸한 미소가 도는, 저의 동정의 마음을 일으킬 만치 처참한 듯하였나이다. 저는 R에게,

"어떻게 MP를 알든가?"

하였습니다. 그는 무슨 옛날의 환상을 보는 듯한 표정으로,

"그전부터 알어."

하였나이다. 이 소리를 듣는 저는 그러면 이성 사이에 만나면 생기는 사랑의 가락[絡]이 그 MP와 이 R 사이에 매여지지나 아니하였나 하고 여태껏 기꺼웁던 것이 점점 무슨 실망의 감상으로 변하여 버리었나이다.

그리고 차차 의혹 속에 방황하게 되었나이다.

그리하다가도 그 R의 실망하는 빛과 MP의 냉담한 답례가 저에게 눈물날 만치 R을 동정하는 생각을 나게 하면서도 또 한옆으로는 무슨 승자의 자랑을 마음 한 귀퉁이에서 만족히 여기었으며 불행한 R을 옆에 세우고 다행과 환희를 맛보았습니다.

그날 저는 R의 집에서 자기로 정하였나이다. 밤 열한시가 지나도록 별로 서로 말을 한 일이 없는 R과 두 사람 사이에는 공연히 마음이 괴

---

11) 정화(精華) — 사물의 가장 뛰어나고 순수한 부분.

로운 간격을 깨닫게 되었나이다. 그리고 그의 푸른 비애와 회색 실망의 빛이 그의 얼굴로 가끔가끔 농후하게 지나갈 때마다 저는 공연히 불안하였나이다.

저는 R에게 그 기색이 좋지 못한 이유를 묻기를 두려워하였나이다. 그리고 만일 그 비애의 빛과 실망의 빛이 그 MP로 인한 것이 아니고 다른 것으로 인한 것이라 하면 저는 그때 그 R의 그 비애와 실망과 또 같은 비애와 실망을 맛보았을 것이지요?

그러나 저는 형제와 같은 그 R의 비애와 실망을 그 MP로 인하여서라고 인정하지를 아니하면 저의 마음이 불안하여 못 견딜 정도였습니다.

그날 저녁 R은 자리에 누워서도 한잠을 자지 못하는 모양이었나이다. 다만 눈만 멀뚱멀뚱하고 천장만 바라보고 있었나이다. 그리고 머리를 짚고 눈을 감고 무엇인지 명상하듯이 가만히 있었을 뿐이었나이다. 그의 엷은 눈썹은 가늘게 떨리고 있었습니다.

저도 웬일인지 잠이 오지 않았습니다. 그래 머리맡 서가에 놓여 있는 《On the Eve》를 집어 들고 한참이나 보다가 잠이 깜빡 들었습니다.

10

저는 어리석은 사람이 되어 버리었나이다. 꿈을 믿고 길에서 장님을 만나면 두 다리에 풀이 다하도록 실망을 하게 되었나이다.

그리고 꽃의 화판을 '하나 둘' 하며 'MP가 나를 사랑하느냐 사랑하지 않느냐?' 하며 차례차례 따보게 되었습니다. 그리고 만일 '사랑한다' 하는 곳에서 맨 나중 꽃잎사귀가 떨어지면 성공한 것처럼 춤을 출 듯이 만족하였으며 그렇지 않고 사랑하지 않는다는 곳에 와서 그 맨 나중 꽃잎사귀가 떨어지면 공연히 낙망하는 생각이 나며 비로소 그 헛된 것을 조소합니다. 그러나 어느 틈에 또다시 그 꽃잎사귀를 따보고 싶어 못 견디게 되나이다. 저는 요행을 바라는 동시에 말할 수 없는 미신자가 되었습니다. 오늘은 제가 누님을 만나 뵈러 가지 않으려 하였으나 W군이 Piece를 찾아 달라 하여서 누님에게로 갔었습니다.

누님이 나오기를 기다리고 있는 동안에 나는 다만 침착하고 고요한 마음으로 정문 앞 플랫폼을 왔다갔다하였나이다. 그러다가 문 열리는 소리가 나더니 나오는 사람은 누님이 아니고 그 MP였습니다. MP는 나를 보더니 생긋 웃으며 고개를 숙여 예를 하여 주었나이다. 그리고 그곳에 서 있었나이다. 그 뒤를 따라나온 이가 누님이었지요.

저의 마음은 이상하게 기뻤나이다. 그리고 아주 무슨 희망을 얻은 듯하였나이다. 길거리로 걸어다니면서도 혹시나 MP를 만나 인사를 주고받을 만한 순간의 기회를 기대하는 저는 누님에게로 갈 때마다 그 MP를 만날 수가 있을까 하는 기대를 가지고 다니었나이다. 오늘도 그 기대를 조금일지라도 아니 가지고 간 것이 아니었건마는 그 MP가 있지 않을 줄 안 저는 아주 단념을 하고 갔었습니다. 그래 그 MP를 만난 것은 아주 의외이었지요.

누님 그 MP가 무엇 하러 누님보다도 먼저 저를 보러 나왔을까요. 어린 아우를 만나려는 누님의 마음이었을까요. 반가운 정인[12]을 만나려는 애인의 마음이었을까요. 무엇이었을까요?

그는 저와 오랫동안 말을 하였나이다. 그리고 동청(冬靑)[13]이 푸른

---

12) 정인(情人) — 남몰래 정을 통하는 남녀 사이에서 서로를 일컫는 말.
13) 동청(冬靑) — 사철나무.

잔디 사이를 누님과 저 세 사람이 산보하였지요? 저희가 그 좁은 길로 지나올 때 저는 그 MP에게,

"R을 어떻게 아셨던가요?"

하고 물어 보았습니다. 그 MP는 조금 얼굴이 불그레한 중에도 미소를 띠며,

"네, 그전에 한두어 번 만나 본 일이 있었어요."

하고 대답을 하였지요. 그 소리를 듣는 저는 곧,

"R은 참 좋은 사람이야요."

하였지요. 그러니까 그 MP는 곧 다른 말로 옮기어 버렸나이다.

그렇게 한 십 분쯤 되어 누님과 우리 두 사람은 무슨 조용히 할 말이나 있는 것처럼 주저주저하였나이다. 그러니까 그 MP는 곧 영리하게 그것을 알아차리고 안으로 들어가 버렸지요.

아아 그때 저의 마음은 아주 섭섭하였습니다. 우리가 우리의 필요한 이야기를 하지 못한다 하더라도 그 MP는 떠나기가 싫었나이다. 그러나 그의 검은 치맛자락의 그림자는 보이지 않게 사라져 버리었나이다. 그때 누님은 절더러 이야기를 하여 주었지요. 그 MP를 R이 사랑하려다가 그 MP가 배척을 하였다는 것을—— 그리고 그 MP가 저의 누님이 도적질해 간 원고를 보고 도외(度外)[14]의 찬성을 하더라는 것과, 그러나 그가 한 가지 불만으로 생각하는 것은 신앙이 적더라는 것을. 저는 누님과 작별을 하고 문 밖으로 나오며 뛰어갈 듯이 걸음을 속히 하여 걸어가며,

"내가 행복한 자냐 불행한 자냐?"

하고 혼잣소리를 질러 보았습니다. 그러다가는 그 신앙이 적다고 하는 데 대하여는 적지 않은 불쾌와 또 한옆으로는 회미한 실망을 깨달았습니다.

---

14) 도외(度外) — 어떤 한도나 범위의 밖.

그래 집에 돌아와 아랫목에 누워서 여러 가지로 그 MP와 저 사이를 무지갯빛 나는 아름답고 거룩한 것으로만 얽어 놓아 보다가도 그 신앙이란 말을 생각하고는 곧 의혹 속에 헤매었나이다. 그러다가는 그의 집에서 본 《On the Eve》를 읽던 것이 생각되며 그 여주인공 에레나의 일기가 생각났습니다.

'그의 애인 인사로프와 그의 아버지가 그와 결혼시키려는 크로나도스키를 비교하여 인사로프에게는 신앙이 있을지라도 크로나도스키에게는 신앙이 없었다. 자기를 믿는 것만으로는 신앙이 있다고 말할 수 없으니까…….'

누님, 저는 이 글을 볼 때 공연히 실망하였습니다. 에레나는 신앙 있는 사람을 사랑하였습니다. 그리고 신앙 없는 사람을 사랑치 않았습니다. 그러면 MP도 언제든지 신앙 있는 사람을 사랑할 터이지요. 그러면 그 MP가 저에게 신앙이 없다고 한 말을 저를 동생이나 친우로 여길는지는 알 수 없으나 애인으로 생각지는 못하겠다는 것이지요.

누님, 그러면 저는 실망할까요, 낙담할까요? 신앙이란 무엇일까요. 물론 누구에게든지 신앙이 없는 사람이 없습니다. 누구는 예수를 믿고 석가를 믿고 우상을 믿고 여러 가지를 믿습니다. 그리고 또 자기를 믿는 사람이 있기도 합니다.

그리고 누님, 저도 무엇인지 신앙하는 것이 있겠지요? 신앙이 없는 사람이 이 세상에서 생명을 가지고 살아 있다는 것은 거짓말이니까— 누구든지 각각 자기가 신앙하는 것이 있기 때문에 이 세상에 살아 있으니까 저도 또한 이 세상에 살아 있는 사람이라 어떠한 신앙이든지 가지고 있겠지요.

저 어떠한 종교를 어리석게 믿는 사람들은 각각 자기의 신앙만이 참 신앙으로 생각합니다. 그리고 남의 신앙을 조소합니다. 그러나 한 번 더

크게 눈을 뜨고 고개를 돌리어 사면을 둘러보는 자는 각각 이것과 저것
을 대조할 수가 있을 것이지요? 그리고 각각 장처(長處)[15]와 결점을 찾
아낼 수가 있을 것이지요. 이불을 뒤집어쓰고는 물론 그 이불 속뿐이 세
상인 줄 알 터이지요. 그리고 그 속에만 참진리가 있는 줄 알 터이지요.
그러하나 그 이불 속만이 세상이 아니고 그 속에만 진리가 있는 것이
아닌 줄 아나 그 이불을 벗어 버린 자는 그 이불 쓴 사람을 불쌍히 여
기었을 터이지요. 그러면 이 세상에는 그 이불을 벗은 사람이 여럿 있었
습니다. 그리하여 그 이불을 뒤집어쓴 사람들을 아주 불쌍히 여기었습
니다.
　그러면 저도 그 이불을 벗은 사람의 하나가 되려 합니다. 다만 어떠
한 이름 아래서든지 그 온 우주에 가득 차서 영원부터 영원까지 변치
않는 진리를 믿는 사람이 되려 하나이다. 그리하여 다만 그것을 구할 뿐
이요, 그것을 체념하려 할 뿐이외다.
　물론 사람은 약한 것이지요. 심신이 다 강하지는 못하지요. 제가 어떠
한 때 본의 아닌 일을 할 때가 있다 하더라도 그것은 다만 약한 까닭이
겠지요. 그리고 그것을 깨닫는 때는 그것을 고치겠지요. 그리고 누님, 한
가지 끊어 말하여 둘 것은 〈Quo Vadis〉에 있는 비니키우스와 같이 리기
아의 신앙으로 인하여서 저도 그 비니키우스는 되지 않겠지요.
　아아 그러나 누님, 제가 어찌하여 이와 같은 말을 쓸까요? 자기의 생
명까지 희생하는 것은 사랑이 있을 뿐이지요. 사람이 사랑으로 나고 사
랑으로 죽고 사랑으로 살기만 하면 그 사람의 생은 참생이 되겠지요. 그
러하나 저희는 사랑을 생각할 때마다 마음이 두근거립니다. 처음 이성
(異性)에게 사랑을 구하는 자가 누가 주저하지 않는 자가 있고 누가 가

---

15) 장처(長處) — 장점(長點).

습이 떨리지 않는 자가 있을까요. 그러면 사랑이란 죄악일까요? 죄 지은
자와 똑같은 떨림과 불안을 깨닫는 것은 어찌함일까요.

그렇습니다. 우리 인생에게는 두 가지 큰 문제가 있습니다. 그것은 열
정과 이지입니다. 이 세상의 역사는 이 두 가지의 싸움입니다. 그리고
모든 불행의 근원은 이 열정과 이지가 서로 용납하지 않는 곳에 있는
것입니다.

오늘 저는 또다시 R의 집에를 갔었나이다. 그 R은 있지 않았습니다.
그러나 얼마 있지 않으면 곧 들어오리라는 그 집 사람의 말을 듣고 저
는 그의 방에서 기다리게 되었나이다. 그러나 R이 저와 형제같이 친하
지가 않으면 그와 같이 주인 없는 방 안에 들어가 앉아 있지를 못하였
을 터이지요. 그래 그와 친하다 하는 무엇이 저를 그의 방으로 들어가게
하였습니다.

저는 그의 방에 들어가 그의 책상 앞에 앉았나이다. 그때 문득 저의
눈에 보이는 것은 그가 써서 놓은 편지였나이다. 그리고 그 편지 피봉에
는 MP라 씌어 있었습니다. 저의 마음은 공연히 시기하는 마음이 나며
또한 그 편지를 기어이 보고 싶은 생각이 났었습니다. 마침 다행한 것은
그 편지를 봉하지 않은 것이었나이다.

저는 그것을 보았습니다.

그 속에는 이러한 말이 씌어 있었습니다.

'DH는 미숙한 문사(文士)요, 그리고 일개 Bourgeois에 지나지 못하
는 사람이오.' 라고.

아아 누님, 저는 손이 떨리었나이다. 그리고 그 편지를 다시 그 자리
에 놓고 그대로 바깥으로 뛰어나왔습니다. 그리고 길거리로 걸어오며
눈물이 날 만치 모든 것이 원망스럽고 또 한옆으로는 분한 생각이 나서
못 견디었나이다.

그리고 사랑하는 R이 그와 같은 말을 써 보낼 줄 참으로 알지 못하였나이다. 누님 그렇지요. 저는 글 쓰는 데 미숙하겠지요. 저는 거기에 조금이라도 이의를 말하려 하지 않았나이다. 그러나 그 말을 무엇 하러 MP에게 한 것일까요.

아아 누님, 저는 일개 참사람이 되려 할 뿐이외다.

저는 문학가, 문사(文士)라는 칭호를 원치 않아요. 다만 참사람이 되기 위하여 글을 봅니다. 그리고 느끼는 바를 견딜 수 없었습니다. 그리고 나와 같은 느낌과 깨달음이 우리 인생을 위하여 조금이라도 보탬이 될까 하였습니다.

그러나 저 일개인의 성공은 얻기가 어려울 터이지요. 제가 느끼고 깨닫는 것은 길고 긴 우주의 생명과 함께 많고 많은 사람들이 깨닫는 것에 다만 몇 천만억분의 일이 될락말락할 터이지요. 그리고 그 저의 생명이 그치는 날에는 그것보다 조금 더하여질 뿐이지요. 그리고 그것보다 더 큰 무엇을 원할지라도 유한한 저의 육체와 정신은 그것을 용서치 않을 터이지요.

그러면 제가 Bourgeois나 Proletariat나 무엇 어떠한 부름을 듣든지 언제든지 참사람이 되려 할 뿐이외다. 아마 이 세상의 모든 진리를 혼자 깨달을 줄 아는 사람일지라도 참사람이 되려는 데서 더 벗어나지는 못하였을 터이지요.

그러나 저는 오늘부터 친애하는 친우 하나를 잃어버리게 되었나이다. 아무리 아무리 제가 너그러운 마음으로써 그 전과 같이 R을 대하려 하나 그는 나를 모함한 자이지요. 어찌 그 전과 같은 정의(情誼)[16]를 계속할 수가 있을까요. 그러나 저의 마음은 괴롭습니다. 그리고 그 KC를 가

---

16) 정의(情誼) — 서로 사귀어 친해진 정(情).

면서 저에게 형제와 같이 지내자던 것을 생각하고 또 그 동안 지내 오던 정분을 생각하고 그것이 다만 한순간에 깨어지는 것을 생각할 때 저의 마음은 아주 안타까웠나이다. 그러다가도 그 R의 손을 잡고 기꺼워하고 싶었습니다.

11

집에서 나올 때 동생 L이 울며 쫓아나오면서,

"형님, 형님, 나하고 가."

하며 부르짖었나이다. 그리고 두 팔을 벌리고 저를 바라보고 있었습니다. 그러나 발이 떨어지지 않지만 하는 수 없이 어머니에게 L을 맡기고 또다시 R을 찾아갔나이다.

어제 저녁 늦도록 잠을 자지 못한 저는 오늘 또다시 새벽에 일찍 일어났으므로 몸이 조금 피곤하였나이다.

저는 R의 집으로 가면서 몇 번이나 가지 않으리라 하여 보았습니다. 날마다 가는 R의 집에를 일 주일이나 가지 않은 저는 오늘도 또 가볼 마음이 그리 많지는 않았습니다. R을 생각하면 할수록 분하고 답답한 저는 언제든지 그 마음을 누르려 하였으나 그리 속마음이 편치는 못하였습니다.

제가 R의 집에 들어갈 때에는 아주 마음이 유쾌치 못하였습니다. R은 저를 보고 힘없이 저의 손을 잡고 인사를 하여 주었습니다. 그리고,

"어서 오게."

하고 소리가 아주 반갑지 못하였습니다. 저는 그 R을 보기 전에는 반갑게 인사를 하리라 한 것이 지금 그를 만나 보니까 공연히 그와 함께 있

는 것이 싫은 생각이 나서 그대로 바깥으로 나오고 싶었습니다.

저는 그대로 서서,

"여러 날 만나지 못하여서 조금 보고나 갈까 하고……."

하며 그를 쳐다보았습니다. 그는 다만 고개를 끄덕하며,

"응……."

할 뿐이었나이다. 저는 갑자기 뛰어나오고 싶었습니다. 그래,

"내일 또 봅시다."

하고 그대로 뛰어나왔습니다. 그 R은 아무 말도 없이 자기 방으로 들어가 버렸습니다.

아아, 누님, 우리 두 사람 사이는 어째 이리 멀어졌을까요? 무슨 간격이 생겼을까요? 그리고 무슨 줄이 끊어졌을까요. 저는 그것을 알 수가 없었습니다.

제가 종로를 걸었을 때였습니다. 저쪽에서 뜻밖에 그 MP가 걸어왔습니다. 그때 저는 그 MP와 만나 인사를 하리라 하였습니다. 그러나 그 MP는 어떠한 양복 입은 이와 함께 저를 못 보았는지 저의 곁으로 그대로 지나가 버렸나이다. 저는 다만 지나가는 그만 바라보고 있다가 손을 단단히 쥐고,

"에, 고만두어라."

하였습니다. 저는 말할 수 없는 번뇌 가운데,

"에, 설영(雪影)에게나 가리라."

하였나이다. 그리고 천변(川邊)으로 그의 집을 찾아갔습니다. 그때 저의 마음에도 설영이가 있지 않으리라는 생각은 없이 으레 만나려니 하였나이다. 그러나 설영을 부르는 저의 목소리에 그 영리하고 귀여운 우리 누이동생의 목소리는 나지 않고 그의 어머니가,

"없소."

하고 냉대하듯 보통 손님과 같이 대답을 하였습니다. 그 소리를 듣는 저는 공연히 섭섭한 생각이 나며 또는 설영이가 저를 한낱 지나가는 손처럼 생각하는 듯하고 또한 어떠한 정인(情人)이나 찾아가지 않았나 할 때 오라비 노릇을 하려는 저도 공연히 질투스러운 마음이 나며,

'다 그만두어라.'

하는 생각이 나고 공연히 감상(感傷)의 마음이 났습니다.

저는 그대로 집으로 갔습니다. 집 문간에서 놀던 L은 반기어 맞으면서 두 팔을 벌리고 저에게 턱 안기며 몸을 비비 꼬고 그의 가는 손으로 간지럽고 차디차게 저의 뺨을 문질러 주었나이다. 그때 저는 모든 감상(感傷)의 감정은 가슴 한복판으로 모아드는 듯하더니 눈물이 날 듯하였나이다. 그때 그 L은,

"형님 임마!"

하였나이다. 그래 저는 그에게 입을 맞추려 하니까 그는 무엇이 만족치 못한지,

"아니 아니 귀 붙잡고."

하며 그의 손으로 저의 두 귀를 붙잡고 입을 맞추어 주려다가 또다시,

"형님도 내 귀 붙잡어."

하였나이다. 저는 그 L의 귀를 붙잡고 입을 맞추었나이다. 그러나 그때 L은 저를 쳐다보며,

"형님 우네."

하였나이다. 아아, 누님, 저의 눈에는 눈물이 나왔습니다. 그리고 L을 껴안고 울고 싶었습니다.

(1922년)

옛날 꿈은 창백(蒼白)하더이다

내가 열두 살이 되던 어떠한 가을이었다. 근 오 리나 되는 학교를 다녀온 나는 책보를 내던지고 두루마기를 벗고 뒷동산 감나무 밑으로 달음질하여 올라갔다.

쓸쓸스러운 붉은 감잎이 죽어 가는 생물처럼 여기저기 휘둘러서 휘날릴 때 말없이 오는 가을 바람이 따뜻한 나의 가슴을 간지르고 지나가매, 나도 모르는 쓸쓸한 비애가 나의 두 눈을 공연히 울먹이고 싶게 하였다. 이웃집 감나무에서 감을 따는 늙은이가 나뭇가지를 흔들 때마다 떼지어 구경하는 떠꺼머리 아이들과 나이 어린 처녀들의 침 삼키는 고개들이 일제히 위로 향하여지며 붉고 연한 커다란 연감이 힘없이 떨어진다.

음습한 땀 냄새가 저녁 연기와 함께 물들이고 구슬픈 갈가마귀 소리가 서편 숲속에서 났다. 울타리 바깥 콩나물 우물에서는 저녁 콩나물에 물 주는 소리가 칙칙하게 들릴 적에 촌녀의 행주치마 두른 짚세기 걸음이 물동이와 달음박질한다.

나는 날마다 학교에서 돌아오는 길로 하는 것이라고는 이것이 첫째 번 과목이다. 공연히 뒷동산으로 왔다갔다한다.

그날도 감나무 동산에서 반숙한 연감 하나를 따 먹고서 배추밭 무밭으로 돌아다녔다. 지렁이 똥이 몽글몽글하게 올라온 습기 있는 밭이랑과 고양이밥이 나 있는 빈 터전을 쓸데없이 돌아다닐 적에 건너편 철도 연변에 서 있는 전깃불이 어느 틈에 반짝반짝한다.

그때에 짚신 신은 나의 아우가 뒷문에 나서면서 부엌에서 밥투정을 하다 나왔는지 열 손가락과 입 가장자리에는 밥알투성이를 하여 가지고 딴 사람은 건드리지도 못하는 저의 백동 숟가락을 거꾸로 들고 서서,

"언니 밥 먹으래."

하고 내가 바라보고 서 있는 곳을 덩달아 쳐다본다.

"그래."

하고 대답을 한 나는 아무 소리도 없이 마루 끝에 가서 앉으며 차려 놓은 밥상을 한 귀퉁이 점령하였다. 밥 먹는 이라고는 우리 어머니와 일해주는 마누라와 나와 나의 다섯 살 먹은 아우뿐이다.

소학교 사학년을 다니는 내가 무엇을 알며 무엇을 감득할 능력을 가졌으며, 안다 하면 얼마나 알고 감득하면 몇 푼어치나 감득하리요. 그러나 웬일인지 그때부터 나의 어린 마음은 공연히 우울하여졌다. 나뭇가지 하나가 바람에 흔들리는 것이나, 저녁 참새가 처마 끝에서 옹송그리며 재재거리는 것이나, 한가한 오계(午鷄)[1]가 길게 목 늘여 우는 것이나, 하늘 위에 솟는 별이 종알거리는 것이나, 저녁 달이 눈(雪) 위에 차디차게 비치는 것이나, 차르럭거리며 흐르는 냇물이나 더구나 나무 잎사귀와 채소 잎사귀에 얽힌 백로(白露)의 뻔지르하게 흐르는 것이 왜 그리 그 어린 나의 감정을 창백한 감상의 와중으로 처틀어박는지 약한 심정과 연한 감정은 공연한 비애 중에서 때 없는 눈물을 흘리었었다.

---

1) 오계(午鷄) — 한낮에 우는 닭.

그것을 시상(詩想)의 발아(發芽)라 할는지 현묘 유원한 그 무슨 경성(境城)을 동경하는 첫쨋번 동구(洞口)일는지는 알 수 없으나 어쨌든 나는 다른 이의 어린 때와 다른 생애의 일절을 밟아 왔다. 그러나 그것은 몽몽한 과거이며 흐릿한 기억이다.

그날 저녁에도 어둠침침한 마루 끝에서 갓 지은 밥을 한 숟가락 두 숟가락 퍼먹을 때에 공연히 쓸쓸하고 적적하다. 어렴풋한 연기 냄새가 더구나 마음을 괴롭게 한다. 침묵이 침묵을 낳고 침묵이 침묵을 이어 침침한 저녁을 더 어둡게 할 때, 나는 웬일인지 간지럽게 그 침묵이 싫었다. 더구나 초가집 처마 끝에서 이리 얽고 저리 얽어 놓는 왕거미 한 마리가 어느덧 나의 눈에 뜨일 때에 나는 공연히 으쓱하여 무엇을 생각하시는지 입에 든 밥만 씹고 계신 우리 어머니의 얼굴만 쳐다보았다. 그리고 코를 손등으로 씻어 가며 손가락으로 반찬을 집어 먹는 나의 아우의 얼굴을 바라보았다.

"할멈 물 좀 떠오게."

하는 소리가 우리 어머니 입에서 떨어지며 그 흉한 침묵이 깨지었다. 할멈은 행주치맛자락에 손을 씻으며 대접을 들고 부엌으로 내려가더니 솥뚜껑 소리가 한 번 덜컹하고 숭늉 한 그릇을 들고 나온다. 어머니는 아무 소리 없이 그 물을 나에게다 내미시면서,

"물 말어 먹으련?" 하시니까 물어 보신 나의 대답은 나오기도 전에 나의 동생이 어리광부리는 그 소리로, "물." 하고 물그릇을 가로채 간다.

"엎질러진다. 언니 먹거든 먹어라." 하시는 어머니의 권고는 아무 효력이 없이 왈칵 잡아 다니는 물그릇을 출렁하더니 내 동생 바지 위에 들어부었다. 그 일 찰나간에 용리네 사람은 일제히 물러앉으며, "에그." 하였다. 어머니는 "걸레, 걸레." 하며 할멈에게 손을 내민다.

"글쎄 천천히 먹으면 어때서 그렇게 발광이냐."

하시며 상을 찌푸리시고 할멈이 집어 주는 걸레를 집어 나의 아우의 바지 앞을 털어 주신다. 때가 묻은 바지 앞을 엉거주춤하고 내밀고 있는 나의 아우는 다만 두 팔만 벌리고 서서 아무 말이 없다.

　나는 미안하였든지 동생의 철없이 날뛰는 것이 우스워 그리하였든지 밥은 먹지도 못하고 다만 상에서 저만큼 떨어져 앉았다가 석유 등잔에 불을 켜놓고 다시 밥상으로 가까이 올 때,

　"에그, 다리 아퍼. 저녁을 인제야 먹니?"

하며 마당으로 들어오는 이는 우리 동생 할머니시다. 손에는 남으로 만든 책보를 들고 발에는 구두를 신고 머리를 쪽진 데는 은비녀를 꽂았다. 키가 작달막한데다가 머리가 희끗희끗한데다 검정 치마가 땅에 거의거의 끌리게 된 것을 보니까 아마 오늘도 꽤 많이 돌아다니신 모양이다.

　"어서 오십시오."

하며 들던 숟가락을 놓고 일어나시는 이는 우리 어머니시다.

　"마님 오십니까."

하고 짚세기 신는 이는 할멈이다. 마루창이 뚫어져라 깡충깡충 뛰며 "할머니 할머니"를 부른 것은 나의 아우다. 나는 숟가락을 입에 문 채로 다만 빙그레 웃으면서 반가워하였다.

　마루 끝에 할머니는 걸터앉으셨다. 할멈은 걸레로 마룻바닥을 훔치는 사이에 어머니는 부엌으로 내려가셨다. 그릇 소리가 덜거덕덜거덕 난다. 피곤한 가슴을 힘없이 내려앉히시며 한숨을 휘—— 하고 내쉬신 할머니는 무슨 걱정이나 있는 듯이 부엌을 향하며,

　"고만두어라. 내 밥은 아직 먹고 싶지 않다."

하신다. 어머니는 부엌에서 상을 차리시더니,

　"왜 그러세요. 조금 잡숫지요."

　"아니다. 거기서 먹었다. 오늘 교인 심방을 하느라고 명철이 집에 갔

는데 국수장국을 끓여 내서 한 그릇 먹었더니 아직까지도 배가 부르다."

어머니는 차리던 상을 그대로 놓고 부엌문에서 나오며,

"명철이 집이요? 그래 그 어머니가 편찮다더니 괜찮아요?"

"응, 인젠 다——낫더라. 그것도 하나님 은혜로 나은 것이지."

용리 할머니는 그 동네 교회 전도 부인이시다. 우리 집안은 본래 우리 할아버지와 아버지 사이가 좋지 못하여 따로따로 떨어져 산다. 그리고 우리 할머니는 열심 있는 교인이요, 진실한 신자이지마는 우리 아버지는 종교(현대 사회에서 명칭하는)에 대하여 냉혹한 비평을 하는 사람이었다.

우리 할머니는 본래 교육이 있지 못하다. 있다 하면 구식 가정에서 유교의 전통을 받아 오는 교육이었을 것이며, 안다 하면 한문이나 국문을 몇 자를 짐작할 뿐이요, 새로운 사조와 근대 사상이라는 옮기기도 어려운 문자가 있는지도 알지 못할 것이다. 그러나 나는 그 열두 살 되던 그해에는 다만 우리 할머니를 한 개 예수 믿는 여성으로 알았었으며, 하나님이 부리는 따님으로만 알았었다. 종교에 대한 견해라든지 신앙이란 여하한[2] 것인지를 알지 못하였다.

나도 예수교 학교를 다니므로 자기의 선생을 절대로 신임하고 자기의 학교의 교풍을 절대로 존중하였었다. 그리고 예수의 십자가에 흘렸던 붉은 피가 참으로 우리 인생의 더러운 피를 씻었으며, 수염많은 할아버지 같은 하나님이 참으로 우리를 내려다보시고 계신 줄 알았었다.

날마다 아침 성경 시간과 주일 학교에서 선생에게 들은 바가 참으로 나의 눈앞에 환상으로 나타났었으며, 유대 풍속을 그린 성화가 과연 천당, 지옥, 성지, 낙토의 전형으로 보이었다. 그것이 나에게 어떻든 무슨

---

2) 여하(如何)하다 — 어떠하다.

인상을 준 것은 사실이니 천사를 생각할 때에는 반드시 서양 여자를 그린 그 채색 칠한 그림이 나의 눈앞에 나타나 보이며 예수가 십자가에 못박혀 돌아간 것을 생각할 때에는 시뻘건 육괴[3]가 시안(屍眼)을 부릅뜨고 초민(焦悶)[4]과 고통의 극도를 상징하는 그의 표정과, 비린내나고 차디찬 피가 흐르는 예수의 죽음이 만인의 입과 천 년의 세월을 두고 성찬성찬하며 추앙 경모의 그 부르짖음 소리가 그 어린 나의 귀와 나의 심안(心眼)에 닿을 때에도 그것은 고통으로 보이지 않았으며 초민으로 보이지 않았으며 비린내나는 붉은 피 보혈[5]로 보이었으니, 무서운 시체를 그린 그 그림이 도리어 나의 어린 핏결 속에 무슨 신앙을 불어넣어 주었었다. 그때의 나의 기도는 하나님이 주었으며, 그때의 나의 죄는 예수가 씻었었다. 그것이 결코 지금의 나를 만족시키며 지금 나에게 과연 신앙을 부어 주지는 않는다 하더라도 내가 한두 살이 되는 그때의 나의 영혼은 있는지 없는지도 판단치 못하던 하나님이 지배하였으며, 이천 년 옛날에 송장이 되어 썩어진 예수가 차지하였었다. 그때의 나의 영혼은 영혼이 아니고 공명(空名)[6]의 하나님의 것이었으며, 그때의 나의 생은 나의 생이 아니며 촉루(髑髏)[7]까지 없어진 예수의 생이었다. 그 때의 나는 약자이었으며, 그 때의 나는 피정복자이었다. 무궁한 우주와 조화를 잃은 자이었으며, 명명 무한대한 대세계에 나의 생을 실현할 능력을 빼앗긴 자이었다.

명명한 대공을 바라볼 때에 유대식 건물의 천당을 존경하였을지라도

---

3) 육괴(肉塊) ― 고깃덩이. 살덩어리.
4) 초민(焦悶) ― 속이 타도록 민망하게 여기는 것.
5) 보혈(寶血) ― 인류의 죄를 구속하고자 예수가 십자가에 못 박혀 흘린 피를 이르는 말.
6) 공명(空名) ― 사실이나 실제 이상으로 세상에 전해진 명성.
7) 촉루(髑髏) ― 해골.

자아 심상의 낙토[8]는 몰랐으며, 사후의 영생은 구하였을지라도 생하여서 영생을 알지 못하였다. 사는 생의 척도를 알지 못하고, 생이 도리어 사후의 희생으로 알았었다.

산상의 교훈과 포도 동산의 교훈을 듣기는 들었으나 열두 살 먹은 나의 호기심을 끌기에 너무 현묘하였으며,[9] 애(愛)의 복음과 자아의 희생을 역설함을 듣기는 들었으나 나에게 과연 심각한 감화를 주지는 못하였었다. 성경의 해석은 일종의 신화로 나의 귀에 들렸으나 그 무슨 신앙을 주었으며, 성화를 그린 종이 조각은 한 개 완구가 되었으나 빼기 어려운 우상을 나의 심전에 그리어 주었다.

아아, 나는 물으려 한다. 하나님의 사자로 자처하고 교회의 일꾼으로 자인하는 우리 할머니의 그때의 내면적이나 외면적을 불문하고 열두 살밖에 되지 않는 나의 그것과 얼마나 틀린 점이 있었으며 얼마나 혼점이 있었을는지? 그는 과연 예수의 성훈을 날것대로 삼키는 자가 되지 않고, 조리하고 익히며 그의 완전한 미각으로 그것을 저작(詛嚼)[10]할 줄을 알았을까? 그는 참으로 예수의 정신을, 그의 내적 생활을 체득한 자이었을까?

그는 과연 여하한 신앙으로써 생으로 생까지를 살아갔었으면 그는 참으로 어떠한 영감을 예수교에서 감득하였을까? 나는 다만 커다란 의문표를 안 그릴 수가 없다.

그날도 우리 할머니는 여자의 몸의 피곤함을 깨달으면서도 무슨 만족함이 그의 얼굴을 싸고 도는 듯하였다. 그러나 한편으로 자아 이외의

---

8) 낙토 — 괴로움이 없이 즐겁게 살 수 있는 낙원.
9) 현묘(玄妙)하다 — 이치나 기예(技藝)의 경지가 헤아릴 수 없이 깊고 미묘하다.
10) 저작(咀嚼) — 음식을 입에 넣어 씹는 것.

우리 어머니나 내나 나의 동생을 일개의 죄인시하는 곳에 가련함을 견디지 못하는 듯한 표정이 그의 시들어 가는 입 가장자리와 가느다란 눈초리에 희미하게 얽히어 있었다. 할머니는 조금 있다가 눈살을 잠깐 찌푸리시더니,

"큰일났어! 예배당에 돈을 좀 가져가야 할 텐데 돈이 있어야지. 다른 사람과 달라서 아니 낼 수도 없고, 또 조금 내자니 우리 집을 그래도 남들이 밥술이나 먹는 줄 아는데 그렇게 할 수도 없고, 이런 말씀을 아버지께 여쭈면 공연히 역정만 내시니까!"

하며 우리 어머니에게 향하여 걱정을 꺼낸다.

"요사이 날이 점점 추워져서 시탄비(柴炭費)[11]를 내야 할 터인데 김 부인은 벌써 오 원을 적었단다. 그이는 정말 말이지 살어가기가 우리 집에다 대면 말할 것도 없지 않느냐. 그런데 아버님께 그런 말씀을 하니까 역정을 내시면서 남이 죽으면 따라 죽느냐고 야단을 치시면서 돈 일 원을 주시는구나. 그러니 애, 글쎄 생각을 해보아라. 어떻게 일 원을 내니! 내 속이 상해서 죽겠어."

하며,

"그래서 하는 수가 있더냐, 명철이 집에 가서 돈 오 원을 지금 꾸어 가지고 오는 길이란다."

하며 차곡차곡 접어 쥔 일 원 지폐 다섯 장을 펴 보인다. 우리 어머니는 이렇다 저렇다 말이 없이 가만히 듣고만 있다가,

"그러면 그것은 어떻게 갚으실 것입니까?"

하며 빈곤한 생활에 젖은 우리 어머니는 그 갚는 것이 첫째 문제로 그의 가슴을 거북하게 하였다.

---

11) 시탄비(柴炭費) — 땔나무를 사는데 드는 비용.

"글쎄 그거야 어떻게든지 갚게 되겠지? 하다못해 전당을 잡혀서라도."
하더니,
"에그, 인제 그만 가 보아야지."
하며 벌떡 일어서서 나가려 하다가,
"애 아범은 여태까지 안 들어왔니?"
한 마디를 남겨 놓고 바깥으로 나간다. 우리 어머니는 다만,
"네, 언제든지 그렇게 늦는답니다."
하며 걱정스러운 듯이 문 밖으로 할머니를 쫓아나간다.

우리 어머니는 아슬랑아슬랑 어둠 속으로 사라져 가는 우리 할머니의 뒤 그림자가 사라져 없어져 가는 것을 바라보고 있었다. 그리고 그 할머니의 검은 그림자가 다—— 사라진 뒤에도 여전히 그 할머니의 그림자가 사라져 없어진 곳에서 무엇을 찾는 듯이 바라보고 서 있다. 모든 것이 검기만 한 어두운 밤이다. 나도 나의 동생을 등에 업고 어머니를 쫓아 문밖에 서 있었다. 어머니는 소매 걷은 두 팔을 가슴에 팔짱을 끼고 허리를 구부정하고 서서 근심스러운 듯이 저쪽 길만 바라보고 서 계신다.

고생살이에 다—— 썩은 얼굴은 웬일인지 나도 쳐다보기가 싫게 화기[12]가 적다. 머리카락이 이마를 덮은 그의 두 눈은 공연히 쳐다보는 나를 울고 싶게 하였다. 때 묻은 행주치마와 다—— 떨어진 짚세기가 더욱 나를 부끄럽게 하였다.

하얀 두루마기가 바라보는 어둠 속에서 희미하게 휘날릴 때마다 우리 어머니는 옆에 서 있는 나에게 나지막한 목소리로,
"아버진가 보다."

---

12) 화기(和氣) —— 온화한 기색.

하며 나에게 무슨 동의를 청하시는 것처럼 바라보신다. 그러나 그 흰 두루마기가 우리 집으로 향하지 않고 다른 곳으로 지나쳐 버릴 때는 우리 어머니와 나는 섭섭한 웃음을 웃었다.

문간에 서서 아무 말 없이 늦게 돌아오는 우리 아버지를 기다리는 우리는 한 시간이 넘도록 서 있었다. 나의 어린 아우는 등에다 고개를 대고 코를 골며 잔다. 이마를 나의 등에다 대고 허리를 새우등같이 꾸부리고 자다가는 옆으로 떨어질 듯하면 반드시 한 번씩 놀란다. 놀랄 그때 나는 깍지낀 손을 다시 단단히 쥐고 주춤하고 한 번씩 다시 추키었다. 한 시간을 기다려도 아버지는 돌아오시지 않으셨다. 어머니는 힘없이 낙망한 소리로,

"문 닫고 들어가자!" 하시면서, "에그, 어린애가 자는구나. 갔다 뉘어라." 하시며 대문을 덜컥 닫고 들어오신다. 문 닫는 소리가 어쩐지 쓸쓸하고 적적하다. 우리 집 공중을 싸고 도는 공기의 파동은 회색의 파문을 그리는 듯이 동적이 아니며 정적이었으며, 양기가 없고 음기뿐이었다. 회색 칠한 침묵과 갈색의 암흑이 이 귀퉁이 저 귀퉁이에서 요사한 선무를 추고 있었다.

나는 그때에 무엇을 감각하였으며 무엇을 감득하였을까? 회색 침묵과 아득한 암흑이 조화를 잃고 선율이 없이 티없는 쓸쓸한 바람과 섞이어 시름없이 우리 집 전체의 으스스한 공기를 휩싸고 돌아 나갈 때 나의 감정은 푸른 감상과 서늘한 감정으로 물들여 주었었다. 마루 끝까지 올라선 나의 눈에 비추인 천장이나 뒤주나 그 외의 모든 기구가 여러 가지 요괴의 화물같이 보일 때에 나의 가슴은 더욱 서늘하여졌었다. 다만 나무 잎사귀가 나무 끝에서 바스락하는 것일지라도 나를 방 안으로 뛰어들어가도록 무섭게 하였다. 어머니가 등잔불을 떼어 들고 나의 뒤를 쫓아 들어오실 때에 그 불에 비추인 나의 머리끝을 으쓱하게 하였다.

그러나 그 정숙과 공포가 얽힌 나의 심정을 풀어 주고 녹여 주는 것은 나의 뒤에 서 있는 애(愛)의 신 같은 우리 어머니의 부드러운 사랑의 힘이었다. 그것은 나의 신앙의 전부였으며 나의 앞길을 무한한 저 앞길로 인도하는 구리 기둥이었다. 베드로가 예수를 보고 갈릴리 바다로 걸어감과 같이 이 세상 모든 것을 초월케 하는 최대의 노력이었다. 등잔불의 기름이었으며 쇠북을 두드리는 방망이였다.

방으로 들어온 나는 아랫목에 자리를 펴고 누워서 복습을 하였었다. 본래 공부를 하지 않는 나는 내일에 선생에게 꾸지람이나 듣지 않으려고 산술 문제 두어 문제를 하는 척하여 다른 종이에 옮기어 베끼고 쓰기 싫은 습자는 내일 아침 일찍 일어나 쓰기로 하였다. 나의 동생은 발길로 나의 허리를 지르면서 이리 뒤척 저리 뒤척 이리 뛰굴 저리 뛰굴, 남의 덮은 이불을 함부로 끌어다가 저도 덮지 않고서 발치에다 밀어 던진다. 그리고는 힘있는 콧김을 길게 내쉬며 곤하게 잔다. 우리 어머니는 등잔 밑에서 바느질을 하시며 눈만 깜박깜박하신다. 할멈은 발치에서 고단한 눈을 잠깐 붙이었다.

나는 방 안이라는 조그마한 세계에서 네 개의 동물이 제 각각 다른 상태로 생을 계속하는 가운데 남의 걱정과 나의 근심을 알 줄을 몰랐었다. 우리 어머니의 머릿속에는 과연 어떠한 심리 상태의 활동사진이 그의 뇌막에 비치었으며, 늙은 할멈은 어떠한 몽중 세계에서 고생살이 잠꼬대를 할는지 몰랐다. 어린 아우의 단순한 머릿속에도 무서운 호랑이와 동릿집 아이의 부러운 장난감을 꿈꾸는 줄은 알지 못하였다. 따뜻한 이불 속에서 두 발을 문지르며 편안히 누웠으니 몇십 분 전 가득하던 감정이 이제는 어디로인지 다——달아나고 모든 것이 한가롭고 모든 것이 평화롭고 모든 것이 노곤한 감동을 유인하는 것뿐이었다. 인제는 어느 틈에 올는지 모르는 노곤한 잠을 기다릴 뿐이었다. 불그레한 등불 밑에 앉아서 바느질하시는 어머니의 머릿속에 있는 늦게 돌아오시는 아버지를 기다리시는 초민과 지나간 `일을 시간의 얽히었다 풀리었다 하는 기억과 연상과 기대와 동경의 엉크러진 심리는 알지 못하고 다만 재미있는지 기쁜지 으레 할 것인지 알지 못하는 무의식의 연장선이 나의 전신을 거미줄 얽듯 얽기를 시작하더니 나는 아무것도 몰랐다. 잠이 들었다.

어느 때나 되었는지 알지 못하게 든 잠이 마려운 오줌으로 인하여 어렴풋하게 깨었을 때이었다. 이불을 들치고 엉거주춤 일어선 나의 귀에는 지껄지껄하는 사람의 목소리가 들리더니 등잔불에 부신 눈 사이로 우리 아버지의 희미한 윤곽이 보였다. 나는 반가운 마음에, "아버지!" 하였다. 그러나 우리 아버지는 젓가락으로 앞에 놓인 반찬을 뒤적뒤적하시면서 나를 냉담한 눈으로 멀거니 쳐다보시기만 하시더니 무슨 불만스런 점이 계신지 노여운 어조로,

"아버진 뭐든지 다 귀찮다. 어서 잠이나 자거라."

하시고는 다시 본 척 만 척하시고 반찬 한 젓가락을 입에 넣으신다. 나는 얼굴이 홧홧하도록 무참하였다. 나는 죄지은 사람같이 양심에 무슨 부끄러움이 나의 아버지를 쳐다보지 못하게 하였다. 열몽에 취하였던 나의 혼몽한 정신은 한꺼번에 깨어지고 뻣뻣하던 두 눈은 기름을 부은 듯이 또릿또릿하여졌다. 그때야 나는 우리 아버지의 붉은 얼굴을 보고 술 취하신 줄을 알았다.

어머니는 무참해하고 무서워하는 나의 꼴을 보시고 아버지를 흘겨 쳐다보시며,

"어린 자식이 반가워하는 것을 그렇게 말하니 좀 무참하겠소. 어린애들이라 하더라도 좋은 말할 적은 한 번도 없지."

하시다가 다시 나를 향하시어 혼잣말 비슷하고 또는 누구더러 들어보란

듯이,

"너희들만 불쌍하니라. 아버지라고 믿었다가는 좋지 못한 꼴만 볼 터니까."

하시며 두 눈을 아래로 깔고 방바닥을 걸레로 훔치시는 체하신다.

나는 드러눕지도 못하고 일어나지도 못하였다. 드러눕자니 아버지 진지 잡숫는 데 불경[13]이 될 터이요, 그대로 앉았자니 자다가 일어난 몸이 추운 가운데 공연히 무서워서 몸이 떨린다. 이런 때는 나의 어머니가 변호인이요, 비호[14]자임을 다소간의 지낸 경험으로 알고 또는 사람의 본능으로 모성의 자애를 신임하는 나는 우리 어머니의 얼굴만 쳐다보았다. 그때 마침 어머니는,

"어서 누워 자거라. 아버지 진지도 거의 다 잡수셨으니."

하셨다. 나의 마음은 얼었던 것이 녹는 듯이 아주 좋았다. 나는 못이기는 체하고 곁눈으로 아버지의 눈치만 보며 이불자락을 들었다. 그리고는 눈 딱 감고 이불을 귀까지 푹 덮고 그대로 드러누웠다. 그러나 잠은 어디로 달아나 버렸는지 오지 않은 잠을 억지로 자는 척하지마는 마음은 조마조마하여 못 견딜 지경이었다.

아버지는 숟가락을 탁 집어 상 위에 내던지시더니,

"엥, 내가 없어야 해. 없어야 해."를 두서너 번 중얼거리시더니,

"그래 자기 자식은 굶든지 죽든지 상관하지를 않고, 예배당인지 무엇인지 거기에다가 빚을 얻어다가 주어야 해?"

하시며 옆으로 물러앉으시니까 어머니는,

"누가 알우. 왜 그런 화풀이를 내게다가 하우."

___

13) 불경(不敬) — 경의(敬意)를 나타냄이 없이 무례한 것.
14) 비호(庇護) — (편을 들어) 감싸서 보호하는 것.

하시는 소리가 떨어지기도 전에,

"무엇, 흥, 기가 막혀. 그래 예수가 무엇이고 십자가가 무엇이야? 예배당에 다닌다 하고 구두만 신고 다니면 제일인가? 왜 구두를 신어! 그 머리가 허연 이가 구두짝을 신고 다니는 꼴이라니. 활동사진 박을 만하지. 예수가 무슨 말을 하였는지 알기들이나 한다나? 그 사생아를 하나님의 아들이라고. 그러나 예수가 나쁜 사람은 아니지. 좋은 사람이지. 참 성인이야! 그렇지만 소위 예수 믿는 사람들이 예수라는 그 사람을 믿었지, 예수가 부르짖은 그 하나님은 믿지 못하였어! 하나님은 이 세상 아니 계신 곳이 없지! 누구에게든지 하나님은 계신 것이야! 다 각각 자기 마음 속에 하나님이 계신 것이야! 여편네들이 무엇을 알아야지. 내가 이렇게 떠들면 술 먹고 술주정으로만 알렷다. 흥, 우이 독경(牛耳讀經)이야! 기막히지! 여보 무엇을 알우? 그런 늙은이가 무엇을 알어. 그래 신앙이 무엇인지 참 종교가 무엇인지를 알어? 예수, 예수 하고 아주 기도를 하고! 그것은 모두 약자의 짓이야. 사람은 강자가 되어야 해!"

우리 어머니는 듣고만 계시다가,

"듣기 싫소. 웬 잔말이오! 그런 말을 하려거든 어머니나 아버지한테 가서 하구려."

하시며 상을 들고 나가려고 하시니까 아버지는,

"뭐야, 듣기 싫다구?"

하시더니, 어머니의 치마를 홱 잡아당기시는 김에 치마가 북 하고 찢어졌다. 어머니는 상을 할멈에게 주고 찢어진 치마를 들여다보시며 얼굴이 빨개지신다. 여자인 어머니는 의복의 파손이 얼마큼 아까운지 모르시는 모양이다. 치마폭이 찢어지는 그 예리한 소리와 함께 우리 어머니의 신경은 뾰족한 바늘끝으로 쭉 내리 베는 것같이 날카로운 자극을 받으신 모양이다.

"이게 무슨 짓이오. 여편네 옷을 찢지 못하면 말을 못 하오? 그래 무슨 말이오. 어디 말을 좀 해보우. 어쩌자고 이러시우. 날마다 늦게 술이나 취하여 가지고 만만한 여편네만 못 살게 구니 참으로 사람 죽겠구려! 무슨 말이오. 할 말 있거든 어서 하시오!"

흥분된 어조를 조금 높이신 까닭에 높은 음성은 또 우리 아버지를 흥분시키는 동시에 노여웁게 하였다.

"말을 하라구? 흥 남편 된 사람이 옷을 좀 찢었기로 무엇이 어쩌고 어째?"

"글쎄 내가 무엇이라고 했고, 내가 무슨 죄요. 참으로 허구한 날 살 수가 없구려."

"듣기 싫어. 여편네들이 무엇을 알아야지. 남편의 심리를 몰라주는 여편네가 무슨 일이 있어서. 다——고만두어. 나는 우리 아버지에게 내버림을 당한 사람이고 세상에서 구박을 당한 사람이니까……에……후……."

우리 아버지는 이렇게 떠드시다가 다시 한참 가만히 앉아 계시더니 벌떡 일어나시며,

"엥! 가만 있거라. 참말 그대로 있을 수는 없어! 내가 가서 좀 설교를 해야지, 내가 목사 노릇을 좀 해야 해."

하고 모자를 쓰고 벌떡 일어나시며 문 밖으로 나가시려고 하니까 어머니는 또다시 목소리를 고치시어 부드럽고 애원하는 중에도 조금 노염을 띠우신 어조로,

"여보 제발 좀 그만두. 글쎄 이게 무슨 짓이오. 이 밤중에 가기는 어디로 가며, 가서서 어떻게 하실 모양이오. 자! 고만 옷 좀 벗고 눕구려."

아버지는 듣지도 않고 방문을 홱 열어 젖뜨린다. 고요한 저녁 공기가 훈훈한 방 안으로 혹 불어 들어오며 나의 온몸을 선뜩하게 하더니 석유 등잔의 불이 두어 번 뻔득뻔득한다.

어머니는 아버지의 팔을 붙잡으시었다. 웅크리고 마루에 앉아 있던 할멈은 황망하여 하지도 않고, 여러 번 경험한 그의 침착한 태도로 두 팔을 벌리고 다만 이리 왔다 저리 왔다 하면서 동정만 살피고 있다.

어머니는 떨리는 목소리로,

"글쎄 남부끄럽지도 않소? 어서 들어갑시다. 가기는 어데로 가우. 남이 알면 글쎄 무슨 꼴이우."

하는 말을 듣지도 않으시고 우리 아버지는 어머니의 팔을 홱 뿌리치신다. 어머니는 에크 소리를 지르시며 방문 밖에서 방 안으로 넘어지시며 한참이나 아무 말 없이 엎드려 계신다.

"남부끄럽다? 남부끄럼을 당하는 것보다도 자기 양심에 부끄러운 짓을 하는 것이 더욱 부끄러운 짓이야."

하시고, 술 취하신 얼굴에 분기를 띠시고 또 한옆으로는 엎어져 일어나지도 못하는 어머니를 다소간 가엾음과 미안한 마음이 생기시나 위신상 어찌하지 못하는 어색한 얼굴을 돌이켜보지도 않으시고 문 바깥으로 나가신다. 나가시는 규칙 없는 발걸음 소리가 대문이 닫히는 소리와 함께 사라졌다.

할멈은 어머니를 붙잡아 일으키시며,

"다치지 않으셨어요?"

하며 어머니가 애처로워 보이기도 하고 또는 아버지의 술주정이 귀찮기도 하여서 상을 찌푸려 어머니를 들여다보시며 물어 본다.

나도 그때야 이불을 벗고 일어나서 어머니를 보았다. 어머니는 일어나 앉으시기는 앉았으나 아무 말이 없으셨다.

철모르는 나의 아우는 말라붙은 코딱지를 떼며 주먹으로 비비면서 힘없는 손가락을 꼼질꼼질하며 자고 있다. 나는 다만 어머니의 동정을 살피고 있었을 뿐이었다. 몇 분 동안은 아주 고요하고 정숙하여졌다. 폭

풍우가 지나간 바다의 물결 같은 공기가 온 방 안을 채우고 자는 듯이
고요하다.

  그때에 나는 어머니의 머리카락이 덮인 두 눈을 바라보았다. 두 눈에
는 불에 비쳐 반짝거리는 눈물 방울이 방울방울 떨어지고 있었다. 이것을
본 나의 전신의 뜨거운 피는 바늘 끝으로 찌르는 듯이 파랗게 식는 듯
하였다. 나의 마음은 어머니의 눈물에서 그 무슨 비애의 전염을 받은 듯
이 극도로 쓰렸었다. 나는 그대로 어머니의 얼굴을 쳐다볼 수가 없어 이
불을 뒤집어쓰고 어머니와 함께 눈물 흘려 울었다. 할멈은 화젓가락[15]
만 만지고 있는지 달가닥달가닥하는 소리가 들릴 뿐이다. 그리고 어머
니의 떨리는 숨소리와 코 마시는 소리가 이불을 뒤집어쓴 나의 귀에서
연민과 비애의 정을 속삭여 주었다.

  어머니는 한참이나 우시더니 코를 요강에 푸시고 이불을 다시 붙잡
아 나와 나의 동생을 다시 덮어 주시었다. 그리고 한 손으로 나의 발치
와 나의 가장자리를 어루만져 주실 때, 간지러운 자애의 정이 부드러운
명주옷같이 나의 어린 가슴을 따뜻하게 해 주었다.

  이튿날 아침, 우리 어머니는 나의 동생의 손을 잡고 나와 함께 우리
외가로 향하여 떠나갔다. 물론 아침도 먹지 않고 늦도록 주무시는 아버
지의 아침밥은 할멈에게 부탁이나 하셨는지 으레 알아서 할멈에게 집안
일을 맡기시고 오 리 남짓한 외가로 갔다.

  가는 길에 나는 매우 기뻤었다. 무엇 하러 가시는지도 모른다. 어머니
의 심정은 알지도 못하고 귀여워하시는 할머니를 만나러 간다는 것만
좋아서 앞장을 섰다.

  그때의 어머니는 하소연할 곳을 찾아가시는 것이었을 것이다. 팔자의

---

15) 화젓가락 — 화로에 꽂아 두고 쓰는 쇠젓가락. 부젓가락.

애소를 자기의 친부모에게 하러 가시는 것이었을 것이다. 일생을 의탁할 우리 아버지를 사랑하지 않는 것이 아니며 못 믿는 것이 아니지마는, 발 아래 엎드려 몸부림할 만치 자기의 울분과 자기의 비애를 호소할 곳을 찾아 지금 우리 어머니는 우리 외가로 가시는 것이다.

그때 그에게는 자기의 부모가 유일한 하나님이며 위안자이었다. 약한 심정을 붙일 만한 신앙을 갖지 못한 우리 어머니는 자애의 나라로 달음박질하면 거기에 자기를 위로하여 주고 자기의 애소의 기도를 들어 줄 아버지 어머니가 계실 것을 믿음이었다. 명명한 대공과 막막한 척애[16] 저편에 위안 나라를 건설치 못하고, 작은 가슴 속과 보이지 않는 심상 위에 천당과 낙원을 얻지 못한 우리 어머니는 다만 자애의 동산을 찾아 가시었다.

걸어가시는 어머니의 얼굴에는 어제 저녁의 울분을 참지 못하시는 푸른 표정과 어머니나 아버지에게 팔자 한탄을 푸념하리라는 굳은 결심의 빛이 보였었다.

가게 앞을 지나고 개천을 건너고 사람과 길을 피하고 돌멩이가 발 끝에 채일 때에도 우리 어머니의 머릿속에는 그것뿐이었을 것이다.

그러나 우리 어머니의 머리는 그렇게 단순한 것이 아니었었다. 나 어린 어린아이의 그 마음을 갖지는 않았었다. 우리를 볼 때 우리 아버지를 생각하며, 부모의 자애를 생각할 때에도 자기의 충심에서 발동하는 애모의 정을 깨달았다.

그는 자기의 남편을 사랑하는 동시에 자기의 부모를 사랑하였다. 그는 자기 남편의 불명예를 자기 부모에게 하소연하는 것을 아까 집 대문을 나설 때까지는 결심하였는지는 알지 못하겠으나, 반이나 넘어 가까

---

16) 척애(隻愛) — 짝사랑.

이 자기 부모 집을 왔을 때에 그것을 부끄럽게 하는 정이 나오는 동시에 또한 그 불명예로운 소리를 발하는 아내 된 자기의 불명예로움을 알았다.

그리고 자기 남편의 불명예를 은폐하려는 동시에 자기 부모의 심로[17]를 생각하였다. 자애를 부어 주는 자기 부모에게 자기의 울분을 애소하는 것이 자기에게는 좋은 것이나 자기 부모의 마음을 조심되게 함을 깨달았다.

나의 동생은 아슬렁아슬렁 걸어가면서 무어라고 감흥에 띤 이야기를 중얼거리면서 지나간다.

어머니는 외가에 거의 다 왔었을 때에 나에게 은근한 목소리로,

"너 할머니나 할아버지께 어제 저녁에 아버지가 술 먹고 야단했다는 말을 하지 말어라."

하시며 무슨 응답이나 들으려는 듯이 나를 들여다보신다. 나는,

"예."

하였다. 그 '예' 소리가 나의 입에서 떨어지면서 무슨 해결치 못할 문제가 다 풀린 듯한 감이 생기며, 집에서 나올 때부터 무슨 불행스럽고 불안하던 마음이 다시 화평하여졌다.

(1922년)

---

17) 심로(心勞) — 마음의 수고.

행랑 자식

1

어떤 날 춥고 바람 많이 불던 겨울밤이었다. 박교장(朴校長)의 집 행랑에서 글 읽는 소리가 나더니 꺼져 가는 촛불처럼 차츰차츰 소리가 가늘어 간다. 그러다가는 다시 옆에서 어린애 입에 젖꼭지를 물리고서 졸음 섞여 꽥 지르는 목소리로,

"어서 읽어."

하는 어머니 소리에 다시 글 소리는 굵어진다.

나이는 열두 살. 보통 학교 4학년 급에 다니는 진태(鎭泰)라는 아이이니, 그 박 교장의 집 행랑아범의 아들이다. 왱왱 외던 글 소리는 단 2분이 못 되어 다시 사라졌다. 그리고는 동넷집 시계가 열한시를 치는 소리가 들리더니 사면은 고요하였다.

2

이튿날 날이 밝은 뒤에 보니까 온 마당 지붕 나뭇가지에 눈이 함박같

이 쏟아졌다. 그런데 아직까지도 눈이 다 끝나지 않고 보슬보슬 싸라기 눈이 내려온다.

진태는 문 뒤에 세워 놓았던 모지랑비[1]를 들고 나섰다. 처음에는 새로 빨아 펼쳐 놓은 하얀 요 위에 뒹구는 것처럼 몸 가볍고 마음 상쾌한 기분으로 빗자루를 들었으며, 모지랑비와 약한 자기 팔로써 능히 그 많은 눈을 쳐버릴 줄 알았으나 두어 삼태기를 가까스로 퍼 버리고 나니까 팔이 떨어지는 것 같고 허리가 부러지는 듯하였다. 그러나 아니 칠 수는 없었다. 날마다 아침에 일어나서 마당을 쓰는 것이 자기의 직분이다.

어머니는 안으로 밥을 지으러 들어가고 아버지는 병문[2]으로 인력거를 끌러 나갔다.

한두 삼태기를 개천에 부은 후에 다시 세 삼태기를 들고서 끙끙하면서 개천으로 간다. 두 손끝은 눈에 녹아서 닭 튀해 뜯을 때 발허물 벗겨 내듯 빠지는 듯하고 발끝은 저려서 토막을 내는 듯하다.

그는 발을 억지로 옮겨 놓았다. 눈이 든 삼태기가 자기를 끌고 가는 듯하였다. 그렇게 그가 길 중턱까지 갔을 때 그의 팔의 힘은 차차 없어지고 다리에 맥이 확 풀리었다. 그래서 그는 손에 들었던 눈 삼태기를 탁 놓치었다. 그러자 누구인지,

"이걸 좀 봐라."

하는 어른의 호령 소리가 바로 자기 머리 위에서 들리자 고개를 쳐들고 보니까 교장 어른이 아침 일찍이 어디를 다녀오시다가 발등에다가 눈을 하나 잔뜩 덮어씌우시고 역정나신 얼굴로 자기를 내려다보고 계신다. 진태는 그만 얼굴이 홧홧해졌다. 그리고 아무 말도 못하고 그대로 멀거

---

1) 모지랑비 — 끝이 다 닳은 비.
2) 병문 — 골목 어귀의 길가.

니 서 있었다. 그는 무엇으로 그 미안한 것을 풀어야 좋을지 알지 못하였다. 그러다가 하얀 새 버선에 검은 흙이 섞인 눈이 묻어 있는 것을 보고서 자기의 손으로 그것을 털어 드리면 얼마간 자기의 죄가 용서되리라 하고서 허리를 구부려 두 손으로 그 버선 등을 털어 드리려 하였다. 그러나 교장은 한 발을 탁 구르시더니,

"그만둬라. 더 더럽는다."

하시고서,

"엥!"

하시며 안으로 들어가시었다. 진태는 무안하였다. 손에는 어제 저녁에 습자 쓰다가 묻은 먹이 꺼멓게 묻어 있다. 털어 드리면은 잘못을 용서하실 줄 알았더니 더 더러워진다 핀잔을 주시고 역정을 더 내시는 것 같다. 그래서 그는 어떻게 해야 좋을지 알지 못하여 그대로 멀거니 서 있었다. 무안을 당하여 얼굴도 홧홧하고 두 손에서는 불이 난다.

그래서 그는 안으로 들어가지 못하고 행랑 자기 방으로 들어가는데 안마루 끝에서 주인 마님이,

"아, 그 애녀석도 눈이 없던가? 왜 앞을 보지 못해?"

하는 소리를 듣고서는 쥐구멍으로라도 들어가 버리고 싶도록 온몸이 움츠러졌다. 그런데 또 자기 뒤로 따라나오며 주먹을 들고서 때리려 덤비는 자기 어머니가,

"이 망할 녀석, 눈깔을 어따 팔아먹고 다니느냐?"

하고 덤비는 듯하므로 질겁을 하여 방 안으로 들어갔다.

아니나다를까, 조금 있더니 보기 싫은 젖통이를 털럭털럭하면서 어머니가 쫓아나왔다.

"이 망할 녀석, 눈깔이 없니? 나리마님 새 버선에다가 그것이 무엇이냐? 왜 그렇게 질뚱바리냐, 사람의 자식이."

어머니는 그래도 말이 적었다. 그러고는 곧 다시 안으로……들어갔다.

진태는 간이 콩알만하게 무서운 것은 둘째 쳐놓고 웬일인지 분한 생각이 난다. 아무리 생각을 해도 자기 잘못 같지는 않다. 자기가 눈 삼태기를 들고 가는데 교장 어른이 딴 생각을 하면서 오시다가 닥달린 것이지 자기가 한눈을 팔다가 그러한 것은 아니다.

그래서 웬일인지 호소할 곳이 없어 그는 그대로 방바닥에 엎드려졌다. 그리고는 고개를 두 팔로 얼싸안고 자꾸자꾸 울었다. 그는 눈물이 방바닥에 떨어지는 것을 알았다. 삿자리[3] 깐 밑으로 흙내가 올라오는 것을 맡았다. 그리고는 어머니도 걱정을 하고 아버지도 걱정을 할 터요, 더구나 아버지가 이것을 알면은 돌짝 같은 손으로 얻어맞을 것을 생각하매, 몸서리가 난다. 그는 신세 한탄할 문자를 모르고 말도 모른다. 어떻든 억울하고 분하였다. 그렇다고 어디 가서 호소할 데도 없었고 분풀이할 곳도 없었다.

그는 방바닥에 한참 엎드려서 느껴 가면서 울고 있을 때 방문이 펄쩍 열리었다. 그는 깜짝 놀랐으나 돌아다보지도 않았다. 그의 생각에는 그 문 여는 사람이 어머니려니 하였다. 그래서 약한 마음에 이렇게 우는 것을 보면은 어머니는 나를 위로하여 주려니 하였다. 그래서 어머니가 일어나라고 하기만 기다렸다.

그러나 한참 아무 소리가 없더니,

"애!"

하고 험상스럽게 부르는 사람은 자기 아버지다. 그는 위로를 받기는커녕 벼락이 내릴 것을 그 찰나에 예감하였다. 그는 눈물이 쑥 들어가고 온몸이 선뜩하였다.

---

3) 삿자리 — 갈대를 엮어서 만든 자리.

이번에는 꽥 지르는,

"얘, 일어나거라, 이것아."

하는 아버지의 성난 얼굴이 엎드린 속으로 보인다. 그는 그러나 벌떡 일어나지는 못하였다. 자기 눈 가장자리에는 눈물이 묻었다. 그 눈물을 보면은 반드시 그 우는 곡절을 물을 터이다. 그 대답을 하면은 결국은 벼락이 내릴 터이다. 그래서 일어나지도 못하고 그대로 있지도 못하고 그의 가슴은 초조하였다.

두 발이 성큼 방 안으로 들어오는 듯하더니 무쇠 갈고리 같은 손이 자기 저고리 동정을 꿰뚫어 번쩍 쳐들었다. 그는 쇠판에 매달린 쇠고기 모양으로 반짝 들리었다.

"울기는 왜 우니?"

하는 그의 아버지도 자식 우는 것을 볼 때, 어떻든 그 눈물을 동정하는 자정(慈情)이 일어나는지 목소리가 조금 낮아지며 또는 웃음이 섞이었으니, 그것은 그 눈물나는 마음을 위로하려는 본능이다.

"왜 울어?"

대답이 없다.

"글쎄 왜 우니?"

가슴은 타나 대답할 수는 없었다.

"엄마가 때려 주든?"

진태는 고개를 흔들며 느껴 울었다.

"그러면 왜 우니? 꾸지람을 들었니?"

"아뇨."

진태는 다시 고개도 흔들지 않았다.

"그럼 왜 울어, 말을 해!"

아버지는 화가 나는 것을 참았다.

"이 자식아! 말을 해라. 왜 벙어리가 되었니? 말이 없게!"
하고서는 무슨 생각을 하였는지 여러 번 타일러 보다가,
"웬일야!"
하고 혼잣말을 하더니 바깥으로 나아간다. 그것은 근자에 볼 수 없는 늘어진 성미였다. 아마 어멈에게 물어 볼 작정이었던 것이다.
아범은 문 밖으로 나갔다. 그러더니 다시 들어오며,
"삼태기 어쨌니? 응, 삼태기?"
하며 안팎으로 들락날락하는 서슬에 안부엌에서 어멈이 설거지를 하면서,
"왜 아까 진태가 마당을 쓴다고 가지고 나갔는데……."
하고,
"걔더러 물어 보구려."
한다. 아범은 화가 나는 듯이,
"그런데 쭉쭉 울고 있으니 무엇이라고 그랬나?"
하며 어멈을 본다.
그러자 안마루에서 마님이 무엇을 보다가 운다는 소리를 듣더니 미안한 생각이 났던지,
"아까 눈인가 무엇인가 친다고 나리마님 발등에다가 눈을 쏟아뜨렸다네. 그래서 어멈이 말마디나 한 게지."
아범의 눈은 실룩해졌다. 그리고는 잡아먹을 짐승에게 덤비려는 호랑이 모양으로 고개가 쑥 내밀리더니 어깨가 으쓱 올라간다. 그리고는 아무 말 없이 바깥 행랑으로 나아간다.
바깥으로 나온 아범은 다짜고짜로 방문을 열어젖뜨렸다. 그의 생각에는 주인의 발등에 눈 엎은 것은 오히려 둘째이다. 삼태기 하나 잃어버린 것이 자기 자식을 쳐죽이고 싶도록 아깝고 분하고 망할 자식이다.
"이 녀석!"

자기 아들을 움켜잡았다.

"이리 나오너라."

진태는 두 손 두 다리를 가슴에다 모으고서 발발 떨면서 자기 아버지만 쳐다본다.

"이 망할 자식, 울기는 애비가 잡아먹었니, 에미가 잡아먹었니. 식전 아침부터 훌쩍훌쩍 울게."

하더니 돌덩이 같은 주먹이 그의 등줄기를 보기 좋게 올리었다.

"에그 아버지! 에그 아버지!"

하며 볶아치는 소리가 줄을 대어 나왔으나 그 뒷말은 없다. 매를 맞는 진태도 잘못 했습니다를 조건 없이 할 수는 없었다.

"뭐야 아버지? 이 녀석! 이 망할 자식."

하고서 사정 없이 들이친다.

울고 호령하는 소리가 야단스럽게 나니까 어멈이 안에서 뛰어나오며,

"인제 고만두. 그만둬요. 요란스럽소."

하고 만류를 하나,

"이게 왜 이래, 가만 있어. 저리 가요."

하고 팔꿈치로 뿌리치고는,

"이놈아! 그래 눈깔이 없어서 나리마님 버선에다가 눈을 들이부어 놓고 또 무엇에 마음이 팔려서 삼태기는 밖에다가 놓아 두어 잃어버리게 했니? 응? 이 집안 망할 자식!"

아범의 손이 자기 아들의 볼기짝 등어리 넓적다리 할 것 없이 사정 없이 때릴 때마다 어린 살에는 푸르게 멍이 들고 피가 맺힌다.

그럴 때마다 눈앞에서 자기 손에 매달려 애걸하는 자기 아들이 보이지 않고 안방 아랫목에 앉아 있는 주인나리가 보인다. 그리고는 자기 아들을 때리는 것 같지 않고 자기 주인나리를 욕하고 원망하고 주먹질하

고 싶었다.

"인제 그만 좀 두."

하고 어멈은 자식을 가로챘다. 그래 가지고는 다시 자기 아들을 끼어안았다.

<h1 style="text-align:center">3</h1>

그날 해가 세시나 넘어 네시가 되었다. 진태는 학교에 다녀왔다. 앞대문을 들어오려다가 보니까 새로이 삼태기 하나를 사다 놓은 것이 눈에 띄었다. 싸리나무로 얽은 늙고 붉은 삼태기를 볼 때, 그의 매맞은 자리가 다시 아프고 얼얼하다.

툇마루에 걸터앉으니까 어머니는 상에다 밥을 차려 가지고 방으로 들어오라고 부른다. 방 안에는 모닥불이 재만 남았는데, 인두 하나 꽂혀 있고 또 다 삭은 화젓가락과 부삽 하나가 꽂혀 있다.

어머니는 누더기 천에다가 작년에 낳은 어린아이를 안고서 젖을 먹인다. 어린애는 젖꼭지를 물고서 입을 오물오물하면서 한 손으로 다른 쪽 젖꼭지를 만진다.

진태는 그 동생을 볼 때 말없이 귀여웠다. 그래서 손가락으로 볼따구니를 건드려 보고 어꾸어꾸 혓바닥 소리를 내어서 얼러 보기도 하였다.

어린애는 방싯 웃었다. 그리고는 젖꼭지를 쑥 빼고서 진태를 돌아다봤다.

어머니는 침착한 얼굴로 어린애의 손가락만·만지고 있더니,

"엣다."

하고 어린애를 내밀면서,

58 ■ 나도향

　　"좀 업어 주어라."

하고서 어린애를 곤두세운다. 그러자 진태는,

　　"밥도 안 먹고?"

하고 밥을 얼른 먹고서 어린애를 업으려 하였다. 그러나 진태의 집에는 아직 밥을 짓지 않았다. 어머니는 안에 들어가 밥을 지으려 하기는 해도 우리 먹을 밥은 지으려 하지 않는다.

　　진태는 어머니가 안으로 들어간 후 어린애를 업고서 방 안으로 왔다 갔다하면서, 밥을 짓지 않으니 아마 쌀이 없나 보다 하였다. 그리고는 아버지가 얼른 돌아와야 할 것이라 하였다.

　　진태는 뚫어진 창 틈으로 내다보면서 아버지가 혼자 인력거를 끌어서 쌀 판 돈을 가지고 오지나 않나 하고서 고대하였다.

　　그래도 미심하여서 그는 쌀 넣어 두는 항아리를 들여다보았다. 들여다보니까 겨 묻은 쌀바가지가 쾅 빈 시꺼먼 항아리 속에 들어 있을 뿐이다. 진태는 힘없이 뚜껑을 덮고서 섭섭한 마음으로 방 안을 왔다갔다 하였다. 어린애는 등에서 꼼지락꼼지락하고서 두 발을 비빈다.

　　"오늘도 또 밥을 하지 못하는구나."

하고서 펄덕펄덕하고 문을 열고 쪽마루로 내려왔다. 내려와서는 냄비가 걸려 있는 아궁이 밑을 보았다. 거기에는 타다 남은 푼거리[4] 장작이 두어 개 재 속에 남아 있다. 그는 다시 장작 갖다 놓아 두는 부엌 구석을 보았다. 거기에는 부스러기 나무도 없다.

　　바람은 쓸쓸스러운 행랑의 씻은 듯한 살림살이를 핥고 지나가고, 으슴츠름하게[5] 어두워 가는 저녁날은 저녁 못 지을 것을 생각하고 섭섭

---

4) 푼거리 — 땔나무나 물건을 몇 푼어치씩 팔고 사는 일.
5) 으슴츠름하다 — 침침하고 흐릿하다. 으슴푸레.

한 감정을 머금은 진태의 어린 마음을 눈물나게 한다.

조금 있다가 어머니는 허둥지둥 나왔다. 아마 부엌에 불을 지피고 나온 모양이다. 진태의 눈에는 아궁이에서 타 나오는 장작불을 한 발로 툭툭 차넣던 어머니의 짚신발이 보인다.

어머니는 나오면서 등에 업힌 어린애를 보더니,

"에그 추워! 저런, 무엇을 좀 씌워 주려무나!"

하고서,

"남바위[6] 어쨌니? 손이 다 나왔구나."

하더니 방으로 들어가, 진태가 돌에 쓰던 것이니까 십 년이나 되는 남바위를 들고 나온다. 털은 다 빠지고 비단은 다 삭았다. 어머니는 그것을 어린애에게 씌워 주고 다시 문 밖을 내다보고 오 분이나 서 있었다. 진태도 그 서 있는 의미를 짐작하였다. 아버지 돌아오기를 기다리는 것이다. 그러다가 어머니는 갑자기 덜미에서 누가 딱 하고 놀래는 것처럼 깜짝 놀라며 다시 안으로 들어가려고 돌아섰다. 그때 진태는,

"저녁 하지 않우?"

하고서 어머니 뒤를 따라 들어갔다. 어머니는 화가 나고 초조하던 판에,

"밥도 쌀이 있고 나무가 있어야지."

하고 소리를 꽥 지른다. 진태 잔등에 업혀 있던 어린애가 깜짝 놀라며 와아 운다.

진태는 어린애를 주춤주춤 추슬러 달래면서 아무 말 못하고 섰다. 어머니는 다시 안으로 들어갔다. 진태도 따라 들어갔다. 그러고는 부엌 앞에 앉아서 불을 넣고 앉았었다.

---

6) 남바위 — 추울 때 머리에 쓴 방한구.

4

날이 어둡고 전깃불이 켜졌으나 밥을 짓지 못하였다.

그리고 아버지도 아직 돌아오지를 않는다. 진태 어머니가 상을 차려 드리고 바깥으로 나오려고 하니까 마님이,

"어멈!"

하고 부르신다.

"예."

하고서 어멈은 문을 열려다가 다시 돌아다보았다.

"오늘 저녁은 하였나?"

어멈은 조금 주저하다가,

"먹을 것 있어요."

하고서 부끄러운 웃음을 웃었다.

"아범 들어왔나?"

"아직 안 들어왔에요."

"그럼 저녁도 짓지 못하였겠네그려."

어멈은 아무 말도 없었다. 마님은 벌써 알아채고서,

"그래서 되겠나? 어린것들이 견디겠나."

하고서,

"자, 이것이나……."

하고서 상 끝에 먹다 남은 밥을 이 그릇에서 저 그릇으로 모아 놓으면서,

"그놈도 들어오라고 그래. 불도 안땐 모양이지? 추워서들 견디겠나.

어른은 괜찮지마는 어린애들이……."
하고서,
　"어서 그놈도 들어오라고 해!"
하며 어멈을 치어다본다. 어멈은 다행히 여겨 바깥으로 나오며,
　"애, 진태야!"
하며 진태를 부른다.
　"왜 그러세요?"
　진태는 문 밖에 섰다가 문 안으로 들어오며 묻는다.
　"들어가자!"
　"어디로?"
　"안으로 말야. 마님이 밥 먹으러 들어오라신다."
　진태의 얼굴은 당장에 새빨개지더니,
　"왜 아버지 들어오시거든 밥을 지어 먹지."
　"어디 들어오시니."
　"언제든지 들어오시겠지."
　"들어가—부르시니."
　진태는,
　"싫어요."
하고서 돌아섰다. 진태의 마음에는 아까 아침에 나리의 버선등을 더럽
힌 것을 생각하며 다시 마님의 낯을 뵈옵기도 부끄럽거니와 아무것도
잘못한 것이 없는데 아버지에게 매를 맞게 한 것이 분하기도 하였다. 그
런데다가 안방에는 자기와 동갑 되는 교장의 딸이 자기와 같은 학교 여
자부에 다니는데, 그 계집애 보기에 매맞은 것이 부끄럽다.
　"애! 나중에는 별소릴 다 듣겠네. 어서 들어가자."
　어머니는 재촉을 한다.

“어서 들어가.”

진태는 심술궂게,

“싫어요, 나는 밥 얻어 먹으러 들어가기는 싫어요.”

하고 소리를 질렀다.

“빌어먹을 녀석. 기다리셔! 안에서……”

“기다리시거나 말거나 나는 안 들어가요.”

어멈 마음에도 자기 아들의 말하는 것이 잘못은 아니었다. 그리고 꾸짖기는 고사하고 동정할 만한 일이었으나, 그래도 당장에 배고파할 것과, 또 자기도 밥을 먹어야만 어린애 젖을 먹일 것이다. 그래서 자기 아들의 굳은 의지를 어머니 된 위력으로 꺾지 않을 수 없었다.

“안 들어갈 터이냐?”

그 말을 듣고 부지깽이를 찾는 척할 때, 그는 웬일인지 하지 못할 짓을 하는 비애를 깨달았다.

“싫어요.”

진태는 우는 소리로 거절하였다.

“싫으면 밥 굶을 터이냐?”

“굶어도 좋아요.”

“어디 보자, 어린애나 이리 내라.”

어린애를 안고서 어머니는 안으로 밥을 얻어먹으러 들어갔다. 그러나 진태는 방에 들어가 깜깜한 속에 드러누워 있었다.

그날 어째 그렇게도 섧고 분하고 쓸쓸한지 모르겠다. 어째 이런가 하는 생각이 난다. 그리고 아버지나 얼핏 들어왔으면 좋겠다 하였다. 십분이 못 되어 어머니는 다시 나왔다.

“애.”

하고 문을 열고 고개를 들이밀며,

"마님이 들어오라신다. 어서어서."

진태는 그대로 누운 채 다시 돌아누우며,

"싫어요. 안 들어가요."

"나리가 걱정하셔."

"싫어요, 글쎄."

어멈은 다시 들어갔다. 그리고 오 분이 못 되어 또 나오는 소리가 들렸다. 그러더니 이번에는 문을 열고서,

"그럼 옛다."

하고 무엇을 내민다. 진태는 방바닥이 차디차고 찬바람이 문 틈으로 스쳐 들어오는 것을 막기 위하여 이불을 내리덮고 새우잠을 자다가 어머니 소리를 듣고서,

"무엇이에요?"

하다가 얼른 목소리를 잡아당겼다.

"자! 밥이다. 먹고 드러누워라. 이 추운데 저것이 무슨 청승이냐."

진태는 온몸을 사를 듯이 부끄러운 감정이 홱 흐르며,

"글쎄 싫다니까. 안 먹어요, 먹기 싫어요!"

어머니는 들어왔다. 진태를 밀국수 방망이 밀듯이 흔들흔들 흔들면서 타이르고 간청하듯이

"일어나거라, 응! 일어나."

진태는 더욱 담벼락으로 가까이 가며,

"싫어요! 나는 배고프지 않아요."

하고서 고개를 이불로 뒤집어쓰고 아무 말이 없다.

"그만두어라. 너 배고프지 나 배고프겠니?"

하고서 그대로 안으로 들어가려 할 때,

"엣 추워!"

하고서 들어오는 사람은 자기 아버지다. 어멈과 아범은 맞닥뜨렸다.

"이건 눈깔이 빠졌나, 엑구 시……."

하며 아범이 소리를 질렀다.

"어두워서 보이지를 않는구려."

하고서 여성답게 미안한 어조로 어멈은 말을 한다. 이 한 번 맞닥뜨린 것은 빈손으로 들어오는 자기 남편을 몰아세울 만한 용기를 꺾어 버리었고, 주머니 속이 비어 있는 아범은 또한 큰소리를 할 만한 용기를 주게 하였다.

"어떻게 되었소?"

"무엇이 어떻게 돼! 큰일났어, 큰일! 벌이가 있어야지. 저녁은 어떻게 했나?"

"여보! 그 정신나간 소리는 좀 두었다 하우. 무엇으로 저녁을 해요?"

아범은 아무 소리 못하고 방 안으로 들어갔다. 진태는 일어나 앉았다. 그리고는 속으로 반갑기는 고사하고 한 가닥의 희망까지 끊어져 버렸다.

"그럼 어떻게 하나?"

아범은 불 켤 것도 생각지 않고서 한탄을 한다.

"그래 한푼도 없소?"

"아따 이 사람, 돈 있으면 막걸리 먹었게."

막걸리라는 소리가 어멈의 성미를 겨웠다.

"막걸리가 무어요? 어린 자식들은 추운 방에서 배들이 고파서 덜덜 떠는데 그래도 막걸리요? 그렇게 막걸리가 좋거든 막걸리 장수 마누라나 하나 데리고 살거나 막걸리 독에 가서 거꾸로 박히구려. 그저 막걸리, 막걸리 하니 언제든지 막걸리 신세를 갚고야 말 터이야, 저러다가는……."

"글쎄 그만둬요. 또 여우 모양으로 톡톡거려. 엥, 집에 들어오면 여편네 꼴 보기 싫어서."

하고 입맛을 쩍쩍 다신다. 진태는 옆에서 그 꼴만 보다가 불을 켜고 있었다.

"그럼 저녁을 먹어야지."

하고 아범은 꽤 시장한 모양으로 없는 궁리를 하려 하나 아무 궁리도 없다.

"이것이나 먹구려."

하고 어멈은 진태를 주려고 국에다 만 밥을 내놓았으니까,

"그게 무어야?"

하고 숟가락으로 두어 번 떠먹어 보더니,

"너 저녁 먹었니?"

하고서 진태를 돌아다본다. 진태는 말을 하려야 할 수도 없거니와, 말하기도 전에 어멈이,

"안 먹었다우."

하고서 진태를 책망도 하고 원망도 하는 듯이 흘겨보았다.

"왜?"

하고 아범은 숟가락을 든 채로 그대로 있다.

"누가 알우, 먹기 싫다는 것을."

"그럼 배고프겠구나?"

하고서 밥그릇을 내놓으면서,

"좀 먹으련?"

하니까 진태는,

"싫어요."

하고서 멀리 피해 앉는다.

"왜 그러니?"

"먹을 마음이 없어요."

삼십 분쯤 지났다. 문 밖에서 어멈이,

"진태야! 진태야!"

하고 부른다. 진태는 그 부르는 어조가 너무 은밀한 듯하므로,

"네."

대답 한 번에 바깥으로 나갔다. 어머니는 대문간에 손에다가 무엇인지 가느다란 것을 쥐고 서 있다.

"저……."

하고 어머니는 헝겊에 싼 그것을 풀더니,

"이것 가지고 전당국에 가서 칠십 전이나 팔십 전만 달래 가지고 싸전[7]에 가 쌀 다섯 홉만 팔고 나무 열 냥어치만 사 가지고 오너라."

한다. 진태는 얼른 알아채었다. 옳지! 은비녀로구나. 자기 집 안에 값진 것이라고는 어머니 시집올 때 가지고 온 그 비녀 하나하고 굵다란 은가락지뿐이다.

진태는 그것을 받아들었다. 그리고는 전당국을 향하여 간다. 전당국이 잡화상 옆에 있는 것이 제일 가깝고, 조금 내려가면 이발소 윗집이 전당국이다. 그러나 첫째 집은 가지를 못한다. 그것은 그 전당국 주인의 아들이 자기하고 같은 학교 다니니까 만일 들키면 창피할 것이요 부끄러울 것이다. 그래서 그 집을 남겨 놓고 먼 저 아래 전당국으로 가리라 하였다. 그는 팔짱을 끼고 웅숭그리고서[8] 전당국으로 들어가려 하니까, 어째 누가 손가락질을 하는 것 같고 구차함을 비웃는 듯하다. 그리고 그

---

7) 싸전 — 쌀과 그 밖의 곡식을 파는 가게.

8) 웅숭그리다 — 춥거나 두려워서 궁상맞게 몸을 웅크리다.

전당국 주인까지도 자기의 구차한 것을 호령이나 할 듯이 싫을 것 같다. 그러나 눈 딱 감고 들어가려 하는데, 문간에다가 기중(忌中)이라 써 붙이고 문을 닫아 버렸다.

'기중(忌中)'

사람이 죽었구나 하고서 생각하니, 그 몇 분 동안에 자기 마음이 긴장되었던 것은 풀려진다.

그러면 이번에는 하는 수 없이 그 동무 아버지의 전당국으로 가야 하겠다.

한 발짝이라도 더디게 떼어 놓아 그 전당국으로 들어설 때, 가슴은 거북하고 머리에는 열이 올라와서 흐리멍덩하다.

기웃이 들여다보니까 아무도 없다. 혹시 동무 학동이나 만나지 않을까 하였더니 사무 보는 어른이 한 분 앉아 있고 아무도 없어 아주 다행이다.

그는 정거장 표 파는 데처럼 철망으로 얽고 또 비둘기 창구멍처럼 뚫어 놓은 곳으로 은비녀를 디밀었다.

신문을 보던 사무 보는 어른이 한 번 흘겨보더니,

"무엇이냐?"

하고서 소리를 꽥 지른다.

"이것 잡으세요?"

하는 소리는 떨리고 가늘었다. 사무 보는 이는 아무 말 없이 그것을 받아들더니 저울에다가 달아 본다. 진태는 속마음으로, 만일 저것을 잡지 않으면 어떻게 하나? 나쁜 것이라고 퇴짜를 하면은 어떻게 하나 하고 있을 때,

"얼마나 쓰련?"

하고 돈을 묻는다. 그는 겨우 안심을 하고서 돈을 말하려다가 자기가 부

르는 돈보다 적게 주면 어떻게 하나 하고서 도리어 그이더러,

"얼마나 나가요?"

하고 물었다. 그는 한참 있더니,

"일 원이다."

한다. 그러면 자기 어머니가 얻어 오라는 것보다 삼사십 전이 더하다. 그는 겨우 안심을 하고서,

"칠십 전 주세요."

하였다.

"네 이름이 무엇이냐?"

전당표에 이름이 씌어지는 것은 좋지 못하나 하는 수 없이 이름을 대었다.

사무 보는 이가 전당표를 쓰는 동안에 진태는 왔다갔다하였다. 그러고서 남에게는 전당 잡으러 온 체하지 않으려고 사면을 둘러보고 군소리를 하였다.

진태가 바깥을 내다볼 때 누구인지 덜미[9]에서,

"진태냐?"

하는 어린애 소리가 들렸다. 그가 얼른 돌아다보니 거기에는 그 집 주인의 아들이 반가이 맞으며,

"어째 왔니?"

하며 나온다. 진태는 달아나고 싶었다. 그리고는 될 수만 있으면 돈도 그만두고 피해 가고 싶었다.

"내일 산술 숙제 했니?"

어쩌면 그렇게 다정하게 물으랴? 그러나 진태는,

---

9) 덜미 — '뒷덜미'의 준말. 목덜미 아래 어깻죽지 사이.

"아니."

하고서 고개를 내저었다. 그의 얼굴은 진홍빛같이 붉어졌다.

"애, 큰일났다. 나는 조금도 할 수가 없어!"

그의 말소리는 진태의 귀에 조금도 안 들린다. 내일 숙제는 그만 두고 내일 학교에 가면 반드시 여러 동무들이 흉들을 볼 터이요, 또는 놀려댐을 당할 것이다. 그리고 그의 앞에는 커다란 수남(壽男)이가 보이며, 장난의 괴수요, 핀잔 잘 주고 못 살게 굴기 잘 하는 그 불량한 학생이 보인다.

전당표와 돈을 받아들었다. 이제는 싸전으로 갈 차례다. 석 되나 닷 되나 한 말 쌀을 파는 것은 오히려 자랑거리지마는 다섯 홉은 참으로 팔기가 부끄럽다. 그는 싸전에 가서 종이 봉지에 쌀 다섯 홉을 싸들었다. 첫째 싸전쟁이가,

"왜 전대(纏帶)[10]를 가지고 오지 않았어?"

꽥 소리를 한 번 지르더니 딴 사람의 쌀을 다 퍼 주고야 종이 봉지 하나가 아까운 듯이 가까스로 다섯 홉 한 되를 퍼 주었다.

돈을 주고 나왔다. 쌀 든 손은 얼어서 떨어지는 듯하다. 한 손으로 귀를 녹이고 또 한 손으로 번갈아 가며 쌀봉지를 들었다.

이번에는 나무 가게로 갈 차례다. 나무 가게로 갔다. 이십 전어치를 묶었다. 그것을 새끼에다 질빵을 지어서 둘러메고 쌀은 여전히 옆에다 끼었다. 한길로 고개를 숙이고 다가가는 어깨가 아프고 손, 발, 귀가 시려서 잠깐 쉬다가 저쪽을 보니까 자기 집 들어가는 골목 조금 못 미쳐서 학교 선생님 한 분이 오신다.

진태는 얼핏 일어났다. 그리고 선생님이 골목까지 오시기 전에 먼저

---

10) 전대(纏帶) ─ 돈이나 물건을 넣어 몸에 지니게 된 양쪽 끝이 터진 자루.

그 골목으로 들어가야 하겠다 하였다. 그리고는 줄다음질하였다. 선생님은 아무것도 둘러메시었을 리가 없으므로 걸음이 속하시다.[11] 자기는 힘에 겨운 것을 둘러메었으니 걸음이 더디다. 거의 선생님과 맞닥뜨리게 되었다. 그래서 앞도 보지 않고 골목으로 뛰어 들어가다가 거기서 나오는 사람과 마주쳤다.

"에쿠!"

하면서 손에 들었던 쌀이 모두 흩어지고 나무를 어깨에 멘 채 나가 자빠졌다.

"이 망할 집 자식! 눈깔이 없니?"

하고 들여다보는 그이는 자기 아버지다. 진태는 그래도 뒤돌아보았다. 벌써 선생님은 본 체 만 체 지나가 버리시었다.

"이 망할 자식아! 쌀을 이렇게 흐트려서 어떻게 해?"

하며 아버지는 두 손으로 컴컴한 데서, 그것을 쓸어서 바지 앞에다 담는다.

진태는 멍멍히[12] 서 있다가 아버지에게 끌려 집으로 들어갔다.

집에 들어가니까 어머니가 얼마나 받았으며 얼마나 썼으며, 얼마나 남았느냐고 묻는다. 진태는 그 소리를 듣고서 전당표를 주었다. 그리고는 자세한 이야기를 하였다.

그러나 어머니는 진태의 잘잘못을 따지지 않았다. 유일한 보물을 전당을 잡혀서 팔아 온 쌀까지 땅에다 엎질러 버린 것을 생각하면 그대로 있을 수 없을 만큼 아깝고 분하다. 그래,

"이 망할 녀석, 먹으라는 밥을 먹지 않아서 밥이나 먹고 자라고 하랬

---

11) 속(速)하다 — 빠르다.

12) 멍멍하다 — 말이 없이 어리둥절하다.

더니……"
하고서 주먹을 들고 덤벼들며,

  "어디 좀 맞아 보아라!"
하고서 또다시 덤벼든다. 진태는 아무것도 변명하지 않았다. 그러나 하루에 두 번씩 매를 맞게 되니까 무엇이 원망스럽고 또 무엇을 저주하고 싶었으나 그것이 무엇인지 알지 못하였다. 그래서 그는 한참 얻어맞고 혼자 울었다. 그는 위로해 주는 사람 하나 없고 쓰다듬어 주는 사람 하나 없었다.

  그는 방구석에 틀어박혀서 한참 울다가 그대로 잠이 들었다. 억울한 꿈을 꾸면서…….

(1923년)

십칠 원 오십 전
―젊은 화가 A의 눈물의 한 방울―

1

사랑하시는 C선생님께 어린 심정에서 때없이 솟아오르는 끝없는 느낌의 한 마디를 올리나이다.

시간이란 시내가 흐르는 대로 우리 인생은 그 위에서 뱃놀이를 하고 있습니다. 늙은이나 젊은이나, 마음 아픈 이나 가슴 쓰린 이나, 행복의 송가(頌歌)를 높이 외우는 이나 성공의 구가(謳歌)[1]를 길게 부르짖는 사람이나, 이 시간이란 시내에서 뱃놀이하지 않는 사람이 누구입니까?

오늘 이 편지를 선생님께 올리는 이 젊은 A도 시간이란 시내에 일엽편주(一葉片舟)[2]를 띄워 놓고 끝 모르는 포구(浦口)로 향하여 둥실둥실 떠갑니다.

어떠한 이는 쾌주하는 기선을 탔으며, 어떠한 이는 높다란 돛을 달고 순풍에 밀리어 갑니다. 또 어떠한 이는 밑구멍 뚫어진 거룻배[3]를 이리

---

1) 구가(謳歌) ― 칭송하여 노래하는 것.
2) 일엽 편주(一葉片舟) ― 조그마한 조각배.
3) 거룻배 ― 돛 없는 작은 배.

뒤뚱 저리 뒤뚱 위태하게 젓고 갑니다.

또 어떠한 배에서는 하품하고 기지개 켜는 소리가 들립니다. 또 어떠한 배에서는 장구를 두드리고 푸른 노래를 부르기도 합니다. 어떠한 배에서는 불그레한 정화(情話)[4]의 소곤대는 소리가 들립니다. 어떠한 배에서는 여자의 애끓는 울음소리가 납니다. 어떠한 배 속에서는 촉루(髑髏)[5]가 춤을 추고, 어떠한 배 속에서는 노름꾼의 코고는 소리가 납니다.

그러나 이 A가 탄 배에서는 무슨 소리가 들리는 줄 아십니까? 때없는 우울과 비분과 실망과 고통과 원망이 뭉텅이가 되고 덩어리가 되어 듣는 이의 귓구멍을 틀어막은 듯이 다만 띵하는 머리 아픔이 있을 뿐이외다.

나와 같은 배를 띄워 같은 자리를 지나가는 배가 몇백 몇천이 있습니다. 그들은 다만 서로 바라보며 기막혀 웃을 뿐이외다. 그리고 서로 눈물지을 뿐이외다.

선생님! 이 배가 가기는 갑니다. 한 시간에 오 리(五里)를 가거나 단일 리(一里)를 가거나 가기는 갑니다. 그러나 그 배가 뒷걸음질칠 리는 없을 터이지요? 가기만 하는 배는 우리를 실어다 무엇을 하려 할까요? 흐르는 시간은 말이 없고 뜻이 없으매 다만 일정한 규칙대로 가기는 가겠으나 뜻없고 말없는 시간이란 시내 위에 이 A는 무슨 파문(波紋)을 그려 놓아야 할까요?

새벽 서리 찬 바람에 차르럭 찰싹 뛰어노는 어여쁜 물결입니까? 아침 저녁 멀리 밀려왔다 멀리 밀려가는 밀물의 스르렁거리는 물결입니까? 초승달 갸웃드름하게 비친 푸르렀다 희었다 하는 깜찍한 파문입니까?

어떻게 저는 무슨 파문이든지 그 시간이란 시내 위에 그리어 놓아야 할 것이외다. 하다못하여 시꺼먼 물결 위에 푸—— 하게 일어나는 거품일지라도 남겨 놓고야 말 것이외다.

선생님! 그러나 그 파문을 그리려 하나 그릴 수가 없습니다. 하늘의 바람은 너무 강하고 몰려오는 물결은 너무 힘이 있습니다.

인습이란 물결이 이 작은 편주를 몰아낼 때와 육박하는 환경의 모든 시꺼먼 물결이 가려고 하는 이 A라는 조그만 배를 집어삼키려 할 때 닻을 감으랴, 노를 저으랴, 가려고는 합니다마는, 방향을 정하려 하나 팔에 힘이 약하고, 가려고 하오나 나를 이끌어 나아가게 하는 힘있는 발동기를 갖지 못하였습니다.

그나 그뿐입니까? 어떠한 때에는 폭우가 내리붓고, 어떠한 때에는 광풍[6]이 몰려와 간신히 대뚱거리는 이 작은 배를 사정없이 푸른 물결 속에 집어 넣으려 합니다.

아아, 선생님! 그나 그뿐이 아니외다. 어떠한 때는 어두운 밤이 됩니다. 울멍줄멍하는 노한 파도가 다만 시꺼먼 암흑 속에서 이리 뛰고 저리 뜁니다. 하늘에는 희망의 별 하나 보이지 않습니다. 저쪽 어귀에 희미하게 비치는 깨알 같은 등대의 깜빡거리는 불도 꺼질 때가 있습니다.

그러나 저는 가렵니다. 약하고 힘없는 두 팔 두 다리로 저 보이지 않는 포구(浦口)를 향하여 형형 색색의 파문을 그리면서 가기는 가렵니다. 오늘에 그리어 놓은 파문의 한 폭이 모레의 그것을 낳아 저쪽 포구에 이를 때에는 대양(大洋)으로 나아가는 힘있는 여울 물결 위에 거룩하고 꽃다운 성공의 파문을 그리려 합니다.

아아, 그때에는 암흑에 날뛰는 미친 파도나, 때없는 폭풍우나, 밀려오

---

6) 광풍(狂風) — 미친 듯이 사납게 부는 바람.

는 인습의 물결이나, 모든 환경의 그 모진 파도가 그 거룩하고 꽃다운 파문 하나는 지워 버리지 못할 것이며 삼키어 버리지 못할 것이지요. 이 작은 일엽 편주는 그때가 되어 바위에 부딪혀 깨어지거나 물결에 씻기어 사라지거나⋯⋯. 저는 다만 죽어 가는 목구멍 속으로라도 넘치는 환희와 북받치는 기쁨으로 영생의 노래를 부를 것이외다.

2

오늘은 웬일인지 일기가 전에 보지 못하게 음침합니다. 답답한 심사와 침울한 감정을 양기(陽氣) 있고 청징(清澄)하게[7] 하려 애를 썼으나 그것은 실패하였습니다.

아침에 밥을 먹은 저는 열두시가 되도록 습기찬 땅바닥에 누워 있었습니다. 오고가는 공상이 어떠한 때는 저를 웃기더니 어떠한 때는 울리더이다. 저의 젊은 아내는 오색 종이로 바른 반짇고리를 옆에 놓고 별 같은 두 눈을 깜빡거리며 저의 입고 나갈 두루마기 끈을 달고 있었나이다. 저는 저의 아내를 볼 때마다 불쌍한 생각이 납니다. 나이 젊은 아내의 고생살이를 생각할 때마다 저의 심정은 웬일인지 쓰립니다. 제 옆에 앉아 있는 그 젊은 아내가 과연 저의 이상(理想)을 채우는 아내는 아니외다. 사랑과 사랑이 결합하여 된 부부가 아니외다. 그는 무엇을 믿고서 나의 아내가 되었으며, 무슨 각성을 가지고 나를 사랑하는지 알 수가 없습니다. 애인과 애인이 서로 만나는 것이 가장 큰 대담한 일이라 하면, 애인도 아니요 애인도 아닌 이 두 사람의 서로 결합된 것도 위태하게도

---

7) 청징(清澄)하다 — 맑고 깨끗하다.

대담한 것이외다.

　위태한 짓을 똑같이 한 이 A는 불쌍한 용자(勇者)이지마는 그것을 지금까지 알지 못하는 저의 젊은 아내도 어리석은 용자이외다. 우리 두 사람이 과연 원만하게 사랑의 가락을 두 몸에 얽어 놓았습니까? 강대한 세력을 두 사람의 붉은 피 속에 부어 주는 것이 무엇입니까?

　그러나 어린 자식은 절더러 '아빠, 아빠' 합니다. 그리고 저의 아내더러는 '엄마, 엄마' 합니다. '엄마, 아빠'라 부르는 그 소리를 들을 때마다 알지도 못하게 저의 마음은 깨끗하여지며 어느 틈엔지 따가운 귀여움이 저의 가슴을 채웁니다. 어린애가 웃으면 저도 웃습니다. 그러면 저의 아내도 웃습니다. 저의 아내의 웃는 눈은 반드시 나의 얼굴을 바라봅니다.

　철없는 아이가 재롱 부려 웃을 때는 저의 웃음과 저의 아내의 웃음소리는 보이지 않는 공중에서 서로 얼크러져 입을 맞춥니다. 그때에는 모든 불평, 모든 고통이 그 방 안에서 내쫓기어 버립니다.

　오늘도 남향한 창에는 햇볕이 따뜻하게 드는데, 철없는 어린 자식은 방 한귀퉁이에서 자막대기를 가지고 몽실몽실한 두 다리를 쭉 뻗고서 무엇이 그리 재미있는지 콧소리를 쌔근쌔근하며 장난을 하고 있을 때, 답답한 감정이 공연히 저의 상을 찌푸리게 하였으나 근지러운 살과 부드러운 입김을 가진 저의 아내가 고요한 침묵을 가는 바늘로써 바느질할 제 웬일인지 눈을 감은 저의 전신의 모든 관능(官能)은 힘을 잃은 것같이 노곤하여졌나이다.

　잠들지 않은 나의 정신은 혼농(昏膿)한 가운데 젖어 있을 때 나의 아내는 무엇을 생각하였는지,

　"여보셔요, 날이 점점 추워 오는데 월급 되거든 어린애 모자 하나 사 오셔요."

하였습니다. 이 말을 듣는 저는 듣고도 못 들은 체하였습니다. 그리고 속마음으로는,

　'화구(畵具)도 살 것이 있고 책도 좀 사야 할 터인데 어린애 모자는 천천히 사지.'
하며 아내의 말에 공연한 심증이 났습니다. 그 심증은 결코 아내의 말이 부당한 말이나 어린 아이의 모자를 사다 주는 것이 아까워 그러는 것이 아니라, 경제의 압박을 당하여 오는 저는 돈이란 소리가 나올 때마다 쌓아 오고 쌓아 온 불평이 공연히 좋던 감정도 얼크러뜨려 버립니다.

　저의 아내는 여러 번 그런 일을 말하면서도 저의 대답하지 않는 것이 무안한 듯이 한참이나 아무 소리가 없다가,

　"왜 남의 말에 대답이 없소?"
하였습니다. 나는 여전히 말대답이 없이 드러누워 있었습니다. 아내는 또다시,

　"어린애 모자 하나 사다 주기가 무엇이 그리 어려워서……."
하더니 아무 소리도 없이 다 꿰맨 두루마기를 툭툭 털어 저의 누워 있는 다리 위에 툭 던졌습니다.

　자막대를 가지고 장난하던 어린애는 모자 소리를 듣더니,

　"때때모자? 응! 엄마?"
하고 벙긋벙긋 웃으면서 저의 아내를 쳐다보며 달려듭니다. 이것을 본 저의 아내는 토라졌던 얼굴을 다시 고치었는지,

　"글쎄, 이것 좀 보시우! 모자, 모자 하는구려!"
하며 아무 말 없이 두 눈 위에 팔을 얹고 누워 있는 저의 가슴을 가만히 연하고 부드럽게 흔들었습니다. 저의 아내의 매낀매낀한[8] 손가락이

---

8) 매낀매낀하다 — '매끈매끈하다'의 방언.

저의 옷 위에서 꼼지락거릴 때에 저의 피부 밑으로 지나가는 신경은 무엇에 취한 듯한 감각을 저의 핏결 속에 전하는 듯하였습니다.

저는 다만,

"왜 이래? 귀찮아."

하고 팔꿈치로 아내의 손을 툭 치며 다시 돌아누웠습니다. 제가 본래 신경질임을 아는 저의 아내는 조금도 노여워하는 기색이 없이 다만 생글 웃으면서 가장 노한 듯이,

"그만두구려! 어서 옷이나 입고 나아가요. 대낮에 드러누워 있는 것이 갑갑해 못 견디겠구려."

하는 목소리는 웬일인지 마음 약한 저의 거짓 노여워함을 오래 가게는 못 하였습니다. 저는 다만 벌떡 일어나며 아내의 얼굴을 한 번 쳐다보고,

"에이! 그 등쌀에 누워 있을 수가 있어야지. 두루마기 어쨌소?"

하며 웃음을 참지 못하고 빙그레 웃었습니다. 저의 아내도 웃음이 떠도는 얼굴에 거짓 노여움을 섞으면서,

"그것 아니고 무엇이오?"

하며 방바닥에 놓여 있는 저의 두루마기를 가리켰습니다.

저는 다만 무안한 가운데도 우스운 생각이 나서 아무 말 없이 두루마기를 입고,

"지금 몇 시나 되었을꼬?"

하며 혼잣말을 하고는 모자를 집어 썼습니다.

저는 바깥으로 나왔습니다. 젊은 아내와 정에 겨운 싸움을 하고 나온 저의 마음은 바깥에 나와서 비로소 그 시간에 일어난 역사가 그립고 애착하는 생각이 났습니다. 새로운 공기와 푸른 하늘이 저의 공연히 센티멘털한 심정을 녹이며 부드럽게 하여 줄 때 웬일인지 반 웃음과 반 노여움을 섞은 저의 젊은 아내의 얼굴과 그의 표정이 말할 수 없이 저의

마음을 매취(魅醉)케 하는 듯하였습니다.

저는 저의 친구를 찾아 MW사(社)로 향하여 오면서 생각하는 것은 저의 아내뿐이었으며, 그 아내가 청하던 어린 자식의 새 모자였습니다. 저는 월급을 타거든 모자를 사다 주리라 하였습니다.

3

MW사에 왔습니다. DH, WC는 서로 바라보며 무슨 걱정인지 하고 있었습니다. 웬일인지 그 넓지 못한 방 안에서는 검푸른 근심의 그늘이 오락가락하였습니다. 저는,

"웬일들이야, 무슨 걱정 들었나?"

하였습니다. 얼굴 검은 DH는,

"그렇지 않아도 자네를 기다렸네. 그런 게 아니라 NC의 아내가 앓는다는 기별이 왔는데 본래 구차한 그 사람이 어떻게 근심을 하겠나? 그래서 오늘 NC의 집까지 가볼까 하고 자네를 기다리던 터인데."

"무어야? NC의 아내가?"

"그래."

"그것 안되었네그려! 그러면 언제 가려나? 차비들은 준비되었나?"

"그것은 내가 준비하였어."

"그러면 가보세그려."

저는 다만 친구의 불쌍한 처지에 동정하는 마음을 견디지 못하였습니다. NC의 집은 시골입니다. 더구나 한적한 촌입니다. 그의 생활은 부유롭지 못하고 빈곤합니다. 그는 지금 자기의 손으로 농사를 짓습니다. 아침에 괭이 메고 논으로 갑니다. 저녁이면 시름없이 자기 집으로 돌아

옵니다. 돌아온 그는 깜빡깜빡하는 유경(鍮檠)9) 밑에서 깨알 같은 책을 봅니다. 그리고 시를 씁니다. 그의 시는 선생님도 보신 바가 있겠지요마는 참으로 완벽을 이룬 것이 적지 않습니다. 저는 NC의 한적한 생활을 부러워합니다. 조금도 불평이 없이, 조금도 변함이 없는, 그의 굳은 신앙 아래 살아가는 것을 저는 부러워합니다.

저는 그의 눈물을 못 보았습니다. 그의 한숨이 저의 귀를 서늘하게 하지 못하였습니다.

4

사랑하시는 선생님, 사람의 눈물이 있다고 하면 이러한 경우에 울지 않는 사람은 없을 것이지요? 만일 참으로 그 눈물이 눈물이라고 하면 이와 같은 눈물이 참눈물이겠지요.

오늘 저녁이외다. 저희 세 사람은 NC가 사는 시골에 왔습니다. 정거장에서 십 리를 걸어 들어올 제 저희 세 사람은 참으로 공통된 의식, 공통된 감정을 머리 속과 가슴 속에 품고 있었습니다.

멀리 보이는 작은 별들은 옛날의 동방박사(東方博士)들을 베들레헴으로 인도한 듯이 우리를 보고서 재롱 부려 깜빡거립니다. 다닥다닥한 좀 생이는 간지러운 듯이 옹기종기합니다. 밤은 어둡고 길은 험하오나 저희를 이끌어 가는 그 무슨 세력의 선(線)이 끝나는 저편에는 반정(反情)10)이라는 낙원이 있습니다. 동지라는 그리운 '에덴'이 있습니다. 말

---

9) 유경(鍮檠) ― 놋쇠로 만든 등잔 받침.
10) 반정(反情) ― 반대하는 심정.

이 없고 소리가 없이 걸어가는 우리 세 사람은 다만 쓸쓸하고 적막하고 심심하고 무미 담담한 NC의 집을 찾아가면서도 우리의 끓는 피와 타는 정열은 그 찾아가는 한적한 농촌을 싸고 도는 가만한[11] 공기를 꽃답고 찬란하게 그려 놓으려 하였습니다.

그러나 NC의 집에 다다랐을 때가 되었습니다. 초가집 가장자리를 싸고 도는 암흑 속에서 이리 갔다 저리 갔다, 혼자 왔다갔다하는 사람이 있었습니다. 그는 그때 눈을 감고 하늘을 쳐다보고 있었습니다. 우리는 그를 NC로 알았습니다. 우리는 다만,

"NC!"

하고 반가운 두 손을 내밀었습니다. 이것을 본 NC는 다만 아무 소리가 없이 파리한 두 손을 내밀며,

"야! 어떻게들 이렇게 내려왔나?"

하며 힘없는 말소리에 처량한 기운이 도는 목소리로 대답을 하였습니다. 우리 세 사람 마음 속에는 NC의 말소리를 들을 때에 그 무슨 애매한 의식(意識)을 깨달았습니다. 인생의 애가(哀歌), 마음 아프고 가슴 저린 그 무슨 노래를 듣는 듯이 NC의 목소리에서는 푸른 기운이 돌았습니다.

NC는 아무 말이 없이 다만 번갈아 가며 우리 세 사람의 손을 단단히 쥐었습니다. 그리고는,

"나의 아내는 삼십 분 전에 영원한 해결(解決)의 나라로 갔네."

하였습니다. NC의 눈에서는 여태까지 보지 못하던 눈물이 흘렀습니다. NC의 가슴은 에고 붉은 피는 식고 애탄(哀嘆)의 결정(結晶)인 뜨거운 눈물은 다만 차디찬 옷깃을 적시고 시름없이 식어 버리더이다.

---

11) 가만하다 — 움직임이 드러나지 않을 만큼 조용하다.

그 누가 말한 바와 같이 하늘에는 별이 있습니다. 땅에는 꽃이 있습니다. 바다에는 진주가 있습니다. 우리 사람에게는 뜨겁게 반짝이는 눈물이 있습니다. 누가 이것을 보고 울지 않는 이가 있고, 누가 이 꼴을 보고 눈물을 흘리지 않는 이가 있을까요? 우리 세 사람은 한참이나 선 채로 울었습니다. 친한 친구, 사랑하는 동지자(同志者)의 사랑하는 아내가 죽어 간 것을 보았을 때 새삼스럽게 우리 인생의 모든 비애가 심약(心弱)한 우리들을 울리었습니다.

5

오래 뵈옵지를 못하였습니다. 일 주일 동안이나 NC의 집에 있었습니다. NC의 아내의 장례는 저희가 시골에 간 지 이틀 뒤였습니다.

초가을은 으스스하였습니다. 나뭇잎은 시체를 담은 상여 위에서 시들어 가는 듯이 춤을 추었습니다. 상여꾼들의 목 늘여 부르는 구슬픈 비가(悲歌)는 길고 느리게 공동 묘지로 향하는 산고개를 넘어가더이다.

아! NC의 아내는 영원히 갔습니다. 동리를 거치고 산모퉁이를 지나서 영원히 갔습니다. 그러나 NC의 머릿속에서 끝없이 울리고 있을 그의 환영(幻影)은 길고 긴 세월을 두고 우리 NC를 얼마나 울릴까요. 회고의 기억 속에서 시들스럽게 춤추는 그의 그림자는 몇 번이나 NC의 두 눈을 감개 무량하게 하겠습니까?

새벽 서리 차디찬 밤, 초승달 갸웃드름한 저녁에 애타는 옛 기억, 맘 아픈 옛 생각은 어느 곳 어느 자리에서 우리 NC를 울릴까요?

제가 NC의 아내의 장례에 참례하였을 때에도 저도 또한 죽음과 생의 경계선에 서 있는 듯하였습니다. 죽음과 삶이라는 것이 무엇이 다를 것인가요? 살았다 함은 육체에 혈액이 돌고 모든 것을 의식하고 모든 것을 감각한다 함입니까? 죽음이라는 것은 모든 관능의 육체의 썩어짐과 함께 그 활동을 잃어버린다 함입니까? 저는 무한한 비애를 아니 느낄 수가 없었습니다.

<h1 style="text-align:center">6</h1>

어저께 시골서 올라왔습니다. 오늘은 웬일인지 일기가 청명하더이다. 가냘프고 달콤한 공기가 저의 코 속을 통하여 쉴새없이 벌룩거리는 폐 속으로 지나 들어갈 때 어제까지는 시든 듯한 저의 혈액은 정(淨)해진 듯하더이다.

'낙망'이라는 그림을 그리면서 낙망을 염려하는 저는 쉬지 않고 꽃다운 희망으로 저의 가슴을 채웠었습니다. 그윽한 법열(法悅)[12] 속에서 브러시와 Palette(調色板)를 움직일 때 저는 살았으며 생의 진실을 맛보았습니다. 다만 제가 팔레트판을 들고 캔버스를 격하여[13] 앉았을 때가 저의 참 생(生)이었습니다. '낙망'이라는 모토[14]를 가진 그림을 그리면서도 무한한 장래와 끝없는 유열(愉悅)이 있었습니다. 애인의 손을 잡고 그의 귀 밑에 눈물을 떨어뜨리며 자기의 흉중[15]을 하소연할 때와 같이 정결하고 달콤한 맛이 저의 전신을 물들였습니다.

오늘은 웬일인지 정신이 청정하였습니다. 일 주일 가까이 자극이 적

---

12) 법열(法悅) ― 깊은 이치를 깨달았을 때와 같은 황홀한 기쁨.
13) 격(隔)하다 ― 시간이나 공간의 사이를 두다.
14) 모토(motto) ― 올바르고 가치 있게 행동하기 위한 지침이나 신조.
15) 흉중(胸中) ― 가슴속. 또는 마음.

은 향토에서 논 까닭인지는 알 수 없으나 어떻든 한아(閑雅)한 정신으로 노곤한 안일 속에 오늘 하루를 지냈었습니다.

그러나 안일에도 권태가 있고 법열도 깨일 때가 없지 않았습니다. 육체의 권태는 정신까지 권태하게 하더이다. 또다시 법열까지 깨뜨려 버리더이다.

저는 기지개 한 번 하고 팔레트판을 내던졌습니다. 그리고 캔버스를 집어치우고 외투를 입고 모자를 쓰고 시계를 보았습니다. 그 시계는 두 시를 가리키고 있었습니다. 저는 두 시간의 여가가 있음을 알았습니다. 그래서 그 권태를 녹이기 위하여 SO의 집으로 가려 하였습니다.

SO는 불쌍한 여성이외다. 한 다리가 없는 불구자이외다. 나이는 이십 세이외다. 그는 한쪽 없는 다리를 끌면서 추우나 더우나 학교에를 십여 년이나 다녔습니다. 제가 중학교 사년급 다닐 때에 날마다 아침이면 같은 길 모퉁이에서 만나는 것이 연(緣)이 되어 그와 사귀게 되어 지금까지 삼 년 동안을 지내 왔습니다.

그에게는 나이 늙은 어머니 한 분밖에는 없습니다. 아침이나 저녁에 학교에 가고 올 때에는 그는 반드시 자기 딸의 학교에 가고 학교에서 늦게 돌아오게 되면 그의 늙은 어머니는 반드시 학교 문앞에까지 와서 자기의 딸을 기다리고 있었다 합니다.

아아! 선생님, 불구자의 모녀의 생활은 참으로 눈으로 볼 수 없는, 생각할 수 없게 불쌍하고 참담합니다. 그의 물질적 생활은 이 세상에서 제일 비참합니다. 그는 남의 집 곁방에서 바느질품으로 그날 그날의 생활을 계속하고 있습니다.

오늘도 그 불쌍한 불구자를 찾아왔습니다. 문을 들어서며 기침을 두어 번 하였습니다. 그러나 웬일인지 그 전에는 반드시 반가이 맞아 주던 그 불구의 여성! 오늘은 그의 그림자를 볼 수가 없었습니다.

　문간에 들어선 저의 마음은 저녁날에 산골짜기를 헤매는 듯이 휘휘하였습니다.[16] 가련한 불구의 여성이 나를 맞아 주지 않는 것이 저의 마음을 울게 하였습니다.

　저는 또다시 기침을 하고 구멍이 뚫어지고 문풍지가 펄럭펄럭하는 방문을 열려 하였습니다. 숭숭 뚫어진 문틈으로 새어나오는 불구인 여성의 모녀의 울음소리는 저의 감정을 연민(憐憫)의 정으로 물들였습니다. 저는 다만 망연하게[17] 아무 말 없이 서 있었습니다. 말 없이 서 있는 저의 주위는 나른한 공기가 불구자의 어머니와 불구인 여성의 울음소리를 싣고서 시들어지는 듯이 선무(旋舞)를 추었습니다.

　조금 있다가 문이 열리더니 나오는 사람은 그의 늙은 어머니였습니다. 그는 치맛자락으로 눈물을 씻으면서 저를 바라보더니,

　"오셨습니까? 어서 방으로 들어가시지요?"

하며 돌아서서 코를 풀었습니다. 저는 무엇이라 물어 볼 말도 없거니와 또다시 말할 것도 없어 다만,

　"네, SO는 있나요?"

하며 방 안을 들여다보았습니다. SO의 어머니는,

　"네, 있어요."

하고 저의 말에 대답을 하더니 다시 방 안을 들여다보며,

　"애, 선생님 오셨다."

하였습니다.

　방 안에는 SO가 돌아앉아 여태껏 울고 있는지 차마 고개를 돌리지 못하고 다만 치마끈으로 눈물을 씻고 있었습니다. 그러나 제가 온 것을

---

16) 휘휘하다 ― 무서울 정도로 쓸쓸하고 적막하다.
17) 망연(茫然)하다 ― 아무 생각 없이 멍하다.

보고서는 그대로 고개를 숙이고 몸을 틀어 돌아앉으면서,

"어서 오십시오."

하고 말갛게 피가 오른 두 눈으로 저를 쳐다보더니 다시 눈을 방바닥으로 향하였습니다. 저는 들어가기를 주저하였습니다. 그렇다고 그대로 돌아갈 수는 없었습니다. 저는 구두끈을 끄르고 그 방 안으로 들어갔습니다. 방 안으로 들어가려 할 때, 마루 끝에 놓여 있던 SO의 다리를 대신하는 나무 다리가 저의 발길에 채어 덜컥하더이다. 저는 그때 근지럽고 누가 옆에서 '에비' 하고 징그러운 것을 저의 목에다 던져 주는 듯이 진저리를 치는 듯이 방 안으로 뛰어들어갔습니다.

SO는,

"오늘은 시간이 없으셔요?"

하며 다른 때와 다르게 유심히 저를 쳐다보았습니다. 저는,

"이따가 네시에나 시간이 있으니까요, 잠깐 다녀가려고 왔어요."

하고 자리를 정하고 앉았습니다.

"댁에 무슨 좋지 못한 일이 생겼습니까?"

하고 저는 그의 운 이유를 알아보려 하였으나 그는 다만,

"아녜요."

하고 부끄러움을 띠며 아무 말이 없었습니다.

저도 또다시 무엇이라 물어 볼 수가 없어서 다만 사면만 돌아다보며 아무 소리가 없었습니다.

SO는 한참이나 가만히 있었습니다. 그러다가 반쯤 떨리는 목소리로,

"선생님!"

하고 저를 부르더니 또다시 아무 말이 없이 한참이나 꼼지락꼼지락하는 손가락만 바라보다가 저의, '네' 하는 대답을 재촉하는 듯이 또다시,

"선생님!"

하였습니다. 저는,

"네."

하고 그의 구부린 머리의 까만 머리털만 바라보았습니다.

"저는 병신입니다."

하더니 여태까지 참았던 눈물이 또다시 떨어져 방바닥 위로 시름없이 굴렀습니다. 이 소리를 듣는 저도 울고 싶었습니다.

"저는 병신인데요."

하고 힘있는 어조로 또다시 한 말을 거푸 하더니 그대로 방바닥에 엎드러져 울면서 목멘 소리로,

"병신인 저도 피가 있고 감정이 있습니다. 뜨거운 눈물과 새빨간 정열이 있습니다. 그러나 불쌍한 저는 그 눈물을 가지고 혼자 우나 그 눈물을 알아 주는 사람이 없으며, 그 정열을 혼자 태웠으나 그것을 받아 주는 이가 없어요. 불쌍한 사람은 세상에서 더욱 불쌍한 구덩이에 틀어박으려 할 뿐이야요."

하며 느껴 가며 울었습니다.

"저를 A씨는 불쌍히 여겨 주십니까? 만약 참으로 불쌍히 여겨주신다 하면 이 저의 마음까지 알아 주셔요."

하고 애소하듯이 저의 무릎에 엎디어 울었습니다.

선생님! 누가 이 말을 듣고 울지 않는 자가 있으며, 누가 불쌍히 여기지 않는 자가 있을까요? 저는 그만 SO를 껴안고 한참이나 울었습니다.

"SO씨, 울지 마셔요. 나는 당신을 불쌍히 여깁니다. 참으로 동정합니다."

"그러면 한 다리 없는 불구자인 저를 길이길이 사랑하여 주시겠어요?"

이 말을 들은 저는 다만,

“네?”

하고 아무 말이 없었습니다. 저는 그 말에 대답을 하지 못하였습니다. 저의 눈앞에 나타나 보이는 것은 저의 나이 젊은 아내였습니다. 자막대기 가지고 놀고 있던 어린애였습니다. SO는,

“네? A씨, 대답을 하여 주셔요.”

하고 저를 애소하듯 두 눈에 방울방울 눈물을 괴고서 쳐다보았습니다.

아! 선생님, 이 SO를 저는 참으로 불쌍히 여깁니다. 참으로 동정합니다. 그가 눈물을 흘릴 때에 나도 눈물을 흘립니다. 그가 속태울 때에는 나도 속을 태우려 합니다. 하늘 아래 지구 한 점 위에서 꼼지락거리는 이 병신인 SO를 저는 힘껏 붙잡고 울더라도 시원치가 못할 것 같습니다. 그러나 선생님, 그 불쌍히 여기는 마음이 생기는 그 찰나 사이에 벌써 사랑이라는 것이 간 것이 아닐까요. 그의 손을 잡고 따라서 같이 우는 것이 벌써 사랑이 아니었을까요?

그러나 이 불구의 여성은 저를 사랑하려 합니다마는 저는 여성의 사랑을 얻고서 도리어 가슴이 아팠습니다. 진정한 사랑을 받으면서 그것을 물리치지 않을 수가 없었습니다.

저는 불구의 여성의 뜨거운 사랑을 받기에는 너무 불행한 사람이외다.

선생님! 육체의 불구자는 그 불구를 동정한 저로 말미암아 사랑의 불구자가 될 줄이야 꿈에나 알았사오리까? 사랑은 곧은 것이요 굽은 것이 아니니 저는 벌써 그 곧은 길 위에 선 사람이외다. 저의 아내를 사랑하지 않은 바가 아니었나이다. 그러면 저는 저의 아내에게로 향하는 꼿꼿한 사랑을 일부러 꺾어 이 불구의 여성을 사랑할 수는 없었습니다. 불구의 여성이 불구의 여성이므로 그를 동정하는 동시에 저의 사랑을 불구가 되게 할 수는 없었습니다. 그러나 이 불구자의 눈물은 그 눈물이 저

의 무릎 위에 떨어지는 때부터, 아니올시다. 그의 사랑이 저에게로 향할 때부터 벌써 그의 가슴에 어리어 있는 사랑을 불구가 되게 하였습니다. 그의 한 다리가 없는 것과 같이 그의 사랑은 한 쪽 없는 사랑이었습니다.

저는 다만,

"SO씨! 울지 마셔요. 저의 가슴은 SO씨의 눈물로 인하여 녹아버리는 듯하외다. SO씨의 눈물 방울이 저의 마음 위에 한 방울씩 두 방울씩 떨어질 때마다 그 무슨 화살로 꿰뚫는 듯이 아프고 쓰립니다."

할 뿐이었습니다.

"A씨, 저는 다만 A씨 한 분이 저를 참으로 사랑하여 주실 줄 알았었는데요."

하는 SO는 그 무슨 대답을 기다리는 듯이 아무 말이 없었습니다.

저는 다만,

"그만 우셔요. 자! 일어나셔요."

하고 가리지 못한 눈물을 씻을 뿐이었나이다.

저는 어젯날까지 많은 여성의 사랑을 받는 자를 행복자라 하였었습니다. 그러나 오늘 이 불구자의 하소연을 들을 때에 비로소 정(情)의 가슴이 아팠었습니다. 한 개의 사랑을 두 군데로 찢으려 할 때, 그 아픔을 알았습니다. 그 쓰림을 알았습니다. 한 개인 사랑을 가진 한 사람이 여러 사람의 여러 사랑을 받는 것의 그 가슴 저리고 불행한 것을 알았습니다.

아! 그러나 그 불구자는 더욱더욱 불구자가 되어 갈 터이지요. 낙망과 원한의 심연에서 하늘을 우러러 그의 불행을 부르짖을 터이지요? 그 부르짖음의 애처로운 소리는 저의 피를 얼마나 식힐까요? 그 소리는 영원까지 저의 귀 밑에서 슬피 울 터이지요?

선생님! 저는 이 참으로 사랑하는 여성의 사랑을 매정하게 물리쳐야 할 것입니까? 영원토록 받아 주어야 할 것입니까? 불쌍한 자의 울음을 들어 주어야 할 것입니까? 불구자의 애소의 눈물을 저의 가슴에 파묻히도록 안아야 할 것입니까? 저는 다만 기로에 방황하며 약한 심정을 정하지 못하고 헤맬 뿐이외다.

"네, 알았습니다. 그러나 저는 SO씨의 말씀에 그렇게 속히 대답할 수는 없습니다."

"그러면 언제 대답을 하여 주시겠습니까?"

"네, 그것은 천천히 해드리지요."

하는 묻고 대답하는 말이 우리 두 사람 가운데서 교환되었습니다.

SO는 의심하는 듯이,

"그러면 저를 절대로 사랑하여 주시지는 않는다는 말씀이지요? A씨의 가슴에는 저를 위하여서는 절대의 사랑이 없으시다는 말씀이지요?"

하며 원망하듯이 저를 쳐다보았습니다.

저는 무엇이라 대답해야 할는지 몰랐습니다. 참으로 저에게 절대의 사랑이 그때 있었습니까? 참으로 없었습니다. 절대의 동정과 연민은 있었을는지 알 수 없어도 절대의 사랑은 없었습니다. 타산이 있었으며 주저가 많았습니다. 어떠한 때에는 불구자라는 근지러운 대명사가 진저리치게까지 하였습니다.

아무 대답도 없는 저를 보던 SO는,

"저는 알았습니다. 저는 영원토록 불구자이외다. 한 귀퉁이가 이즈러진 사랑의 소유자외다. 그뿐 아니라 저는……"

하더니 단념과 원망이 엉킨 두 눈에는 어리석은 눈물이 어느 틈에 말라 버리고 냉소와 저주가 맺힌 듯할 뿐이었습니다. 이 소리를 듣는 저는 어쩐지 마음이 으스스 차고 몸이 달달 떨리는 듯하여 그의 눈물을 다시

보고 싶었습니다. 그리고는 그의 단념과 원망과 냉소와 저주가 맺힌 듯
한 표정을 볼 때 저는 또다시 그의 마음을 풀어뜨리어 힘없고 연하게
울리고 싶었습니다. 저는,

"SO씨!"

하고 그의 손을 잡으며,

"저는 영원토록 SO씨를 잊지는 못하겠습니다."

하였습니다. 그는,

"네. 저를 잊지 말아 주셔요. 저도 눈을 감을 때까지는 A씨를 잊지 못
하겠지요."

할 뿐이었습니다.

7

SO의 집에서 나온 저는 학교를 향하여 갔었습니다. 아직까지 청징하
던 심신(心神)은 웬일인지 불구인 여성의 집을 다녀나온 후부터는 흐릿
하고 몽롱할 뿐만 아니라 침울하고 센티멘털로 변하였습니다.

저는 학교에를 갑니다. 한 시간의 도화(圖畵)를 가르치기 위함보다도
그 보수를 바라고 갑니다. 세상에 제일 불행한 범죄가 있다 하면 아마
이와 같은 자이겠지요. 뜻하지 않고 내 마음에 있지 않은 짓을 한 뭉치
의 밥덩어리와 김치 몇 쪽의 충복(充腹)할 식물을 위하여 알면서 행한
다 하면 죄인 줄 알면서 타인의 물건을 도적한 기한(飢寒)에 쪼들린 자
와 얼마나 나을 것이 있겠습니까? 남의 물건을 도적한 자의 양심이 떨
린다 하면 그만큼 비례한 저의 양심도 떨리었을 것이며, 박두하는 기한
(飢寒)에 못 이겨 다른 사람의 물건을 도적한 사람의 생(生)을 갈구한

것을 동정할 것이라 하면 생명을 잇기 위하여 자기의 양심을 속이는 이 A라는 화가도 또한 동정을 구할 수가 있을 것일는지요?

저는 학교 정문에 들어섰습니다. 그때 마침 M교주(校主)가 학교를 다녀가는 길인지 자동차에 오르려 할 때였습니다. 그때에 그 간사한 이(李) 선생은 M교주의 팔을 부축하여 자동차 속으로 몰아 넣었습니다. 저는 이것을 보고 크게 웃었습니다. 옆에서 웃는 것을 보는 박 선생은,

"왜 웃으시우?"

하며 눈을 흘기더니,

"그게 무슨 무례한 짓이오?"

하더이다. 저는 또다시 한 번 껄껄 웃으면서,

"박 선생은 나의 웃는 의미를 모르시는구려."

하고,

"인형이외다, 인형예요. 두 팔 두 다리가 있고도 못 쓰는 인형이외다. 인형은 인형이니까 말할 것도 없지마는 인형을 부축하는 어리석은 사람을 보고서는 나는 아니 웃을 수가 없지요."

하고는 그대로 돌아서서 교실 안으로 들어갔습니다.

오늘은 그믐날이외다. 월급 타는 날이외다. 사무실에 들어선 저는 다만 보이는 것이 회계의 동정뿐이었습니다. 그리고 그 돈을 가지고 쓸 궁리를 하고 있었을 뿐이었습니다. 오늘도 어린애 모자를 하나 사다 주고 사랑하는 아내의 목도리를 하나 사주어야 하겠다 하였습니다.

이십오 원이라는 월급을 기다리는 저의 마음은 웬일인지 쓸쓸하고도 저의 몸이 불쌍해 보였습니다. 그리고 공연히 심증이 났습니다.

교실에 들어가 분필을 들고서 칠판 위에 그림을 그릴 때에는 모든 학생들까지 밉살스러울 뿐이었습니다. 그리고 그 학생들이 저의 운명을 이렇게 만들어 준 듯하기도 하였습니다. 저는 마음에 없는 한 시간을 아

니 지낼 수가 없었습니다.

　그날은 학생들에게 숙제를 해 오라 한 날이었습니다. 근 사십 명 학생 중에 숙제를 해 오지 않은 학생이 다섯이 있었습니다. 그 중에 그중[18] 나이 적고 옷을 헐벗은 학생은 제가,

　"왜 숙제를 안 해 왔소?"

할 때 그는 다만 아무 말 없이 한참이나 있더니 눈물을 흘리면서 자꾸자꾸 울고 섰을 뿐이었습니다. 다른 애 학생은 여러 가지 핑계로써 선생인 저를 속이려 하였습니다. 저는 그 눈물 흘리는 학생을 바라보고 또다시 다 뚫어진 양말을 볼 때 어쩐지 측은한 생각이 나서,

　"왜 대답은 아니하고 울기만 하시오?"

하며 그의 어깨에 팔을 대니 선생인 저의 손이 그의 어깨를 어루만지는 것이 더욱 그의 감정을 느즈러지게[19] 하였던지 더욱더욱 느끼어 울 뿐이었습니다. 그러다가는 북받치는 울음소리와 함께,

　"집에서 돈이 없다고 도화지를 사 주지 않아요."

하였습니다.

　선생님! 제가 이 학생을 벌줄 자격이 있습니까? 없습니까? 저는 다만 창연한[20] 두 눈으로 그 어린 학생을 바라보며,

　"여보시오, 참마음만 가지면 그만이오. 나는 당신의 그림 그려오지 않은 것을 책하려 한 것이 아니라, 당신의 참성의가 없었는가 하는 것을 책하려 함이었소. 당신의 눈물 한 방울은 오늘 그려 오지 못한 그 그림보다 몇 배의 가치가 있는 것이오."

---

18) 그중 — 여럿 가운데서 가장.
19) 느즈러지게 — 졸린 것이 느슨하게 되다.
20) 창연(愴然)하다 — 몹시 슬프다.

하였습니다.

하학 후 사무실로 나왔습니다. 회계는 나를 보더니 아주 은근한 듯이,

"A선생님, 이리로 좀 오십시오."

하고 자기 곁으로 부르더니 봉투에 집어 넣은 월급을 저의 손에 쥐어
주면서,

"담배값이나 하십시오."

하였습니다. 저는 그것을 받는 것이 어쩐지 부끄러웠습니다. 그래서,

"네, 고맙습니다."

하고 그대로 보지도 않고 주머니에다 넣었습니다.

날은 점점 어두워 가느라고 회색의 저녁빛이 온 시가를 싸고 도는데
저는 학교 문 밖에 나와서야 그 봉투를 다시 끄집어 내어 그 속에 있는
돈을 꺼내 보았습니다. 그 속에는 십칠 원 오십 전, 십칠 원 오십 전이
들어 있었습니다. 저는 멈칫하고 섰었습니다. 그리고,

'어째 십칠 원 오십 전만 되나?'

하고 한참이나 의아하여 생각을 하고 있을 때에 문득 생각나는 것은
NC의 집에 갔었던 것이외다. 아내 잃은 친우를 찾아갔던 일 주일간의
노력의 대가는 학교에서는 제하여졌습니다.

아! 선생님, 저의 손에는 십칠 원 오십 전이 있습니다. 일 개월 노력
의 대가는 십칠 원 오십 전이외다. 불쌍한 젊은 화가의 양심을 부끄럽게
한 대가가 십칠 원 오십 전이외다.

저는 하는 수 없었습니다. 회색 봉투에 집어 넣은 그 돈을 들고 SO집
까지 무의식중에 왔습니다. 하늘의 구름장 사이로는 가리었다 보였다
하는 작은 별들이 이 우스운 젊은 A를 비웃는 듯이 내다보고 있었습니
다. 회색의 감정이 공연히 저의 마음을 울분하고 원망스럽게 하였습니
다.

SO의 집에는 무엇하러 왔을까요? 그것은 저도 알지 못하였습니다. 문간에 와서야 내가 무엇하러 여기를 왔나 하고 그대로 집으로 돌아가려 하였습니다. 그러나 저의 가슴에서 때없이 울고 있는 그 무슨 하모니는 저의 발을 SO의 집 안으로 끌어들였습니다. 그러나 저는 그 전과 같이 서슴지 않고 그대로 들어갈 수가 없었습니다. 조그마한 문으로 흘러나오는 무거운 공기는 급히 흐르는 시냇물같이 저의 가슴으로 몰려오는 듯하였습니다.

저는 다만 문간에 서서 도둑놈같이 문 안을 엿듣고 망설였습니다.

선생님! 사랑도 아무것도 하지 않겠다고 할 적에는 서슴지 않고 아무 불안도 없이 다니던 제가 오늘은 어찌하여 죄 지은 자 모양으로 들어가기를 주저하였으며, 가슴이 거북하였을까요?

죄악이 아닌 사랑을 주려 하는데 저는 가슴이 떨림을 깨달았으며, 잘못이 아닌 사랑을 준다는 사람의 집에 들어가기를 주저하였습니다.

저는 십 분 동안이나 서 있었습니다. 그때에 또다시 그 불구자의 모녀의 울음소리는 그 전보다 더 저의 마음을 훑는 듯하고 쪼개는 듯하였습니다. 그리고 모든 비애를 저의 가슴 위에 실어 놓는 듯이 무겁게 슬펐습니다. 그러나 저의 눈에는 눈물이 없었습니다. 학교에서 받은 일 개월 노력의 대가인 십칠 원 오십 전이 저를 울분하게 하였음이 공연히 저의 눈물까지 막아 버리었습니다. 저는 한참이나 그 울음소리를 들었습니다. 울음에 섞이어 나오는 늙은 어머니의 떨리는 목소리로 분명치 못하게 들리는 것은,

"SO야, 이제는 그만 한길[21] 귀신이 되었구나."
하고 실히 얼어붙은 듯한 불쌍한 소리였습니다.

---

21) 한길 — 차·사람이 많이 다니는 큰길.

저는 그제야 그 눈물을 알았습니다. 불구자의 모녀는 몸을 담을 집이 없습니다. 그는 오늘에 몇 푼 안 되는 세전(貰錢)으로 말미암아 집에서 내어쫓깁니다.

창 밖에서 듣고 있는 이 A의 주머니에는 십칠 원 오십 전이 있습니다. 이 A는 그래도 한길에서 방황하지는 않겠지요? 저는 그 주머니의 십칠 원 오십 전을 꺼냈습니다. 그리고 연필로 봉투에 A라 썼습니다. 저는 그 찰나간에 절대의 동정이 제 가슴 속에서 약동하였습니다. 저의 피를 뜨겁게 힘있게 끓게 하였습니다.

저는 그 돈을, 문을 소리 없이 가만히 열고 가만히 마루 위에 놓았습니다. 그리고 절도와 같이 그 문을 떨리는 다리로 얼른 뛰어나왔습니다. 그리고 뒤도 돌아보지도 않고 저의 집으로 향하여 갔습니다.

집에서 아내가 돌아오기를 고대하겠지요. 어린 자식은 아버지 오면 때때모자를 사다준다고 몽실몽실한 손을 고개에 괴고 이 젊은 아버지 돌아오기를 바라고 있을 터이지요. 그러나 월급날인 오늘의 저의 주머니는 벌써 한 닢도 없는 털터리가 되었습니다. 저의 들어가는 대문 소리를 듣고 다른 날보다 더 반가이 맞아 주는 젊은 아내에게 그의 마음을 만족시켜 줄 아무것도 없었습니다. 어린 자식의 기뻐 뛰는 마음을 도리어 풀이 죽게 할 뿐이겠지요.

그러하오나 어둠 속으로 파고들어 가듯이 암흑한 동리를 걸어가는 이 A의 마음은 웬일인지 만족한 기꺼움이 있었으며 싱싱한 생의 약동이 있었습니다. 저는 또다시 MW사로 왔습니다. 거기에는 DH와 WC가 웅크리고 앉아서 무슨 책을 보고 있더니 저를 보고서,

"어떻게 되었나?"

하였습니다. 그것은 저의 월급 말이었습니다. 저는 모자를 벗고 구두끈을 끄르면서 기가 막힌 듯이 쓸쓸히 웃으면서,

"흥! 나의 일 개월 동안의 대가는 참으로 값있게 써 버리었네."
하였습니다.

(1923년)

여(女) 이발사

입던 네마키(자리옷)를 전당국(典當局)으로 들고 가서 돈 오십 전을 받아 들었습니다. 깔죽깔죽하고 묵직하며 더구나 만든 지 얼마 되지 않은 은화 한 개를 손에다 쥘 때, 얼굴에 왕거미줄같이 거북하고 끈끈하게 엉키었던 우울이 갑자기 벗어지는 듯하였다.

오차노미즈(お茶の水) 다리를 건너 고등 여학교를 지나 순천당 병원 옆길로 본향(本鄕)을 향하여 걸어가면서 길거리에 있는 집들의 유리창이라는 유리창은 남기지 않고 들여다보았다. 그 유리창을 들여다볼 때마다 햇볕에 누렇게 익은 맥고모자 밑으로 유태의 예언자 요한을 연상시키는 더부룩하게 기른 머리털이 가시 덤불처럼 헝클어진데다가 그것이 땀에 젖어서 장마 때 뛰어다니는 개구리처럼 된 것이 그 속에 비칠 때,

"깎기는 깎아야 하겠구나."

혼잣소리로 중얼거리고서는 다시 모자를 벗고서 귀 밑으로 거북하게 기어내리는 머리를 두어 번 쓰다듬은 후에 다시 땀내 나는 모자를 썼다. 그러자 그는 어떠한 고등 이발관이라는 간판 붙은 집 앞에 섰다. 그러나 머리를 깎으리라 하고서도 그 고등 이발관에는 들어갈 용기가 없

었다.

그곳 이발 요금은 자기가 가진 재산 전부와 상등하다. 몇 시간을 두고 별러서 네마키를 전당국에 넣어서야 겨우 얻어 가진 단돈 오십 전이나마 그렇게 쉽게 손에 들어온 지 한 시간이 못 되어서 송두리째 내주기는 싫었다. 그러다 고만 십 전이라도 남겨서 주머니 귀퉁이에서 쟁그렁거리는 소리를 듣게 하는 것이 얼마간 빈 마음 귀퉁이를 채워 주는지 모르는 듯하였다.

전기 풍선이 자랑스럽고 위엄 있게 돌아가며 제 빛에 번쩍거리는 소독기 놓인 고등 이발관을 지내 놓았다. 그리고는 또다시 얼마쯤 걸어갔다. 동경만에서 불어오는 태평양 바람이 훈훈하게 이마를 스쳐 가고, 땅에서 올라오는 폭사열(瀑射熱)이 마치 짐승 튀해 내는 가마 속에 들어앉은 듯하게 한다. 옆으로 살수차(撒水車)가 지나가기는 하나 물방울이 떨어지기도 전에 흙덩이는 지렁이 똥처럼 말라 버린다.

어디 삼등 이발소가 없나 하고 찾아보았다. 삼등 상옥(三等床屋―도코야)에를 들어가면 이십 전이면 깎는다. 학생 머리 하나 깎는데 이십 전이면 족하다. 그러면 삼십 전이 남는다.

삼십 전. 지불하고도 잔여(殘餘)가 지출액보다 많다. 그것을 생각할 때 얼마간 든든한 생각이 났다. 그래도 주머니 속에 삼십 전이 들어 있을 것을 생각하매 앞길에 또 할 일이 있는 듯하였다.

교의가 단 둘이 놓이고 함석으로 세면대를 만들어 놓은 삼등 상옥에 왔다. 속을 들여다보았다.

주인이 신문을 든 채로 졸고 앉아 가끔가끔 물 마른 물방아 모양으로 끄덕끄덕 끄덕거리며 부채로 파리를 쫓는다.

용기가 났다. 의기양양하게 썩 들어갔다. 그리고 주인의 잠이 번쩍 깨이도록,

"곤니치와(안녕하십니까)?"
하고 인사를 하였다. 주인은 잠잔 것이 황송한 듯이 벌떡 일어나더니 굽
실굽실하면서 집에서 끄는 짚신을 꺼내 놓으면서,
"어서 오십시오!"
　인사를 하고서 저쪽 교의 뒤에 가 등대[1]나 하고 있는 듯이 서 있다.
모자를 벗어 걸었다. 그리고 양복 웃옷을 벗은 후 교의에 가 앉으면서
그래도 못 미더워서 정가표 써붙인 것을 곁눈으로 보았다. 생각한 바와
마찬가지로 이십 전이다. 적이 안심이 되었다. 그러나 또 없는 사람은
튼튼한 것이 제일이다. 전차를 타려고 전차표 한 장 넣어 둔 것을 전차
에 올라서기 전에 미리 손에다 꺼내 드는 것이나 마찬가지로 그래도 튼
튼히 하리라 하고 번연히 바지 주머니에 아까 전당표하고 어울러 받으
면서 그대로 받는 대로 집어 넣은 오십 전 은화를 상고해 보고 전당표
를 보이면 창피하니까 돈만 따로 한 귀퉁이에다 단단히 눌러 넣은 후에
머리 깎일 준비로 떡 기대앉았다.
　머리 깎는 기계가 머리 표면에서 이리 가고 저리 갈 때, 그 머리 속으
로 여러 가지 궁리를 한다. 물론 돈 쓸 일은 많다. 그러나 삼십 전이라
는 적은 돈을 가지고서 최대 한도까지 유효하게 활용해야 할 것이다. 하
숙에서는 밥값을 석 달치나 못 내었으니까 오늘 내일로 내쫓는다고 재
촉이다. 그러나 집에서는 돈 부쳐 줄 만하지 못하다. 그렇다고 그대로
있을 수는 없다. 어디 가서 거짓말을 해서 단돈 십 원이라도 만들어야
할 것이다. 시부야(澁谷)에 있는 제일 절친한 친구 하나가 살그럭댈그럭
돌아가다 머리 깎는 기계 소리와 함께 눈앞에 보인다. 그러나 그놈에게
가서 우선 저녁을 뺏어 먹고 돈 몇 십 원 얻어 와야겠다. 그놈의 할아버

---

1) 등대(等待) ─ 미리 준비하고 기다리는 것.

지는 그믐날이면 꼭꼭 전보로 돈을 부쳐 주니까 오늘은 꼭 돈이 왔을
테지! 나는 며칠 있다가 우리 외가에서 돈을 부쳐 주마 하였다고 우선
거짓말이라도 해서 갖다 쓰고 볼 일이지. 그렇다! 그러면 여기서 거기까
지 걸어갈 수는 없으니까 전차 왕복에 십 전이 들 것이다. 그러고도 이
십 전이 남지? 그것은 이렇게 더운데 얼음 십 전어치만 먹고 십 전은
내일 아침이나 이따 저녁에 목욕을 갈 터이다. 그래 동전 몇 푼이 남는
다 할 때 기계가 머리끝을 따끔하게 씹는다. 화가 났다. 재미있게 예산
을 치는데 갑자기 따끔함을 당하니까 그 꿈같이 놓은 예산은 다 달아나
고 저는 여전히 교의 위에 앉아 있다.

분풀이가 하고 싶어서 못 견딜 지경이다. 그러나 어떻게 분풀이를 하
랴? 일어나서 때려 줄 수도 없고 그렇다고 책망할 수도 없다.

"이크! 아파."

하고 상을 찌푸렸다. 놈은 퍽 미안한 모양이다. 허리를 깝죽깝죽하며,

"안됐습니다, 안됐습니다."

할 뿐이다. 석경(石鏡) 속으로 들여다보니까 미안한 표정이라고는 허리
깝죽깝죽하는 것뿐이다. 허리는 그만 깝죽거리고 입끝으로 잘못했습니
다 소리는 하지 않더라도 다만 눈 가장자리에 참 미안해하는 표정을 보
고 싶었다. 그래서 나도 웬일인지 그놈의 허리만 깝죽깝죽하는 꼴이 아
주 맘에 차지 않아서 당장에 무슨 짓을 해서든지 나의 머리끝을 집어
뜯은 보복이 하고 싶어 못 견디었다.

그럴 때 마침 놈이 나의 머리를 조금 바른편으로 틀라는 듯이 두 손
으로 지그시 건드렸다. 나도 옳다 하고 일부러 왼편으로 틀었다. 고개를
들라 하면 수그리고 수그리라 하면 들었다. 그리고 일부러 몸짓을 하고
고갯짓을 하였다.

그러면서 석경 속으로 그놈의 얼굴을 보니까 이마에 내천(川)자를 그

리고 눈썹과 눈썹 사이는 말라붙은 듯이 쭈글쭈글하다. 화가 나는 것을 약 먹듯 참는 모양이다.

기계를 갖다 놓고 몸을 탁탁 털 적에 긴 한숨 쉬는 소리가 들린다. 그리고는 솔로 머리를 털면서 내 얼굴을 다시 한 번 들여다본다. 어떤 놈인가 자세히 보고 싶은 모양이다. 그럴 때,

"진지 잡수셔요."

하는 은령(銀鈴)[2] 같은 소리가 들린다. 그 목소리 하나만 가져도 미인 노릇을 할 듯한 여성의 소리이다. 깜깜한 난취(亂醉)한 세상에서 가인(佳人)의 노래를 들은 듯이 피가 돌고 가슴이 뛰고 마음이 공중에 뜬다.

"밥?"

놈은 기계를 솔로 쓸면서 오만스럽게 대답을 한다. 그것으로써 내외인 것을 짐작하였다.

"이리 와서 이 손님의 면도를 좀 해드려."

하는 소리가 분명치 못하게 들리었다. 나는 그 소리를 분명히 이해할 때까지 적어도 이 분은 걸렸다. 왜 그런고 하니 여편네더러 그렇게 손님의 면도를 하라고 할 리가 없는 까닭이다. 그러할 리가 있기는 있다. 도쿄(東京)서 여자가 머리를 깎는 이발관이 한두 군데가 아니지마는 자기의 머리를 여자가 깎아 준다는 것까지는 아주 예상 밖인 것이다.

놈이 들어가더니 년이 나온다. 석경 속으로 우선 그 여자의 얼굴부터 상고하자! 그 상고하려는 머리 속이야말로 좋은 기대와 또는 불안이 엉켰다 풀렸다 한다. 남의 여편네 어여쁘거나 곰보딱지거나 무슨 관계가 있으랴마는, 그래도 잘못생겼으면 낙담이 되고 잘생겼으면 마음이 기쁘고……부질없는 기대가 있다.

---

2) 은령(銀鈴) — 은방울.

석경 속으로 비치었다. 에그머니! 나이는 스물셋 아니면 넷인데 무엇보다도 그 눈이 좋고 입이 좋고 그 코가 좋고 그 뺨이 좋다. 머리는 흥업다[3] 좋다 할 수가 없고 허리는 호리호리한데다 잠깐 굽은 듯한데……전신의 윤곽이 기름칠한 것같이 흐른다. 어떻든 놈에게는 분에 과한 미인이요, 만일 나더러 데리고 살겠느냐 하면 한 번은 생각해 보아야 할 만한 여자이다.

손이 면도칼을 집는다. 손도 그렇게 어여쁜 줄은 몰랐다. 갓 잡아 놓은 뱅어[白魚]가 입에다 칼을 물고 꼼지락거리듯이 위태하고도 진기하다. 이제는 저 손이 나의 얼굴에 닿으렸다 할 때 나는 눈을 감았다. 사람이 경이(驚異)를 좋아하는 것은 아마 통성[4]일 것이다. 나는 그 칼을 든 어여쁜 손이 이 뺨 위에 오는 것을 보는 것보다 눈 딱 감고 있다가 갑자기 왔다는 것이 얼마나 나에게 경이스러운 쾌감을 줄까 하고서 눈을 감았다.

비누질을 할 적에는 어쩐지 불쾌하였다. 그러더니 잔등이에 젖내 같은 여성의 냄새와 따뜻한 기운이 돌더니 내가 그 여자의 손이 와서 닿으리라 한 곳에 참으로 따뜻한 그 여자의 손가락이 살며시 지그시 눌린다. 그리고는 나의 얼굴 위에는 감은 눈을 통하여 그 여자의 얼굴이 왔다갔다하는 것이 보인다. 뺨을 쓰다듬는다. 비단결 같은 손이 나의 얼굴을 시들도록 문지르고, 짤린 꽁지가 발딱발딱 뛰는 도마뱀 같은 손가락이 나의 얼굴 전면에서 제멋대로 댄스를 한다. 그러고는 몰약(沒藥)[5]을 사르는 듯한 입김이 나의 코 속으로 스쳐 들어오고, 가끔가끔 가다가 그

---

3) 흥없다 — 불쾌할 정도로 흥하다.
4) 통성 — 여럿에 공통된 성질. 통유성(通有性)
5) 몰약(沒藥) — 방향·방부제로 쓰이는 감람과의 관목.

의 몽실몽실한 무릎이 나의 무릎을 스치기도 하고, 어떤 때 나의 눈썹을 쥘 때에는 거의 나의 무릎 위에 앉은 듯이 가까이 왔다. 눈이 뜨고 싶어 못 견디었다. 그의 정성을 다하여 나의 털구멍과 귓구멍을 들여다보는 눈이 얼마나 영롱하여 나의 영혼을 맑은 샘물로 씻는 듯하였다. 그리고 나의 입에서 몇 치가 못 되는 거리에 있는 그의 붉은 입술이 얼마나 나의 시든 피를 끓게 하고 타게 하는 듯하랴.

그러나 나는 눈을 뜨지 못하였다. 칼 든 여성 앞에서 이렇게 쾌감을 느끼고 넘치는 희열을 맛보기는 처음이다. 면도질이 거의 끝나 간다. 그것이 말할 수 없이 싫었다. 그리고 놈이 밥을 먹고 나오면 어찌하나 공연히 불안하였다.

면도가 끝나고 세수를 하고 다시 얼굴에 분을 바른다. 검은 얼굴에 허연 분을 바르는 것이 우습든지 그 여자는 쌩긋 웃다가 그 웃음을 참으려고 입술을 이로 깨무는 것은 가슴을 깨무는 듯이 부끄럽기도 하고 아프게 좋다. 한 번 따라서 빙긋 웃어 주었다.

그러니까 그 여자는 아주 툭 터져 버리었다. 그리고도,

"왜 웃으셔요?"

하고 은근히 조롱 비슷하게 나의 어깨에서 수건을 벗기면서 묻는다. 나도 일어서면서,

"다 되었소?"

하고서 그 여자를 보니까, 또 보고 웃는다.

"왜 웃어요?"

하는 마음은 공연히 허둥지둥해지고 싱숭생숭해진다. 그래도 대답이 없이 웃기만 한다. 나는 속으로 '미친년' 하고서 돈을 내리라 하였다. 그러나 그대로 나가는 것은 무미하다.

웃는 것이 이상하다. 아무래도 수상하다. 그래서 어디 말할 시간이나

늘여 보려고 술이 있으면 술이라도 청해 보고 싶지마는 물을 한 그릇 청했다. 들어가더니 물을 떠 가지고 나왔다. 나는 그것을 마시면서,

　"무엇이 그리 우스워요?"

하고 그 여자를 지근거리는[6] 듯이 웃어 보았다.

　"아니에요. 아무것도 아니에요."

　그 여자는 웃음을 참고 얼굴을 새침하면서 그대로 터질 듯 터질 듯한 웃음이 그의 두 눈으로 들락날락한다. 그 꼴을 보고서, 그의 손을 잡고서 손등을 쓰다듬으며, '손이 매우 어여쁘구려.' 하고 싶을 만큼 시룽시룽하는 생각이 그 여자에게서 감염되는 듯하였으나 그래도 참고서 요 다음으로 좋은 기회를 돌릴 작정하고,

　"얼마요?"

　뻔히 아는 요금을 물어 봤다. 그 여자는,

　"이십 전."

하고 고개를 구부린다. 나는 오십 전 은화를 쑥 내밀었다. 그 고운 손 위에 그것이 떨어지자 곧 나는 모자를 쓰고 나오려 하면서,

　"또 봅시다."

하였다. 그 여자는 쫓아 나오며,

　"거스른 것을 가지고 가십시오."

하고서 나를 부른다. 어떻게 그것을 받을 수가 있으랴. 그때에는 시부야 친구도 없고 빙수도 없고 목욕도 없고 하숙에서 졸리는 것도 없다. 나는 호기 있게,

　"좋소!"

하고 그대로 오다가 다시 돌아다보니까 그 여자가 그대로 서서 나를 보

____

6) 지근거리다 — 가볍게 자꾸 씹다.

고 웃는다. 나는 기막히게 좋다. 나는 활개를 치며 걸어온다. 그리고는
그 여자가 자기와 그 여자 사이에 무슨 낙인이나 쳐놓은 것처럼 다시는
변통할 수 없이, 그 무엇이 연결되어진 듯하였다. 그리고는 말할 수 없
는 만족이 어깻짓나게 하며 활갯짓이 나게 한다. 얼른얼른 가서 같은 하
숙에 있는 K군에게 자랑을 하리라 하고서 경정경정[7] 걸어온다. 오다가
더워서 모자를 벗었다. 벗고서 뒤통수에서부터 앞이마까지 두어 번 쓰
다듬다가,

　"응?"

하고서 얼굴을 갑자기 쓴 것을 깨문 것처럼 하고 문득 섰다가,

　"이런 제기."

하고서 주먹을 쥐고 들었던 모자를 내던질 듯이 휙 뿌렸다.

　"그러면 그렇지, 삼십 전만 내버렸구나!"

하고서 다시 한 번 어렸을 적에 간기[8]를 앓으므로 쑥으로 뜬 자국만
둘째손가락 끝으로 만져 보았다.

(1923년)

---

7) 경정경정 — 긴 다리로 자꾸 내어 뛰면서 걷는 모양.

8) 간기 — 어린 아이가 소화 불량으로 식욕이 떨어지고 얼굴이 해쓱해져서, 푸른 젖을 토하고
　 푸른 대변을 누며 자꾸 우는 증세.

자기를 찾기 전

1

　어떤 장질부사 많이 돌아다니던 겨울이었다. 방앗간에 가서 쌀을 고르고 일급(日給)[1]을 받아서 겨우 그날그날을 지내 가는 수님(守任)이는 오늘도 전과 같이 하루 종일 일을 하고 자기 집에 돌아왔다.

　자기 집이란 다 쓰러져 가는 집에 안방은 주인인 철도 직공의 식구가 들어 있고, 건넌방에는 재깜 장수(野菜行商) 식구가 들어 있고, 수님의 어머니와 수님이가 난 지 몇 달 안 되는 사내 갓난아이와 세 식구는 그 아랫방에 쟁개비[2]를 걸고서 밥을 해 먹으면서 살아간다.

　수님이는 몇 달 전까지는 삼대 같은 머리를 총총 땋고서 후리후리한 키에 환하게 생긴 얼굴로 아침저녁 돈벌이를 하러 방앗간에를 다니는, 바닷가에 나와서 뛰어다니는 해녀(海女) 같은 처녀였다.

　그런데 몇 달 전에 그는 소문도 없이 머리를 쪽지었다. 그리고 머리

---

1) 일급(日給) — 품삯을 날로 계산하여 받는 돈.
2) 쟁개비 — 무쇠나 양은으로 만든 작은 냄비.

쪽진 지 두서너 달이 되자 또 옥동 같은 아들을 순산하였다. 아들을 낳고 몇 달 동안은 그 정미소에 직공 감독으로 있는 나이 스물칠팔 세쯤되어 머리에 기름을 많이 발라 착 달라붙여 빤빤하게 윤기가 흐르게 갈라 붙이고 금니 해박은 얼굴빛이 오래된 동전빛같이 붉고도 검은 젊은 사람 하나가 아침 저녁으로 출입을 하며 식량도 대어 주고 용돈냥도 갖다 주며, 어떤 날은 수님이와 같이 자고 가기도 하였다.

그러더니 그 동리에 새 소문 하나가 떠돌기 시작하였다.

"수님이는 처녀 때 서방질을 해서 자식을 낳았다지!"

"어쩌면 소문 없이 시집을 가?"

"그러나저러나 그나마 남편 되는 사람이 뒤를 보아 주지 않는다네."

"벌써 도망간 지가 언제라고. 방앗간 돈을 이백 원이나 쓰고서 뒤가 몰리니까 도망갔었다던데."

하는 소문이 나기는, 그애 아버지 되는 직공 감독이 수님이 집에 발을 끊은 지 일 주일쯤 되어서였다.

수님이는 집에 들어와 머릿수건을 벗어 놓고 방문을 열며,

"어머니! 어린애가 또 울지 않았어요?"

하고 아랫목에 누더기 포대기를 덮어서 뉘어 놓은 어린애 앞으로 바짝 가서 앉아 눈 감고 자는 애의 새큰한 젖내 나는 입에다 제 입을 대어 보더니,

"에게, 어쩌면 이렇게두 몸이 더울까? 아주 청동 화로 같으니."

하고는 다시 아래 위를 매만져 준다. 옆에 앉아 있는 그의 어머니란 나이 오십이 넘어 육십을 바라보는 노파는, 가뜩이나 주름살이 많은 이맛살을 잔뜩 찌푸리고 실룩하게 삼각된 눈을 더욱 실룩하게 해가지고 무엇이 그리 시덥지 않은지 삐죽한 입을 내밀고서 귀먹쟁이처럼 아무 말이 없이 한참 앉았다가 잠깐 체머리를 흔드는 듯하더니 말이 나온다.

"애 말 마라. 아까 나는 그 애가 죽는 줄 알았다. 점심때가 좀 넘어서 헛소리를 하더니 두 눈을 허옇게 뒤집어쓰고서 제 얼굴을 제 손으로 쥐어뜯는데……. 에 무서! 나는 꼭 죽으려는 줄 알았어."

수님이는 걱정이 더럭 나고 또 죽는다는 말에 무서운 생각이 나서,

"그래 어떻게 하셨소?"

"무얼 어떻게 해! 어저께 네가 지어다 둔 그 가루약을 물에다 타 먹였더니 지금은 조금 덜한지 잠이 들어 자나 보다."

"그래, 그 약을 다 먹이셨소?"

"다 먹였지. 어디 얼마 남았더냐. 눈곱재기[3]만큼 남았던걸!"

"그래 아주 없어요?"

"다 먹였다니까 그러네."

수님이는 조금 여윈 얼굴에 봄철에 늘어진 버들가지같이 이리저리 겨 묻은 머리털이 두서너 줄 섬세하게 내리덮인 두 눈에 근심스러운 빛을 띠고서 다시 쌔근쌔근 코가 메이어 숨소리가 높은 어린애를 보더니,

"그럼 어떻게 하나. 돈이 있어야 또 약을 지어 오지. 오늘 번 돈이라고는 어제보다 쌀이 나빠서 어떻게 뉘[4]와 돌이 많은지 사십 전 밖에 못 벌었는데 이것으로 약을 또 지어 오면 내일 아침 쌀 못 팔 텐데."

하며 다시 고개를 돌려 어머니를 치어다보다가 어머니 얼굴이 불쾌해 보이니까, 다시 고개를 어린애 편으로 돌리자 어린애는 무엇에 놀랐는지 갑자기 눈을 번쩍 뜨고 두 손을 공중으로 대고 산약(山藥)[5] 같은 손가락을 벌리고서 바늘에 찔린 듯이 와아 하고 운다.

---

3) 눈곱재기 — 눈곱자기. '눈곱'을 속되게 이르는 말.

4) 뉘 — 쓿은 쌀에 섞인 벼 알갱이.

5) 산약(山藥) — 토란 모양의 마 뿌리로 한의에서 강장제로 씀.

수님이는 우는 소리를 듣더니 질겁을 해서 어린애를 끼어안고 허리춤에서 젖을 꺼내어 물려 주며,

"오 오, 우지 마, 우지 마."

하며 어린애를 달래면서 추스른다. 젖꼭지가 입에 들어가니까 조금 애는 울음을 그치었다. 수님이는 한 손으로 어린애가 문 젖을 가위집듯 집어서 지그시 누르면서,

"어멈이 종일 없어서 많이 울었지? 배가 고파서, 에그 가엾어라. 자, 인제는 실컷 먹어라. 그리고 얼른 병이 나아서 잘 자라라."

하며 혼잣소리로 말도 못 알아듣는 어린애와 수작을 한다. 어린애는 젖꼭지를 물기는 물었으나 젖도 잘 먹지 못하면서 보채기만 한다.

"어머니, 오늘 예배당 목사님은 오지 않으셨어요?"

하며 방 한구석에 앉아서 어린애 지저귀를 개키는 자기 어머니를 보면서 다시 수님이는 물었다.

"안 왔더라."

하는 어머니의 마음은 매우 마땅치가 않은 모양이다.

하루 종일 앓는 애를 달래고 약 먹이고 할 적에 귀찮은 생각이 날 적마다,

"원수엣자식, 원수엣자식."

하며 곧잘 혼자 중얼대었다. 자기 딸을 보자 더욱 화가 치밀며,

'무슨 업원6)으로 자식은 나 가지고 구차한 살림에 저 혼자 고생을 하는 것도 아니요, 늙은 에미까지 이 고생을 시키는고?'

하는 생각이 나서 차마 인정에, 산 자식 죽으라고는 못 하지마는 어떻든 원수 같은 생각이 나서 못 견딜 지경이다.

---

6) 업원(業寃) — 전생에서 지은 죄 때문에 이생에서 받는 괴로움.

수님이는 오늘도 목사 오기를 기다린다.

“어째 여태까지 오시지를 않을까요?”

“내가 아니? 못 오게 되니까 못 오는 게지?”

수님이는 어머니의 성미를 알므로 거스를 필요는 없어 아무 말도 없이 앉아 있다가,

“어서 저녁이나 해 먹읍시다. 기저귀는 내 개킬게 어서 나가셔서 쌀이나 씻으시우.”

어머니는 화풀이를 하다못해 잔말이라도 하고 싶어서 말마다 불복이다.

“무슨 밥을 벌써 해. 두부 장수도 가지 않았는데. 그리고 오늘만 먹으면 제일이냐? 내일 생각은 하지 않고……”

“그럼 어떻게 하우. 어떻든지 저녁을 해 먹고 내일을 걱정이라도 해야지 하지 않소. 내일은 내일이고 오늘 저녁은 오늘 저녁이지요.”

“듣기 싫다! 내일은 무슨 뾰족한 수가 나니? 굶으면 굶었지 무슨 도리가 있어야지.”

“글쎄 산 사람 입에 거미줄 치리까. 왜 글쎄 그러시우?”

“뭘 그러느냐고? 내가 나쁜 말 한 게 무엇이냐. 조금이라도 경우에 틀린 말 했니?”

“누가 경우에 틀린 말 했댔소. 이왕 일이 그렇게 된 걸 자꾸 그러시면 어떻게 하란 말씀요?”

이러자 다시 어린애는 어디가 아픈지 불로 지지는 것같이 파랗게 질리면서 숨이 넘어갈 듯이 운다. 수님이는 어린애 입에 이쪽 젖꼭지를 갈아 물리면서,

“우왜, 우왜.”

하며 달래는데, 그 어머니는 그 옆에서 이 꼴을 보며,

"망할 자식! 죽으려거든 얼른 죽어 버리지, 애비 없는 자식이 살아서 무슨 수가 있겠다고 남 고생만 시키니. 에미나 고생하지 않게 죽으려거든 진작 죽어라."

하며 담뱃대를 옆에 질화로 전에다 탁탁 턴다. 수님이는 누가 자기 아들을 잡으러 오는 듯이 어린애를 옆으로 안고 돌면서,

"어머니는 그게 무슨 말요? 남들은 자식이 없어서 불공을 한다, 경을 읽는다, 돈들을 푹푹 써 가면서 자식을 비는 사람들도 있는데 난 자식을 죽으라고 그래요? 이 애가 죽어서 어머니에게 금방 큰 복이 내릴 듯싶소?"

"복이 내리지 않고? 내가 하룻잠을 자도 다리를 펴고 자겠다."

"잘도 다리를 펴고 주무시겠소? 마음을 그렇게 먹으면은 하나님이 내릴 복도 도로 가져가신다우."

"듣기 싫다. 하나님이 무슨 응뎅이가 부러질 하나님이냐? 누가 하나님을 보았다더냐? 너 암만 하나님을 믿어 보아라. 하나님 믿는다고 죽을 녀석이 산다더냐? 모두 팔자야, 팔자! 이 고생 하는 것도 모두 내 팔자지마는 늙게 딸 하나 두었다가 덕은 못 보아도 요 모양 될 줄이야 누가 알았어!"

수님이도 계집 마음에 참을 수가 없는지 까만 눈에서 불 같은 광채가 나고 입술이 뾰족해지며 목소리가 높아 간다.

"그래, 어머니는 딸 길러서 덕 보려 했습디까?"

"덕 보지 않고? 핏덩이서부터 열팔구 세, 거의 스무 살이나 되도록 기를 적에야 무슨 그래도 여망[7]이 있기를 바라고 그 갖은 고생을 다해 가면서 길렀지. 그래! 어디서 어떻게 빌어먹는 놈인지도 모르는 방앗간

---

7) 여망(餘望) — 남은 희망 또는 앞으로의 희망.

놈에게 몸을 더럽히게 하려고 하였더냐? 내 그놈 생각을 할 적마다 이가 갈리고 치가 떨린다."

"왜 그이만 잘못했소? 그렇게 치가 떨리고 이가 갈리거든 나를 잡아 잡숫구려! 그것도 나를 방앗간에 다니게 한 덕분이죠. 나를 방앗간에만 다니지 않게 했더라면 그런 짓을 하래도 하지 않았었다우."

어머니는 잡아먹으려는 짐승을 어르는 암사자 모양으로 응얼대며,

"응, 그래도 서방 녀석 역성을 드는구나? 어디 얼마나 드나 보자, 네가 그 녀석 믿고 살다가 덩[8]이나 탈 듯싶으냐? 그렇게도 찰떡같이 든 정을 왜 다 풀지 못하고 요 모양으로 요 고생이냐? 어서 그렇게 보고 싶고 못 잊겠거든 당장에라도 따라가서 호강하고 살아 보아라. 서방 녀석밖에 네 눈에는 보이는 게 없고 어미 년은 사람 같지도 않니?"

수님이는 성미를 못 이기는 중에 어머니 말이 야속하기도 하고 또 자기 신세가 어쩐지 비참한 듯하여 갑자기 눈물이 북받치며 울음이 터진다.

"왜 날마다 나를 잡아먹지를 못해서 이렇게 못 살게 굴우! 그렇게 보기 싫거든 다른 데로 가시구려."
하고 까만 눈을 감았다 뜰 때, 이슬 같은 눈물이 두 뺨 위에 대르륵 굴러 젖꼭지를 문 어린애 뺨 위에 떨어진다.

수님이는 우는 중에도 어린애 위에 떨어진 눈물을 씻어 주는 것을 잊어버리지 않았다. 보드라운 살 위에 떨어진 눈물을 씻으면 또 떨어지고 씻으면 또 떨어져 어머니의 따뜻한 눈물은 애기의 얼굴을 곱게 씻어 놓았다. 그리고 가슴에는 뭉클한 감정이 울음에 씻겨 녹아 눈물이 되어 어린애 얼굴에 떨어질수록 귀여운 애기는 수님이를 울린다. 부드러운 손,

---

8) 덩 — 공주나 옹주가 타던 가마.

귀여운 얼굴, 조그마한 몸뚱이가 눈물 어린 그것을 통하여 희미하게 보이다가 눈물이 그 애기 뺨 위에 떨어지고, 다시 똑똑하게 까만 머리, 까만 눈썹이 보이고 입과 코와 두 눈이 보일 때, 수님이는 다시 어린애를 자기 가슴에 꼭 끼어안아 가슴 한복판에 어리고 서린 만단 정회9)를 다만 어린애로 눌러서 짜내고 녹여 내는 것 외에는 그에게 아무 위로가 없었다.

모습이 아버지와 같은 그 어린애를 자기 가슴에 안을 때 눈물의 하소연이 그 아이에게 하는 것이 아니라 지금 여기 없는 그의 아버지에게 하는 것 같고, 눈물 괸 흐릿한 눈으로 윤곽이 비슷한 그애를 볼 때 그는 그애 아버지가 그 사내다운 얼굴에 애정이 넘치는 웃음을 띠고 자기를 어루만져 위로하는 듯하였다. 그는 그애의 이름을 부르려 할 적마다 그애 아버지를 부르고 싶었고, 그 아이를 자기 가슴에 안을 때, 자기가 안 기울 곳 없는 것이 얼마나 외로움을 주는지 알지 못하였다.

"너의 아버지가 있었더라면?"

이라고 말이 입 밖으로는 나오지 않지마는 그 말 밑에는 모든 해결(解決)과 끝없는 행복이 달린 것 같았다.

수님이는 떨리는 긴 한숨을 쉬고 땅이 꺼져 스러질 듯이 가슴을 내려앉히었다.

우는 꼴을 보는 어머니는 속으로는 가엾은 생각이 없는 것은 아니지마는, 짓궂은 고집을 풀지 못하고서 다시 응얼대는 소리로,

"울기는 다 저녁때 왜 여우같이 쪽쪽 우니, 계집년이. 그러고서 집안이 흥할 줄 아느냐? 애, 될 것도 안 되겠다. 울지나 마라. 방자스럽다."

그러나 수님이는 들은 체도 하지 않고 흐르다 남은 눈물 방울이 기름

---

9) 만단 정회(萬端情懷) — 온갖 생각과 감회.

한 속눈썹 위에 떨어지려다가 걸친 두 눈으로 먼 산만 바라보고 앉아서 콧물만 마시고 앉아 있다.

그때 누구인지 바깥에서 인기척이 나더니,

"수님이 있니?"

하는 사람은 그의 오라버니였다. 수님이는 얼른 눈물을 씻고 방문을 열면서,

"오라버니 오세요."

하는 소리는 아직까지 목메인 소리다. 오라버니라는 사람은 나이가 삼십이 남짓해 보이는 노동자로, 깎은 머리를 수건으로 동이고, 무명저고리 위에는 까만 조끼를 입고, 짚신 신은 발에, 종아리에는 누런 각반[10]을 쳤다. 얼굴이 둥글넓적한데다가 눈이 조금 큼직하나 결코 불량하게 보이지는 않고 두 뺨에는 술기운이 돌아 검붉게 익었다.

방 안으로 들어앉으며, 어머니(서모)를 보고 인사를 하고 윗목에 가 쭈그리고 앉으며,

"애가 좀 어떠냐?"

하고 수님이가 안고 앉은 어린애를 허리를 구부정히 하고 들여다 본다.

수님이는 벌건 눈을 비벼 눈물을 씻고 코를 풀면서,

"마찬가지여요. 점점 더해 가는 모양예요."

하고 또 한 번 떠는 한숨을 쉰다. 오라버니는 속마음으로 어린 계집애가 자식이 앓으니까 걱정이 되어서 우는 줄 알고,

"울기는 왜 울었니? 울기는 왜 울어. 운다고 어린애 병이 낫는다더냐! 어떻게 주선을 해서라도 고칠 도리를 해야지. 남의 자식을 낳아서 기르지도 못하고 죽이면 그건 면목도 없으려니와 넌들……"

---

10) 각반(脚絆) ─ 걸음을 걸을 때 가뜬하게 하려고 발목에서 무릎 아래까지 감는 띠.

말이 채 그치지도 않아서 그의 어머니가 그래도 양심이 간지럽던지,

"아니라네, 내가 하도 화가 나서 잔말을 좀 했더니 그렇게 쪽쪽 울고 앉았다네."

하며 자기 허물을 자백이나 하는 듯이 말을 한다. 오라버니는 주머니에서 마코 한 갑을 꺼내서 대물부리[11]에 담배를 끼워 붙여 물더니,

"어머니 걱정을 듣고서 울기는 무얼 울어? 나는 무슨 일인가 했지."

하고 시비곡직[12]을 그대로 쓸어 버리는 듯이 말머리를 돌려서,

"어린애 약은 먹였니?"

"먹였어요."

"무슨 약을……. 그 약국에서 지어 오는 조선약?"

"네."

"안 된다, 그것을 먹여서는……. 요새는 양약을 먹여야 한다. 요새 시대는 서양 의술이 제일야. 나는 하도 신기한 일을 보았기에 말이지. 참, 내, 그렇게도 신기한 일은 처음 보았어,"

옆에 앉았던 어머니가 얼른 말 틈을 타서 빗대 놓고 수님이를 책망 비슷하게 수님의 오라버니더러 들어 보라는 듯이,

"약을 먹여 무얼 해. 예배당인지 빌어먹는 데인지 있는 목사나 불러다가 날마다 엎드려서 기도만 하면 거기서 밥도 나오고 떡도 나오고 모든 일이 다 만사 형통할걸!"

하고서 입을 삐쭉하고서 고개를 숙인다.

"너 예수 믿니?"

하고 오라버니는 수님이를 보더니,

---

11) 대물부리 ─ 대로 만든 담배 물부리.

12) 시비곡직(是非曲直) ─ 옳고 그르고 굽고 곧음.

"허허, 그것도 하는 것이 좋기는 좋지마는 나는 그 속을 모르겠더라. 무엇이든지 믿으면 안 믿는 것보담은 낫겠지마는 예수, 예수, 남들은 하나님 앞에 기도를 하면 병도 낫는다고 그러더라만 나는 서양 의술만큼 신기하게 알지는 못하니까. 글쎄, 나 다니는 일본 사람의 집 와타나베 상이라고 하는 이의 여편네가 첫애를 낳는데 어린애가 손부터 나오고는 그대로 들어가지도 않고 나오지도 않더라는구나. 지금 나이가 스물셋 된 여편넨데. 그래서 나는 그 소리를 듣고서 꼭 죽었나 보다 하고 속으로 죽을 줄로만 알고 있지를 않았겠니?"

늙은 노파가 이 이야기를 듣더니,

"저런, 그래 어떻게 했어!"

하면서 눈을 크게 뜨고 담뱃대를 놓으면서 말하는 수님이 오라버니 얼굴을 쳐다본다.

"그러자 주인 되는 사람이 전화를 해요. 전화한 지 삼십 분쯤 되어서 ○○ 병원의 의사 하나하고 간호부라는 일본 여편네가 인력거를 타고 오더니 조금 있다가 어린애 우는 소리가 나지 않겠습니까? 그저 의원이 들어가자 잠깐 사이예요. 그래서 하도 신기하기에 그 집 하인더러 물으니까 기계로 끄집어 내서 아주 산모도 괜찮고 어린애도 괜찮다고. 나는 이 소리를 듣고 거짓말같이 생각이 되지 않겠니?"

하고 다시 수님이 쪽으로 말머리를 돌린다. 노파는 고개를 끄덕끄덕하며,

"엉! 저런, 참 요새는 사람을 기계로 끄낸다! 그런데 그 난 것이 딸야, 아들야?"

"아들예요."

"저런, 그 자식이야말로 두 번 산 놈이로군!"

"참, 세상이란 알 수 없는 세상예요. 서양서는 기계로 사람을 다 만든

답니다그려……."

"예끼! 그럴 수가 있나? 거짓말이지. 아무리 타국 사람들은 재주가 좋아 못 하는 것이 없이 허다못해 공중을 날아다니지마는 어떻게 기계로 사람을 만드나? 거짓말인 게지."

"아녜요, 정말이오. 신문에도 났어요."

"신문에! 신문인들 어디 똑바른 말만 내나. 거기도 거짓말이 섞였지."

하는 노파의 성미가 조금 풀어진 모양인지 말소리에 부드러운 맛과 웃음 냄새가 약간 섞이어서,

"그러나저러나 저것 때문에 나는 큰 걱정일세. 애비도 없는 자식을 나 가지고는 그나마 성하게 자랐으면 좋겠지마는 저렇게 앓기만 하니 참, 형세나 넉넉했으면 또 모르지, 구차하기란 더 말할 수 없는 집에서 이 모양을 하고 사네그려. 자식이나 없으면 얼핏 마땅한 이가 있거든 다시 시집을 가서래도 그저 저 고생하지나 말고 살면은 늙은 내 마음이라도 놀 테야. 저 모양으로 오늘 죽을지 내일 죽을지 모르는 것을 끼고만 앉았으니 참 딱해서 볼 수가 없네그려. 저도 전정[13]이 구만리 같은 새파랗게 젊은 년이 어디 가면 서방 없겠나. 그저 허구한[14] 날 어디로 들고 사렸는지도 모르는 그놈만 생각을 하고 앉았으니 어림없는 수작이지. 벌써 싫증나서 잊어버린 지가 오랜 놈을 생각만 하면 무얼 하나? 자식은 저의 할미가 서울 살아 있다니까 아범 집으로 보내 버리고 나는 저 애를 다른 데로 보내는 수밖에 없다고 생각하네."

오라버니는 무슨 엄숙한 사실을 당한 것처럼 한참 눈 하나 깜짝거리지 않고 그 말을 듣고 있더니 무슨 사리를 분명히 해석할 줄 안다는 어

---

13) 전정(前程) — 앞길.
14) 허구(許久)하다 — (날·세월 등이)매우 오래다.

조로,

"글쎄 그렇지 않아도 나도 생각을 날마다 하고 언제든지 걱정을 하는 바이지마는 일이 너무나 어렵게 되어서……. 어떻든 어린애는 고쳐야 할 것이니까, 병이 낫거든 자기 애비의 집이 있으니까 그리로 보내고 다른 데로 보낼 도리를 해야죠."

하니까 노파는 걱정스럽게 시원치 못한 상으로,

"그렇지만 여기서야 어린애 병을 고칠 수 있어야지, 날마다 밥도 못 끓여 먹는 형편에 어린애 약인들 먹일 수 있나. 이건 참 죽기보다 어려우이그려. 암만 생각을 하니 옴치고 뛸 수가 있어야지."

오라버니는 모든 일을 내가 해결할 만큼 세상에 대한 경험이 있으니까 내 말을 들으라는 듯이 수님이를 향하여,

"수님아! 네 생각은 어떠냐? 너도 나이가 열아홉이나 된 것이 그만하면 시집살이할 나이가 넘었다고 할 수 있어. 그런데 이렇게 그야말로 닭 쫓던 개 지붕 쳐다보기지. 이러고 앉았기만 하면 어떻게 하니……. 그런데 대관절 네 생각은 어떠냐! 그래도 그 사람을 기다리고 앉았을 참이냐, 다른 데를 갈 마음이 있니?"

수님이는 한참이나 맥없이 앉았다가 횟 하고 모든 말이 시덥지 않다는 듯이 코웃음을 한 번 치더니,

"아무 데도 가기는 싫어요. 모세 아버지가 아니면 다른 곳으로 가기는 싫어요."

하는 목소리는 이상하게도 힘있는 목소리다. 모든 신앙과 자기의 희생을 결심한 뜨겁고 매운 감정에서 나오는 목소리였다.

"아따, 그래도 모세 아버지야?"

노파는 자기 딸을 흘겨보며 비웃는 듯이 말을 한다.

"네 오라버니 말이 조금도 그르지 않느니라. 설마 너를 잘 되라고는

못 할지언정 못 되라고 할 듯싶으냐?"

"그래도 나는 다른 데로 가기는 싫어요. 나 혼자 평생을 지내더라도 또 다른 사람에게 가기는 싫어요."

오라버니는 타이르는 어조로,

"그야 낸들 다시 다른 곳으로 가라기가 좋아서 그러는 것은 아냐. 그렇지만 너도 늙은 어머니 생각도 해야 하지 않니. 서양에는 부모를 위하여 몸을 파는 계집애들도 있는데. 또 너의 전정 생각을 해야지. 그것도 모세 아버지가 지금이라도 너를 생각하고 또 다음에라도 만나 살 여망이 있으면 오래비 된 나래도 왜 이런 말을 하겠니? 그렇지만 모세 애비는 벌써 너를 잊어버린 사람야. 사내 맘이란 그런 것이다. 모두들 욕심만 가진 개 같은 놈들야!"

수님이는 그래도 부인(否認)한다는 듯이,

"그래도 제가 한 말이 있으니까 설마 나를 내버리기야 할까요?"

"저런 딱한 애가 있나. 그것 참 말할 수가 없네. 글쎄, 그런 놈의 말을 어떻게 믿니?"

"믿어야죠. 제가 비오던 날 방앗간 모퉁이에서 날더러 하는 말이 일평생 나를 잊지 못하겠다 하였는데요. 저도 그이를 잊을 수는 없어요." 하며 얼굴빛이 조금 불그레해지며 부끄러운 생각이 나서 고개를 숙이고 어린애 머리만 쓰다듬었다.

"아따, 빌어먹을 년! 믿기는 신주 믿듯 잘도 믿는다. 쪽박을 차고 빌어먹으러 나가도 그 녀석만 믿으면 제일이냐?"

어미는 열화가 벌컥 나서 덤벼들 듯이 소리를 질렀다. 이 소리에 어머니 품에 안겨 편안히 잠들었던 어린애가 눈을 갑자기 뜨면서 숨이 넘어갈 듯이 까르르 쟁개비의 찌개 끓듯이 운다. 수님이는 어린애를 뭉뚱그려 안고 일어서며,

"우지 마, 우지 마."

하며 달래면서 서성거린다. 어린애는 다시 보채면서 눈동자를 허옇게 뒤집어쓰며 죽어 가는 듯이 운다.

"에구! 오라버니, 이 애 눈 좀 보시우. 왜 이렇게 허옇소? 하마 죽으려나 보."

하며 오라버니 편으로 어린애를 내밀면서,

"죽으면 어떻게 해요?"

하면서 또다시 눈물이 비오듯 한다. 오라버니는 어린애를 들여다 보더니,

"에구, 애가 대단하구나! 약도 없니? 의원이 무슨 병이라 하든? 요새 염병(장질부사)이 매우 돌아다닌다는데 그 병이나 아닌지 모르겠다……."

하고 다시 몸을 만져 보더니,

"에구, 이놈 좀 보게. 열이 대단하이!"

하며 우는 애를 한참 들여다본다. 노파는,

"약이 다 무언가. 의원을 보였어야 무슨 병인지 알지. 그저 약국에 가서 말만 하고 약을 지어다 먹이니까 병명인들 알 수가 있나!"

"그러면 안 되겠습니다그려. 어떻게 해서든지 의원을 보여야죠."

"의원도 거저 봐주나. 돈 들어야 할 일이지. 밥도 못 해먹는 집에서 의원은 다 무어야."

"그래서 되나요. 우선 산 사람은 살리고 볼 일이니까. 가만히 계십쇼. 내가 어떻게 해서든지 서양 의술하는 의원을 불러 오지요."

"그러면 돈이 많이 들걸! 넉넉지 않은 형세에 돈을 써서야……."

"무얼요, 어떻게 살리고 보아야죠."

하며 오라버니는 황망히 밖으로 나갔다. 수님이는 속으로 다행하기도

하고 미안하지마는 어떻든 자기의 모든 해결과 행복의 실오라기인 이 모세의 생명을 구하는 것이 첫째 의무인 동시에 또한 급무(急務)이다. 그리고 자기 오라버니가 그렇게까지 신기함을 이야기하는 소리를 들었으므로 의원만 오면은 모세는 곧 나을 줄로 믿었다. 그래서 아무 말 없이 오라버니 나가는 것을 보고만 있었다.

방 안은 조금 고요하였다. 수님이는 조금 울음을 그치고서 깽깽 앓는 소리를 하고 누워 있는 어린애를 앞에다 놓고 꿇어앉았다. 그리고는 괴로워하는 어린애를 내려다보며 두 주먹을 쥐고서 입 밖으로는 나오지 않지마는 입 속으로 '모세야, 죽지 말고 살아라.' 하고 온몸의 모든 정성과 모든 힘을 합하여 속으로 부르짖었다. 그리고는 그 말이 떨어지는 찰나 기적과 같이 그 아기가 낫기를 바랐다. 그는 주먹을 쥐고 몸을 떨면서 다시 하늘을 쳐다보고는 또다시 모든 정성과 힘을 합하여 '하나님! 모세를 데려가지 마시고 이 죄인의 품에 안겨 두옵소서.' 하고 비는 말이 떨어지자 그 아이의 병이 기적같이 물러가기를 빌었다. 그러나 그에게 기적을 하나님은 내리지 않았다. 그는 자기를 못 믿었다. 그가 기적처럼 어린아이 병이 낫기를 바랐으나 그것이 기적처럼 낫지 않은 때 수님이는 다시 목사를 기다리었다.

'목사가 오셔서 하나님께 기도를 하여 주시면 이 아이의 병이 얼른 나을걸! 예수가 앉은뱅이와 문둥 병자를 고친 것처럼 이 아이의 병이 목사의 기도와 함께 나을 수가 있을걸!'
하고 그는 목사 오기만 기다렸다. 혈루 병자가 예수의 옷 한 번 만져 보기를 애씀과 같은 그만한 믿음으로써 목사를 기다리었다.

"어째 오실 시간이 늦었는데 오시지를 않나?"

막달라 마리아가 자기 오라비의 죽음을 다시 살게 할 수 있을 줄을 믿음과 같이 수님이는 목사 오기를 기다리었다.

그런데 어린애는 또 울기 시작하였다. 어린애 울음소리는 우중충한 방 안에 흐리터분한 공기를 날카롭게 울리면서 자기의 참담한 현상을 정해 놓은 곳 없이 부르짖어 호소하는 듯하였다. 털부털부하는 문구멍, 거미줄 걸친 천장, 신문지로 바른 담벼락, 못이 다 빠지고 장식이 물러난 다 깨어진 석유 궤짝으로 만든 장롱까지 어린애의 울음소리가 스칠 적마다 더러운 개천물에 일어나고 사라지는 물결처럼 모든 가난과 불행과 질병과 탄식이 한꺼번에 춤을 추고 일제히 그 작은 방 가운데서 움직거리는 것 같았다. 평화와 행복의 여신은 눈물을 흘리고 그 자리를 떠난 지가 오래고, 줄기차게 오랜 생명을 가진 마신(魔神)이 이 집 문과 장과 구석과 모퉁이에 서고, 앉고, 드러눕고, 기댄 것 같았다.

가난과 질고(疾苦)는 노파의 얼굴에 주름살과 증오로 탈을 씌워 놓은 것같이 보기 싫은 얼굴로 한참이나 앉았다가 부시시 일어서며,

"에구, 난 모르겠다. 죽든지 살든지 마음대로들 해라."

하고는 밥을 하려는지 바깥으로 나아간다.

삼십 분쯤 지났다. 서산으로 넘은 해는 가뜩이나 우중충한 방을 어둠침침하게 만들어 놓았다. 수님이는 방에 어린애를 안고서 오라버니 오기만 기다린다.

그때 누구인지 문 밖에 와 서며 불을 때는 노파에게,

"모세 어머니 있어요?"

하는 나이 스물대여섯 살 되어 보이는 목소리로 묻는 소리가 난다.

"있소."

하는 어머니의 소리와 함께,

"쇠(釗) 어머니요?"

하고 수님이는,

"들어오시우. 웬일요? 저녁은 해 먹었소?"

하며 반가이 맞아들였다. 그 쇠 어머니는,
　"애가 좀 어떻소?"
하며 어린애를 들여다보자 수님이는 새삼스럽게 걱정스러운 얼굴로,
　"점점 더한 모양예요. 그래서 제 외삼촌이 의원을 부르러 가셨어요."
하며 내놓았던 젖을 다시 집어 넣었다. 그 쇠 어머니는 코를 손으로 이
리 쓱 씻고 한 번 들이마시고, 저리 한 번 쓱 씻고 들이마시면서,
　"오늘 목사님이 오지 않으셨지?"
하며 목사님이 오시지 않았느냐 말을 물으면서 무슨 말을 하려고 할 때,
바깥에서 부산한 소리가 나더니 수님의 오라버니가 문을 열며,
　"이 방이올시다."
하며 가방을 옆에 든 양복 입은 의사에게 말을 한 후 제가 먼저 들어와
방에 놓여 있는 것을 이 구석 저 구석에다 쓸어박으면서 의원에게 들어
오기를 청했다.
　수님이와 쇠 어머니는 부산하게 일어섰다. 그리고 의원이 들어와 앉
은 뒤에 수님이 혼자 저만큼 비켜 앉아 의원의 거동만 본다.
　의원은 들어와 앉더니 누워 있는 어린애를 한참 들여다보다가 두말
없이,
　"이 애가 언제부터 이렇소?"
하고 수님의 오라버니를 돌아본다. 수님의 오라버니는 다시 수님에게
물어 보는 듯이 수님을 보았다. 수님이는 얼른,
　"한 대엿새 되었어요,"
　의사는 어린애 몸을 풀으라 하더니 가방을 열고 기계를 꺼내더니 진
찰을 다 마친 뒤에,
　"다 보았소."
하고 방 안을 둘러보며,

"요새 이 병이 퍽 많은데 병원으로 데려다 치료를 해야지 그대로 이런 데 두면 어린애에게도 이롭지 못하거니와 다른 사람에게까지 전염이 되니까 병원으로 데려가게 해야겠소."
하고 일어서니까 수님 오라버니는 그저 멀거니,
"네."
하고 서 있고 수님이는,
"데려가요?"
하고 의사와 싸움이라도 할 듯한 살기 있는 눈으로 의원을 둘러보았다. 그리고는 다시 어린애 편으로 달려들어 어린애를 휩싸안고서 아무 말 없이 돌아앉더니 눈물 괸 목소리로 혼잣말처럼,
"죽여도 내 품에서 죽일 터예요."
하고는 어린애 위에 엎드러져 운다.

2

모세를 병원으로 데려간 지 열흘 되는 날이다. 아침부터 퍼부은 눈이 저녁때나 되어서 겨우 끝났다. 수님이는 날마다 병원에를 갔다. 그러나 병원에서는 수님에게 모세를 보이지 않았다. 병실 문간에 서서 하루 종일 지내다가 아무 소식도 듣지 못하고 그대로 온 날도 있었다.

오늘도 아침밥도 먹지 못하고 병원으로 향하여 간다. 전차도 타지 못하고 십 리나 되는 병원으로 가는 길은 자기 오라버니가 일을 하는 일본 사람 집 앞을 지나게 되므로 갈 적 올 적 들른다.

오라버니를 찾아가니 마침 곳간(庫間)에서 숯을 쌓고 있었다. 수님이는 머리에 쓴 수건을 벗어서 둘둘 말아 옆에다 끼고서,

“오라버니.”

하고 곳간 옆에 가서 부르니까 오라버니는 얼굴과 콧구멍과 두 손이 숯 가루가 묻어서 새까매가지고서 자기의 누이를 보더니,

“가만 있거라, 요것 마저 쌓고…….”

하고 쌓던 것을 마저 쌓고 나오면서,

“병원에 가니?”

하고서 몸을 탁탁 턴다.

“네. 병원에 가요. 그런데 오라버니! 당최 병원에서 어린애를 보이지 않으니 어떻게 된 일예요?”

“어저께는 무엇이라고 그러든?”

“어저께요? 어저께는 아무도 만나 보지 못했어요. 그저 아무 염려 말고 가라구만 하는데 그래도 그대로 올 수가 있어야지요. 하루 종일 병원 문가에서 서성대다 늦어서야 왔어요. 날이 어둬서 집에 들어오면 어린애 우는 소리가 나는 듯 나는 듯하고, 밤에 잠을 자도 꿈마다 모세가 와서 어머니를 부르는데 잠을 잘 수가 있어야죠. 아마 죽으려나 봐.”

“에라, 미친애. 죽기는 왜 죽어. 어떻든 염려 말아라. 의원이 오죽 잘 생각하고 잘 고치겠니? 너를 보지 못하게 하는 것도 그것이 전염병이나 옮을까 봐서 그러는 것이야. 염려 말고 있어. 그러면 내 뒷담당은 해줄 게…….”

“그래도 내 생각 같아서는 아무리 해도 못 믿겠어요. 나는 개가 죽으면 나도 따라 죽을 테야. 모세를 죽이고는 모세 아버지에게도 이 뒤에 만나서 얼굴을 들 수 없거니와 나도 살아갈 재미가 없어요. 세상에서는 나를 망할 년, 더러운 년, 서방질한 년이라고 욕들만 하고, 어머니는 날마다 다른 데로 시집가지 않는다고 구박만 하고……. 다만 그것 하나만 믿고 지내는데 만일 그것이 죽으면 나는 살아서 무엇 하우.”

하고서 치맛자락으로 눈물을 씻는다. 오라버니는 선웃음을 껄껄 웃으며,

"허허, 왜 마음을 그렇게 먹고서 자꾸 속을 졸여. 그까짓 남이 무엇이라고 그러든지 말든지 상관할 게 무어며, 어머니신들 오죽 화가 나셔야 그러시겠나? 너를 미워서 그러실 리가 없으니까 아무 염려 마라. 그리고 어린애는 아무 걱정도 없어. 병원에서 그까짓 병쯤 고치기를 그러니? 그 이상 가는 병이라도 제꺽제꺽 고치는데. 몇 해 묵은 병, 아주 못 고친다고 단념한 병을 고치고 완인(完人)¹⁵⁾이 된 사람이 얼만지 모른다. 아무 염려 말어……"

수님이는 또다시 오라버니를 믿었다. 그리고 오라버니는 모든 것이 저보다 많이 아는 사람이고 세상 경난¹⁶⁾을 많이 겪은 사람이니까 믿음직한 사람인 동시에 근자에 모세가 병원으로 간 뒤에 집안 식량과 살림 일체를 대어 주는 데 얼마나 많은 감사와 믿음이 생기는지 알 수 없었다.

수님이는 조금 생각을 하는 듯이 땅만 내려다보고 섰다가,

"그러면 나는 오라버님 말씀을 믿어요."

하고 조금 근심이 풀린 것처럼 두 눈에 따뜻한 광채를 머금고 오라버니를 쳐다보았다.

"글쎄, 염려 말어……"

하고 오라버니는 다시 곳간 옆으로 비켜 서더니,

"그런데 수님아! 내 잘 봤는지는 모르겠으나 어저께 저녁에 친구들과 술을 먹고 너의 집으로 가려니까 웬 사람 하나가 너의 집 앞에서 서성서성하더니 나를 보고는 그대로 줄달음질을 해가지 않겠니……"

---

15) 완인(完人) ― 병이 완전히 나은 사람.
16) 경난(經難) ― 어려운 일을 겪는 것.

수님이 눈이 똥그래지며,

"그래서요? 도둑놈이던 게지. 어떻게 됐어요."

"도둑놈은? 너의 집이 무엇이 그리 집어 갈 것이 많아서 도둑놈이 엿을 봐. 글쎄 내 말을 들어. 그래 하도 수상하기에 흥녀케[17] 쫓아가지를 않았겠니……"

"네."

"쫓아가다가 거의 다 쫓아가서 골목쟁이[18] 하나를 휙 돌아서는데 눈결에 힐끗 보니까 암만해도 모세 애비 같지 않겠니? 그래서 더 속히 따라가 보니까 어디로 갔는지 골목으로 들어갔는데 아무리 헤맨들 찾을 수가 있어야지……"

수님이는 무슨 경이(驚異)나 당한 듯이 눈을 크게 뜨고,

"그래서 어떡했어요?"

하고 온몸을 웅숭그리고[19] 오라버니의 입에서 떨어지는 수수께끼 같은 말의 순서를 기다린다.

"그래 온통 큰길로 골목으로 헤매이면서 돌아다니나 어디 있어야지. 그래 할 수 없이 집으로 바로 가서 자버렸어."

수님이는 거짓말과 참말, 믿음과 의심, 그 경계선을 밟고서 이리 기울어져 보기도 하고 저리 기울어져 보기도 하는 듯한 감정으로,

"그럼 그게 모세 아버질까요? 모세 아버지 같으면 들어오기라도 하였을 텐데. 오라버니가 잘못 보신 게지."

하고서 나타났다 사라졌다 하는 좋은 희망을 머릿속에 그리면서 오라버

---

17) 흥녀케 — '횡허케'의 방언.
18) 골목쟁이 — 골목에서 더 깊숙이 들어간 좁은 곳.
19) 웅숭그리다 — (추위나 두려움으로 몸을) 궁상스럽게 몹시 웅그리다.

니에게 그것이 모세 아버지니 믿으라는 단정(斷定)이 나오기를 기다리고 섰다.

"그래 나도 알 수는 없어. 어떻든 알 수 없는 일야. 일전에도 누구한테 들으니까 모세 애비가 전라도 목포 항구에서 일본 사람의 방앗간에서 일을 하면서 너의 소식을 묻고, 모세도 잘 자라느냐고 묻고, 며칠 안되면 서울로 다시 오겠다 하더란 말을 들었는데 서울로 왔는지도 모르지……."

"왔으면 집에 올 텐데. 오지 않았길래 집에 오지 않았죠?"

"글쎄."

수님이는 아무 말이 없다가 또다시 말머리를 돌려서,

"그런데 오라버니! 나는 예수 믿는 것이 아무리 생각을 해도 헛질을 한 것 같애. 우리 집에 와서 기도해 주던 목사 있지 않아요?"

"그래."

"그 목사도 모세 병처럼 앓는데 죽게 되었대요."

"그런 것야. 그 병은 전염병인 까닭에 옮겨 가기가 쉬운 것야. 그러기에 병원에서는 너도 들어오지 못하게 하지 않니?"

"그런가 봐. 그 목사는 약도 쓰지 않고 날마다 모여서 기도들만 하는데 점점 더하면 더했지 조금도 낫지를 않는대요. 어떤 사람들은 우리 집 칭원[20]들을 하면서 죄인 아들이 되어 하나님이 벌을 주시려고 그런다고……."

"다 쓸데없는 것야. 병은 의술로 고쳐야 하는 것이지 기도가 무슨 기도냐, 글쎄."

"그렇지만 기도를 하고 나면 마음이 조금 시원한 듯해서 나도 날마다

---

20) 칭원(稱冤) — 원통함을 들어서 말하는 것.

기도는 하지요."

오라버니는 픽 웃더니,

"시원하기는 무엇이 시원해. 대관절 또 병원으로 가는 길이냐?"

"네."

"가서는 무엇 하니? 가서 보지도 못하는걸."

"그래도 문간에 섰다 오더라도 가지 않으면 궁금해서 견딜 수가 있어
야죠."

"아무 염려 마라, 글쎄. 병원에 가기만 하면 낫는다니까. 그러니 집에
가 있거라. 내 이따가 전화로 물어 봐다 주께……."

"그래도 난 가볼 테야. 찻삯이나 좀 주시우."

오라버니는 백통 쇠사슬 달린 가죽 지갑에서 돈을 꺼내면서,

"갈 것이 없다니까 그러네. 정 가고 싶은 것 억지로 막을 수는 없지마
는……."

하고 수님에게 찻삯을 주었다.

3

또 닷새가 지났다. 어저께 목사의 죽은 장례가 나갔다. 수님이는 한
번 아니 놀랄 수가 없었다. 그 놀라운 가슴이 가라앉기 전에 수님에게는
세상에 가장 엄숙하고 자기에게 가장 절망되는 소식을 들었다. 그것은
모세가 병원에서 죽었다는 것이다. 오라버니가 다 저녁때 힘없이 수님
의 집으로 들어오더니,

"수님아!"

하고 차마 나오지 않는 목소리는 벌써 번갯불같이 수님의 머리에 무슨

불상사를 이르는 듯하였다.

"네."

하는 수님이는 다른 날보다도 더 무서운 사실을 당하는 것처럼 달려나
갔다. 그리고 오라버니의 기운 없고 낙망하는 얼굴을 치어다보며,

"왜 그러세요? 병원에서 무슨 소식이 왔어요?"

하며 달려들 듯이 오라버니 앞에 섰다. 오라버니는 한참이나 말이 없이
방에 들어와 쓰러지는 듯이 앉더니,

"놀라지 말아라."

하고,

"모세가 죽었단다."

하였다. 수님이의 가슴은 그 소리가 날카로운 칼로 찌르는 듯하였다. 그
러나 그 찌르는 듯한 것이 변하여 다시 그 사실을 부인하는 듯이 자기
오라버니를 치어다보며 깔깔 웃지 않을 수가 없었다.

"거짓말, 오라버니는 왜 그런 말씀을 하시우. 남 놀라게……."

할 만큼 그에게 그 사실이 너무나 거짓말 같았었다. 그리고 만일 그 사
실이 참말이라 할지라도 수님이는 그 사실을 참으로 인정할 수 없었다.

이 말을 들은 그 옆에 앉아 있는 노파는 도리어 그 사실을 그 사실대
로 들었다.

"저런!"

노파의 눈에서는 가엾은 일은 일이지마는 숙명적으로 그 사실이 있
을 것이요, 또는 그 사실이 있어야 할 것을 미리 알고 있었던 것처럼 다
만 입맛만 다시면서,

"가엾기는 하지마는 팔자 좋게 잘 죽었느니라."

하였다. 수님이는 다시 물었다.

"정말예요? 오라버니!"

하는 말에 오라버니의 얼굴은 엄숙한 사실을 거짓말로는 꾸밀 수 없다
는 듯이,

"정말야, 지금 병원에서 전화가 왔어."

수님이는 이제 몸부림쳐서 울지 않을 수가 없다. 그는 자기 오라버니
에게 달려들었다.

"나를 죽여 주, 나를 죽여요. 죽여도 내 품에 안고 죽일걸 왜 오라버
니는 병원으로 데려다가 죽는 것도 보지 못하게 하였소! 그렇게 잘 고
친다는 병원에서 왜 죽었소. 내 아들 찾아 노. 그 자식이 어떤 자식인
줄 알고 그러우. 내 목숨보다도 중한 자식요."

하고는 방바닥에 엎어져 울면서,

"모세야. 모세야, 네 어미까지 마저 데리고 가거라. 죽을 적에 어미의
젖 한 방울 먹어 보지 못하고, 어미의 품에 한 번 안겨 보지 못하고, 모
세야 모세야……"

하며 우는 꼴을 옆에서 보는 노파도 인생의 죽음이란 그것은 가장 슬픈
것인 것을 느꼈던지 주름살 잡힌 눈에서 눈물이 떨어진다. 오라버니도
좋지는 않은 얼굴로 멀거니 앉았다.

"아! 모세야. 나는 이제 죽는다. 나는 죽어야 한다."

한참 울 때 오라버니는 수님을 달래려고,

"우지 마라. 이왕 죽은 자식을 울면은 어떻게 하니. 고만 그쳐, 시끄럽
다."

그렇지만 오라버니의 입에는 수님이를 위로할 말이 없었다. 한 말 또
하고 한 말 또 하고 다만 우지 마라 우지 마라 하는 말이 있을 뿐이었
다.

노파는 울음을 그치고, 머릿속으로는 하얀 관에 뭉친 어린애 주검을
장사할 걱정이 있고, 또는 그 장사를 하려면 돈이 들 걱정이 있었으나

수님의 머리와 피와 마음 속에는 모세를 다시 살릴 수가 이 세상에는 있으리라는 알 수 없는 의심과, 또는 본능적으로 모세는 다시 살지 못하리라는 의식(意識)이 그를 몸부림과 가장 큰 비통 속에 그의 모든 것을 집어던지었다.

　날이 저물고 눈 위에 달이 차게 비치었다. 수님이와 오라버니는 모세의 송장을 찾으러 가려고 문 밖으로 나섰다. 오라버니가 돈을 변통하러 가고 수님이는 눈물 가린 눈으로 흰 눈을 밟으면서 걸어간다. 수님이가 골목 모퉁이를 돌아서려 할 때 마침 저쪽서 돌아 들어오는 사람 하나와 딱 마주치자, 수님이는 얼굴을 쳐들어 그 사람을 보고는 그대로 멈칫하고 서서 그 사람을 붙잡으려는 채 못 미쳐 동작으로 달려들 듯하더니,
　"아! 모세 아버지."
하고서 두 손으로 얼굴을 가리고 서서 울었다. 모세 아버지란 그 사람도 끼어안을 듯이,
　"수님아!"
하고 덤벼들려 하다가 그대로 한참 서 있다. 수님이는 목멘 소리로 무슨 죄악을 고백하는 듯이,
　"모세는 죽었에요."
하고 울음소리는 더 높아졌다. 수님의 가슴은 죄지은 사람 모양으로 떨리고, 할 말 없기도 하고, 또는 오래간만에 모세 아버지를 만나매 반갑기도 하여 속에 있는 모든 감정이 실 엉키듯 엉키어 순서를 차려먹었던 마음을 다 말할 수도 없고 다만 울음으로써 그 모든 것을 애소[21]도 하고 진정도 하는 수밖에는 없었다.

---

21) 애소(哀訴) ― 슬프게 호소하는 것.

　모세 아버지란 사람은 조금 창피함을 깨달은 듯이 골목 으슥한 곳으로 들어서며 검은 얼굴에 조금 더러운 웃음을 나타내며,

　"모두 다 너 때문이다."

하며 멸시하듯 수님이를 보더니,

　"내가 오늘 이렇게 밤중에 골목으로만 다니게 된 것도 너 때문이요, 남의 눈을 속이고 다니게 된 것도 다 너 때문이었다. 그러나 그래도 자식 생각을 하고 서울 온 뒤 날마다 너의 집 앞에 와서 소식이나 들으려 하였더니, 모세가 죽었다니 이제는 너와 나와는 영 이별인 줄 알아라……."

하는 말을 듣자 수님이는 옆의 담에 가서 그대로 고꾸라지며,

　"모세 아버지! 나는 그래도 여태까지 당신을 믿었지요!"

하고 느껴 울면서,

　"왜 모두 내 탓을 하시우. 나는 그래도 당신만 믿고 바라고 여태까지 어린것을 기르고 있었지요. 모세 아버지, 정말 나를 버리실 터요?"

　모세 아버지는 차디찬 목소리로,

　"나는 너 때문에 몸을 버린 사람이다. 나는 나의 일생을 너 때문에 그르친 사람이다. 나는 지금 어디로 떠날는지 모르니까 마지막으로 잘 만났다. 자! 나는 간다."

하고 모세 아버지가 가려 하니까 수님이는 모세 아버지를 붙잡으며,

　"어디로 가시우. 왜 전에 그 방앗간 옆에서 비오는 날 나를 일평생 잊지 않는다 하셨지요? 지금은 왜 그때 말씀을 잊어버리셨소. 가시려거든 나를 데리고 가시우."

하며 매달렸다. 모세 아버지는 껄껄 웃으며,

　"나는 그때 사람이 아니다. 그때의 내가 아니란 말이야. 자 놔라. 공연히 남에게 들키면 나는 내일부터 홍바지저고리를 입을 사람야."

　수님이는 끌려가면서,

　"정말 가시우?"

하며 애원하듯이,

　"정말이오?"

한다. 그때 저쪽에서 누구인지 이쪽으로 오는 기척이 나니까 모세 아버지는 수님이를 뿌리치고 저쪽으로 가 버리고 수님이는 눈 위에 엎드러져 운다.

　수님이는 한참 울다 일어섰다. 그의 눈에는 다시 목사의 상여가 보이고 어린애의 주검이 보이었다. 그리고 혼자 머리를 쥐어뜯으며,

　"아! 나에게는 예수도 없고, 병원도 없고, 모세, 모세도 없고, 아무것도 없다."

하고는 다시 공중을 우러러보며,

　"모세 아버지도 갔다. 나에게는 아무것도 없다."

　소리를 지르고 사면을 돌아다볼 때 하얀 눈 위에 밝은 달이 차디차게 비치었는데, 고요한 침묵으로 둘린 가운데 다만 자기 혼자 외로이 서 있는 것을 깨달았다. 그가 그렇게 분명히 그렇게 외로운 가운데서 자기를 찾아내기는 지금이 자기 일생에 처음이었다.

(1924년)

벙어리 삼룡(三龍)이

1

내가 열 살이 될락말락한 때이니까 지금으로부터 십사오 년 전 일이다.

지금은 그곳을 청엽정(淸葉町)이라 부르지만 그때는 연화봉(連花峰)이라고 이름하였다. 즉 남대문(南大門)에서 바로 내다보면은 오정포(午正砲)가 놓여 있는 산등성이가 있으니 이쪽이 연화봉이요, 그 새에 있는 동네가 역시 연화봉이다. 지금은 그곳에 빈민굴(貧民窟)이라고 할 수밖에 없이 지저분한 촌락이 생기고 노동자들 밖에 살지 않는 곳이 되어 버렸으나 그때에는 자기네 딴은 행세한다는 사람들이 있었다.

집이라고는 십여 호밖에 있지 않았고 그곳에 사는 사람들은 대개 과목밭[1]을 하고, 또는 채소를 심거나 아니면 콩나물을 길러서 생활을 하여 갔었다.

여기에 그중 큰 과목밭을 갖고 그중 여유 있는 생활을 하여 가는 사

---

1) 과목(果木)밭 — 과수원(果樹園).

람이 하나 있었는데 그의 이름은 잊어버렸으나 동네 사람들이 부르기를 오 생원(吳生員)이라고 불렀다.

얼굴이 동탕하고[2] 목소리가 마치 여름에 버드나무에 앉아서 길게 목 늘여 우는 매미 소리같이 저르렁저르렁하였다.

그는 몹시 부지런한 중년 늙은이로 아침이면 새벽 일찍이 일어나서 앞뒤로 뒷짐을 지고 돌아다니며 집안 일을 보살피는데 그 동네에는 그가 마치 시계와 같아서 그가 일어나는 때가 동네 사람이 일어나는 때였다. 만일 그가 아침에 돌아다니며 잔소리를 하지 않으면 동네 사람들이 이상하여 그의 집으로 가보면 그는 반드시 몸이 불편하여 누워 있었다. 그러나 그와 같은 때는 일 년 삼백육십 일에 한 번 있기가 어려운 일이요, 이태나 삼 년에 한 번 있거나 말거나 하였다.

그가 이곳으로 이사를 온 지는 얼마 되지 아니하나 그가 언제든지 감투를 쓰고 다니므로 동네 사람들은 양반이라고 불렀고, 또 그 사람도 동네 사람들에게 그리 인심을 잃지 않으려고 섣달이면 북어쾌, 김톳을 동네 사람에게 나눠 주며 농사 때에 쓰는 연장도 넉넉히 장만한 후 아무 때나 동네 사람들이 쓰게 하므로 그 동네에서는 가장 인심 후하고 존경 받는 집인 동시에 세력 있는 집이다.

그 집에는 삼룡(三龍)이라는 벙어리 하인 하나가 있으니 키가 본시 크지 못하여 땅딸보로 되었고 고개가 달라붙어 몸뚱이에 대강이를 갖다가 붙인 것 같다. 거기다가 얼굴이 몹시 얽고 입이 크다. 머리는 전에 새 꼬랑지 같은 것을 주인의 명령으로 깎기는 깎았으나 불밤송이[3] 모양으로 언제든지 푸 하고 일어섰다. 그래 걸어다니는 것을 보면 마치 옴

---

2) 동탕하다 ― 얼굴이 토실토실하게 잘생기다.
3) 불밤송이 ― 채 익기 전에 말라 떨어진 밤송이.

두꺼비가 서서 다니는 것같이 숨차 보이고 더디어 보인다. 동네 사람들이 부르기를 삼룡이라 부르는 법이 없고 언제든지 '벙어리, 벙어리'라고 하든지 그렇지 않으면 '앵모, 앵모' 한다. 그렇지만 삼룡이는 그 소리를 알지 못한다.

그도 이 집 주인이 이리로 이사를 올 때에 데리고 왔으니 진실하고 충성스러우며 부지런하고 세차다.[4] 눈치로만 지내 가는 벙어리지마는 말하고 듣는 사람보다 슬기로운 적이 있고 평생 조심성이 있어서 결코 실수한 적이 없다.

아침에 일어나면 마당을 쓸고, 소와 돼지의 여물을 먹이며, 여름이면 밭에 풀을 뽑고 나무를 실어 들이고 장작을 패며, 겨울이면 눈을 쓸고 잔심부름과 진일 마른일 할 것 없이 못 하는 일이 없다.

그럴수록 이 집 주인은 벙어리를 위해 주며 사랑한다. 혹시 몸이 불편한 기색이 있으면 쉬게 하고, 먹고 싶어하는 듯한 것은 먹이고, 입을 때 입히고 잘 때 재운다.

그런데 이 집에는 삼대 독자로 내려오는 아들이 있다. 나이는 열일곱 살이나 아직 열네 살도 되어 보이지 않고 너무 귀엽게 기르기 때문에 누구에게든지 버릇이 없고 어리광을 부리며 사람에게나 짐승에게 잔인 포악한 짓을 많이 한다.

동네 사람들은,

"후레자식! 아비 속상하게 할 자식! 저런 자식은 없는 것만 못해."

하고 욕들을 한다. 그래서 그의 어머니는 아들이 잘못할 때마다 그의 영감을 보고,

"그 자식을 좀 때려 주구려. 왜 그런 짓을 보고 가만 두?"

---

4) 세차다 ─ 힘차고 억세다.

하고 자기가 대신 때려 주려고 나서면,

  "아뇨, 아직 철이 없어 그렇지. 저도 지각이 나면 그렇지 않을 것이 아뇨."

하고 너그럽게 타이른다. 그러면 마누라는 왜가리[5]처럼 소리를 지르며,

  "철이 없긴 지금 나이가 몇이오. 낼 모레면 스무 살이 되는데, 또 며칠 아니면 장가를 들어서 자식까지 날 것이 그래 가지고 무엇을 한단 말이오."

하고 들이대며,

  "자식은 꼭 아버지가 버려 놓았습니다. 자식 귀여운 것만 알았지 버릇 가르칠 줄은 모르니……."

  이렇게 싸움만 시작하려 하면 영감은 아무 말도 하지 않고 바깥으로 나가 버린다. 그 아들은 더구나 벙어리를 사람으로 알지도 않는다. 말 못 하는 벙어리라고 오고 가며 주먹으로 허구리[6]를 지르기도 하고 발길로 엉덩이도 찬다.

  그러면 그 벙어리는 어린것이 철없이 그러는 것이 도리어 귀엽기도 하고 또는 그 힘없는 팔과 힘없는 다리로 자기의 무쇠 같은 몸을 건드리는 것이 우습기도 하고 앙증하기도 하여 돌아서서 방그레 웃으면서 툭툭 털고 다른 곳으로 몸을 피해 버린다.

  어떤 때는 낮잠 자는 벙어리 입에다가 똥을 먹인 일도 있었다. 또 어떤 때는 자는 벙어리 두 팔 두 다리를 살며시 동여매고 손가락과 발가락 사이에 화승[7]불을 놓아 질겁을 하고 일어나다가 발버둥질을 하고

죽으려는 사람처럼 괴로워하는 것을 보고 기뻐하였다.

이러한 때마다 벙어리의 가슴에는 비분한 마음이 꽉 들어찼다. 그러나 그는 주인의 아들을 원망하는 것보다도 자기가 병신인 것을 원망하였으며 주인의 아들을 저주한다는 것보다 이 세상을 저주하였다.

그러나 그는 결코 눈물을 흘리지 않았다. 그의 눈물은 나오려 할 때 아주 말라붙어 버린 샘물과 같이 나오려 하나 나오지를 아니하였다. 그는 주인의 집을 버릴 줄 모르는 개 모양으로 자기가 있어야 할 곳은 여기밖에 없고 자기가 믿을 곳도 여기 있는 사람들밖에 없는 줄 알았다. 여기서 살다가 여기서 죽는 것이 자기의 운명인 줄밖에 알지 못하였다. 자기의 주인 아들이 때리고 지르고 꼬집어 뜯고 모든 방법으로 학대할지라도 그것이 자기에게 으레 있는 줄밖에 알지 못하였다.

아픈 것도 그 아픈 것이 으레 자기에게 돌아올 것이요, 쓰린 것도 자기가 받지 않아서는 안 될 것으로 알았다. 그는 이 마땅히 자기가 받아야 할 것을 어떻게 해야 면할까 하는 생각은 한 번도 하여 본 일이 없었다.

그가 이 집에서 떠나가려거나 또는 그의 생활 환경에서 벗어나려는 생각은 한 번도 해보지 못하였다 할지라도 그는 언제든지 그 주인 아들이 자기를 학대하고 또는 자기를 못살게 굴 때 그는 자기의 주먹과 또는 자기의 힘을 생각하여 보았다.

주인 아들이 자기를 때릴 때, 그는 주인 아들 하나쯤은 넉넉히 제지할 힘이 있는 것을 알았다.

어떠한 때는 아픔과 쓰림이 자기의 몸으로 스미어들 때면 그의 주먹은 떨리면서 어린 주인의 몸을 치려 하다가는 그는 그것을 무서운 고통과 함께 꽉 참았다.

그는 속으로,

‘아니다. 그는 나의 주인의 아들이다. 그는 나의 어린 주인이다.’
하고 참았다.

그리고는 그것을 얼핏 잊어버리었다. 그러다가도 동넷집 아이들과 혹시 장난을 하다가 주인 아들이 울고 들어올 때에는 그는 황소같이 날뛰면서 주인을 위하여 싸웠다. 그래서 동네에서도 어린애들이나 장난꾼들이 벙어리를 무서워하여 감히 덤비지를 못하였다. 그리고 주인 아들도 위급한 경우에는 언제든지 벙어리를 찾았다. 벙어리는 얻어맞으면서도 기어드는 충견 모양으로 주인의 아들을 위하여 싫어하지 않고 힘을 다하였다.

2

벙어리가 스물세 살이 될 때까지 그는 물론 이성과 접촉할 기회가 없었다. 동네의 처녀들이 저를 ‘벙어리, 벙어리’ 하며 괴상한 손짓과 몸짓으로 놀려먹음을 받을 적에 분하고 골나는 중에도 느긋한 즐거움을 느끼어 본 일은 있었으나 그가 결코 사랑으로써 어떠한 여자를 대해 본 일은 없었다.

그러나 정욕을 가진 사람인 벙어리도 그의 피가 차디찰 리는 없었다. 혹 그의 피는 더욱 뜨거웠을는지도 알 수 없었다. 뜨겁다 못하여 엉기어 버린 엿과 같을지도 알 수 없었다. 만일 그에게 볕을 주거나 다시 뜨거운 열을 준다면 그의 피는 다시 녹을는지도 알 수 없었다.

그는 깜박깜박하는 기름 등잔 아래에서 밤이 깊도록 짚세기[8]를 삼을

____

8) 짚세기 — 짚신.

때이면 남모르는 한숨을 아니 쉬는 것도 아니지마는 그는 그것을 곧 억제할 수 있을 만큼 정욕에 대하여 벌써부터 단념을 하고 있었다.

마치 언제 폭발이 될는지 알지 못하는 휴화산(休火山)[9] 모양으로 그의 가슴 속에는 충분한 정열을 깊이 감추어 놓았으나 그것이 아직 폭발될 시기가 이르지 못한 것이었다. 비록 폭발이 되려고 무섭게 격동함을 벙어리 자신도 느끼지 않는 바는 아니지마는 그는 그것을 폭발시킬 조건을 얻기 어려웠으며, 또는 자기가 여태까지 능동적으로 그것을 나타낼 수가 없을 만큼 외계의 압축을 받았으며, 그것으로 인한 이지(理智)가 너무 그에게 자제력(自制力)을 강대하게 하여 주는 동시에 또한 너무 그것을 단념만 하게 하여 주었다.

속으로, '나는 벙어리다.' 자기가 생각할 때 그는 몹시 원통함을 느끼는 동시에 말하는 사람들과 똑같은 자유와 똑같은 권리가 없는 줄 알았다.

그는 이와 같은 생각에서 언제든지 단념 않을래야 단념하지 않을 수 없는 그 단념이 쌓이고 쌓이어 지금에는 다만 한 개의 기계와 같이 이집에 노예가 되어 있으면서도 그것을 자기의 천직으로 알고 있을 뿐이요, 다시는 자기가 살아갈 세상이 없는 것같이밖에 알지 못하게 된 것이다.

3

그 해 가을이다. 주인의 아들이 장가를 들었다. 색시는 신랑보다 두 살 위인 열아홉 살이다. 주인이 본시 자기가 언제든지 문벌이 얕은 것을

---

9) 휴화산(休火山) — 옛날에는 분화하였으나 현재에는 분화를 멈춘 화산.

한탄하여 신부를 구할 때에 첫째 조건이 문벌이 높아야 할 것이었다.

그러나 문벌 있는 집에서는 그리 쉽게 색시를 내놓을 리가 없었다. 그러므로 하는 수 없이 그 어떠한 영락[10]한 양반의 딸을 돈을 주고 사 오다시피 하였으니, 무남 독녀의 외딸을 둔 남촌 어떤 과부를 꿀을 발라서 약혼을 하고 혹시나 무슨 딴소리가 있을까 하여 부랴부랴 혼례식을 시켜 버렸다.

혼인할 때의 비용도 그때 돈으로 삼만 냥을 썼다. 그리고 아들의 처갓집에 며느리 뒤 보아 주는 바느질삯, 빨래삯이라는 명목으로 한 달에 이천오백 냥씩을 대어 주었다.

신부는 자기 아버지가 돌아가기 전까지만 해도 상당히 견디기도 하고 또는 금지옥엽[11]같이 기른 터이라, 구식 가정에서 배울 것 배우고 익힐 것은 익혀 못하는 것이 없고 게다가 본래 인물이라든지 행동 거지에 조금도 구김이 있지 아니하다.

신부가 오자 신랑의 흠절[12]이 생기기 시작하였다.

"신부에게다 대면 두루미와 까마귀지."

"아직도 철딱서니가 없어."

"색시에게 쥐어 지내겠지."

"신랑에겐 과하지."

동넷집 말 좋아하는 여편네들이 모여 앉으면 이렇게 비평들을 한다. 어떠한 남의 걱정 잘 하는 마누라님은 간혹 신랑을 보고는 그대로 세워 놓고,

---

10) 영락(零落) — 세력이나 살림이 보잘것없이 찌부러지는 것.
11) 금지옥엽(金枝玉葉) — '금으로 된 가지와 옥으로 된 잎'이라는 뜻으로 '귀여운 자손'을 이르는 말.
12) 흠절(欠節) — 부족하거나 잘못된 점.

　"글쎄, 인제는 어른이 되었으니 셈[13]이 좀 나요. 저러구 어떻게 색시를 거느려 가누. 색시 방에 들어가기가 부끄럽지 않담."
하고 들이대다시피 하는 일이 있다.
　이럴 적마다 신랑의 마음은 그 말하는 이들이 미웠다. 일부러 자기를 부끄럽게 하려고 하는 것 같아서 그 후에 그를 만나면 말도 안 하고 인사도 아니 한다. 또 그의 고모 되는 이가 와서 자기 조카를 보고,
　"인제는 어른이야. 너도 그만하면 지각이 날 때가 되지 않았니. 네 처가 부끄럽지 아니하냐."
하고 타이를 적마다 그의 마음은 그 말하는 사람이 부끄럽다는 것보다도 자기를 이렇게 하게 한 아내가 더욱 밉살머리스러웠다.
　"여편네가 다 무엇이냐? 저 빌어먹을 년이 들어오더니 나를 이렇게 못 살게 굴지."
　혼인한 지 며칠이 못 되어 그는 색시 방에 들어가지 않았다. 집안에서는 야단이 났다. 마치 돼지나 말새끼를 혼례시키려는 것같이 신랑을 색시 방으로 집어 넣으려 하나 막무가내였다.
　그럴 때마다 신랑은 손에 닥치는 대로 집어 때려서 자기의 외사촌 누이의 이마를 뚫어서 피까지 나게 한 일이 있었다.
　집안 식구들은 하는 수가 없어 맨 나중으로 아버지에게 밀었다. 그러나 그것도 소용이 없을 뿐더러 풍파를 더 일으키게 하였다. 아버지께 꾸중을 듣고 들어와서는 다짜고짜로 신부의 머리채를 쥐어 잡아 마루 한복판에 태질을 쳤다.
　그리고는,
　"이년, 네 집으로 가거라. 보기 싫다. 내 눈앞에는 보이지도 마라."

---

13) 셈 — 사물을 분별하는 슬기.

하였다. 밥상을 가져오면 그 밥상이 마당 한복판에서 재주를 넘고, 옷을 가져오면 그 옷이 쓰레기통으로 나간다.

이리하여 색시는 시집 오던 날부터 팔자 한탄을 하며 날마다 밤마다 우는 사람이 되었다.

울면은 요사스럽다고 때린다. 또 말이 없으면 빙충맞다[14]고 친다. 이리하여 그 집에는 평화스러운 날이 하루도 없었다.

이것을 날마다 보는 사람 가운데 알 수 없는 의혹을 품게 된 사람이 하나 있었으니 그는 곧 벙어리 삼룡이었다.

그렇게 예쁘고 유순하고 그렇게 얌전한, 벙어리의 눈으로 보아서는 감히 손도 대지 못할 만큼 선녀 같은 색시를 때리는 것은 자기 생각으로는 도저히 풀 수 없는 의심이다.

보기에도 황홀하고 건드리기도 황송할 만큼 숭고한 여자를 그렇게 학대한다는 것은 너무나 세상에 있지 못할 일이다. 자기는 주인 새서방에게 개나 돼지같이 얻어맞는 것이 마땅한 이상으로 마땅하지마는, 선녀와 짐승의 차가 있는 색시와 자기가 똑같이 얻어맞는 것은 너무 무서운 일이다. 어린 주인이 천벌이나 받지 않을까 두렵기까지 하였다.

어떠한 달밤, 사면은 고요 적막하고 별들은 드문드문 눈들만 깜박이며 반달이 공중에 뚜렷이 달려 있어 수은으로 세상을 깨끗하게 닦아낸 듯이 청명한데, 삼룡이는 검둥개 등을 쓰다듬으며 바깥 마당 멍석 위에 비슷이 드러누워 하늘을 쳐다보며 생각하여 보았다.

주인 색시를 생각하면 공중에 있는 달보다도 더 곱고 별들보다도 더 깨끗하다. 주인 색시를 생각하면 달이 보이고 별이 보이었다. 삼라 만상[15]

---

14) 빙충맞다 — 똑똑하지 못하고 어리석고 수줍기만 하다.

15) 삼라 만상(森羅萬象) — 우주 사이에 벌여 있는 온갖 사물과 현상.

을 씻어 내는 은빛보다도 더 흰 달이나 별의 광채보다도 그의 마음이 아름답고 부드러운 듯하였다. 마치 달이나 별이 땅에 떨어져 주인 새아씨가 된 것도 같고, 주인 새아씨가 하늘에 올라가면 달이 되고 별이 될 것 같았다.

더구나 자기를 어린 주인이 때리고 꼬집을 때 감히 입 벌려 말하지 못하나 측은하고 불쌍히 여기는 정이 그의 두 눈에 나타나는 것을 다시 생각할 때 그는 부들부들한 개 등을 어루만지면서 감격을 느끼었다. 개는 꼬리를 치며 자기를 귀여워하는 줄 알고 벙어리의 손을 핥았다.

삼룡이의 마음은 주인 아씨를 동정하는 마음으로 가득 찼다. 또는 그를 위하여서는 자기의 목숨이라도 아끼지 않겠다는 의분에 넘치었다. 그것은 마치 살구를 보면 입 속에 침이 도는 것같이 본능적으로 느끼어지는 감정이었다.

4

새댁이 온 뒤에 다른 사람들은 자유로운 안 출입을 금하였으나, 벙어리는 마치 개가 맘대로 안에 출입할 수 있는 것같이 아무 의심없이 출입할 수가 있었다.

하루는 어린 주인이 먹지 않던 술이 잔뜩 취하여 무지한 놈에게 맞아서 길게 자빠진 것을 업어다가 안으로 들여다 눕힌 일이 있었다. 그때에 아무도 안에 있지 않고 다만 새색시 혼자 방에서 바느질을 하고 있다가 이 꼴을 보고 벙어리의 충성된 마음이 고마워서, 그 후에 쓰던 비단 헝겊 조각으로 부시 쌈지 하나를 만들어 준 일이 있었다.

이것이 새서방님의 눈에 띄었다. 그래서 색시는 어떤 날 밤 자던 몸으로 마당 복판에 머리를 푼 채 내동댕이가 쳐졌다. 그리고 온몸에 피가 맺히도록 얻어맞았다.

이것을 본 벙어리는 또다시 의분의 마음이 뻗쳐 올라왔다. 그래서 미친 사자와 같이 뛰어들어가 새서방님을 내던지고 새색시를 둘러매었다. 그리고는 나는 수리[16]와 같이 바깥사랑 주인 영감 있는 곳으로 뛰어가 그 앞에 내려놓고 손짓과 몸짓을 열 번 스무 번 거푸하며 하소연하였다.

그 이튿날 아침에 그는 주인 새서방님에게 물푸레로 얼굴을 몹시 얻어맞아서 한쪽 뺨이 눈을 얼러서 피가 나고 주먹같이 부었다. 그 때릴 적에 새서방의 입에서 나오는 말은,

"이 흉칙한 벙어리 같으니, 내 여편네를 건드려!"
하고 부시 쌈지를 빼앗아 갈가리 찢어 뒷간에 던졌다.

"그리고 이놈아! 인제는 주인도 몰라 보고 막 친다. 이런 것은 죽어야 해!"
하고 채찍으로 그의 뒷덜미를 갈겨서 그 자리에 쓰러지게 하였다.

벙어리는 다만 두 손으로 빌 뿐이었다. 말도 못 하고 고개를 몇백 번 코가 땅에 닿도록 그저 용서해 달라고 빌기만 하였다. 그러나 그의 가슴에는 비로소 숨겨 있던 정의감(正義感)이 머리를 들기 시작하였다. 그는 아픈 것을 참아 가면서 북받치는 분노(심술)를 억제하였다.

그때부터 벙어리는 안방에 들어가지 못하였다. 이 들어가지 못하는 것이 더욱 벙어리로 하여금 궁금증이 나게 하였다. 그 궁금증이라는 것이 묘하게 빛이 변하여 주인 아씨를 뵈옵고 싶은 심정으로 변하였다. 뵈옵지 못하므로 가슴이 타올랐다. 몹시 애상(哀傷)의 정서가 그의 가슴을 저리게 하였다. 한 번이라도 아씨를 뵈올 수가 있으면 하는 마음이 나더

---

16) 수리 — '독수리'의 방언.

니 그의 마음의 넋은 느끼기를 시작하였다. 센티멘털한[17] 가운데에서 느끼는 그 무슨 정서는 그에게 생명 같은 희열을 주었다. 그것과 자기의 목숨이라도 바꿀 수 있을 것 같았다. 어떤 때는 그대로 대강이[18]로 담을 뚫고 들어가고 싶도록 주인 아씨를 뵈옵고 싶은 것을 꾹 참을 때도 있었다.

그후부터는 밥을 잘 먹을 수가 없었다. 일도 손에 잡히지 않았다. 틈만 있으면 안으로 들어가고 싶었다.

주인이 전보다 많이 밥과 음식을 주고 더 편하게 하여 주었으나 싫었다. 그는 밤에 잠을 자지 않고 집 가장자리를 돌아다녔다.

5

하루는 주인 새서방님이 술이 취하여 들어오더니 집안이 수선수선하여지며 계집 하인이 약을 사러 갔다 들어오는 것을 보고 그 계집 하인을 붙잡았다. 그리고 무엇이냐고 물었다.

계집 하인은 한 주먹을 뒤통수에 대고 얼굴을 쓰다듬으며 둘째 손가락을 내밀었다. 그것은 그 집 주인은 엄지손가락이요, 둘째 손가락은 새서방님이라는 뜻이요, 주먹을 뒤통수에 대는 것은 여편네라는 뜻이요, 얼굴을 문지르는 것은 예쁘다는 뜻으로 벙어리에게 쓰는 암호이다.

그런 뒤에 다시 혀를 내밀고 눈을 뒤집어쓰는 형상을 하고 두 팔을 착 벌리고 뒤로 자빠지는 꼴을 보이니, 그것은 사람이 죽게 되었거나 앓

---

17) 센티멘털(sentimental)하다 ― 감상적·감정적인 특성이 있다.
18) 대강이 ― 대가리.

을 적에 하는 말 대신의 손짓이다.

벙어리는 눈을 크게 뜨고 계집 하인에게 한 발짝 가까이 들어서며 놀라는 듯이 한참이나 있었다.

그의 가슴은 무섭게 격동하였다. 자기의 그리운 주인 아씨가 죽었다는 말이나 아닌가. 그는 두 주먹을 마주치며 한숨을 쉬었다. 그리고는 자기 방에 무엇을 생각하는 것처럼 두어 시간이나 두 눈만 껌벅껌벅하고 앉았었다.

그는 밤이 깊어 갈수록 궁금증 나는 사람처럼 일어섰다 앉았다 하더니 두시나 되어서 바깥으로 나가서 뒤로 돌아갔다.

그는 도둑놈처럼 조심스럽게 바로 건넌방 뒤 미닫이 앞 담에 서서 주저주저하더니 담을 넘었다. 가까이 창 앞에 서서 문 틈으로 안을 살피다가 그는 진저리를 치며 물러섰다.

어두운 밤에 그의 손과 발이 마치 그 뒤에 서 있는 감나무 잎같이 떨리더니 그대로 문을 박차고 뛰어들어갔을 때, 그의 팔에는 주인 아씨가 한 손에 기다란 명주 수건을 들고서 한 팔로 벙어리의 가슴을 밀치며 뻗딩기었다. 벙어리는 다만 눈이 똥그래서 '에헤' 소리만 지르고 그 수건을 뺏으려 애쓸 뿐이다.

집안이 야단났다.

"집안이 망했군!"

"어디 사내가 없어서 벙어리를!"

"어떻든 알 수 없는 일이야!"

하는 소리가 이구석 저구석에서 수군댄다.

6

그 이튿날 아침에 벙어리는 온몸이 짓이긴 것이 되어 마당에 거꾸러져 입에서 피를 토하며 신음하고 있었다. 그 곁에서는 새서방이 쇠줄 몽둥이를 들고서 문초를 한다.

"이놈!"

하고는, 음란한 흉내는 모조리 하여 가며 건넌방을 가리킨다. 그러나 벙어리는 손을 내저을 뿐이다. 또 몽둥이에는 살점이 묻어 나왔다. 그리고 피가 흘렀다.

벙어리는 타들어 가는 목으로 소리도 못 내며 고개만 내젓는다. 그는 피를 토하며 거꾸러지며 이마를 땅에 비비며 고개를 내흔든다. 땅에는 피가 스며든다. 새서방은 채찍 끝에 납 뭉치를 달아서 가슴을 훔쳐갈겼다가 힘껏 잡아 뽑았다. 벙어리는 그대로 거꾸러지며 말이 없었다.

새서방은 그래도 시원치 못하였다. 그는 벙어리가 새로 갈아 놓은 낫을 들고 달려왔다. 그는 그 시퍼렇게 날선 낫을 번쩍 들었다. 그래서 벙어리를 찌르려 할 때 벙어리는 한 팔로 그것을 받았고, 집안 사람들은 달려들었다. 벙어리는 낫을 뿌리쳐 저리로 내던졌다.

주인은 집안이 망하였다고 사랑에 누워서 모든 일을 들은 체 만 체 문을 닫고 나오지를 아니하며, 집안에서는 색시를 쫓는다고 야단이다.

그날 저녁에 벙어리는 다시 끌려 나왔다. 그때에는 주인 새서방이 그의 입던 옷과 신을 주며 눈을 부릅뜨고 손을 멀리 가리키며,

"가! 인제는 우리 집에 있지 못한다."

하였다. 이 소리를 듣는 벙어리는 기가 막혔다. 그에게는 이 집 외에는

다른 집이 없다. 살 곳이 없었다. 자기는 언제든지 이 집에서 살고 이 집에서 죽을 줄밖에 몰랐다. 그는 새서방님의 다리를 끼어 안고 애걸하였다. 말도 못 하는 것을 몸짓과 표정으로 간곡한 뜻을 표하였다. 그러나 새서방은 발길로 지르고 사람을 불렀다.

"이놈을 좀 내쫓아라."

벙어리는 죽은 개 모양으로 끌려 나갔다. 그리고 대갈빼기를 개천 구석에 들이박히면서 나가곤드라졌다가 일어서서 다시 들어오려 할 때에는 벌써 문이 닫혀 있었다.

그는 문을 두드렸다. 그의 마음으로는 주인 영감을 찾았으나 부를 수가 없었다. 그가 날마다 열고 날마다 닫던 문이 자기가 지금은 열려고 하나 자기를 내어쫓고 열리지를 않는다. 자기가 건사하고 자기가 거두던 모든 것이 오늘에는 자기의 말을 듣지 않는다. 어려서부터 지금까지 모든 정성과 힘과 뜻을 다하여 충성스럽게 일한 값이 오늘에는 이것이다.

그는 비로소 믿고 바라던 모든 것이 자기의 원수란 것을 알았다. 그는 모든 것을 없애 버리고 자기도 또한 없어지는 것이 나을 것을 알았다.

그날 저녁 밤은 깊었는데 멀리서 닭이 우는 소리와 함께 개 짖는 소리뿐이 들린다. 난데없는 화염이 벙어리 있던 오 생원 집을 에워쌌다. 그 불을 미리 놓으려고 준비하여 놓았는지 집 가장자리 쪽 돌아가며 흩어 놓은 풀에 모조리 돌라붙어 공중에서 내려다보면은 집의 윤곽이 선명하게 보일 듯이 타오른다.

불은 마치 피 묻은 살을 맛있게 잘라 먹는 요마(妖魔)[19]의 혓바닥처럼 날름날름 집 한 채를 삽시간에 먹어 버리었다. 이와 같은 화염 속으

---

19) 요마(妖魔) — 요망하고 간사한 마귀(魔鬼).

로 뛰어들어가는 사람이 하나 있으니 그는 다른 사람이 아니라 낮에 이 집을 쫓겨난 삼룡이다. 그는 먼저 사랑에 가서 문을 깨뜨리고 주인을 업어다가 밭 가운데 놓고 다시 들어가려 할 제 그의 얼굴과 등과 다리가 불에 데어 쭈그러져 드는 것을 알지 못하였다.

그는 건넌방으로 뛰어들었다. 그러나 색시는 없었다. 다시 안방으로 뛰어들었다. 그러나 또 없고 새서방이 그의 팔에 매달리어 구원하기를 애원하였다. 그러나 그는 그것을 뿌리쳤다. 다시 서까래에 불이 붙어 시뻘겋게 타면서 그의 머리에 떨어졌다. 그러나 그는 그것을 몰랐다. 부엌으로 가보았다. 거기서 나오다가 문설주가 떨어지며 왼팔이 부러졌다. 그러나 그것도 몰랐다. 그는 다시 광으로 가 보았다. 거기도 없었다. 그는 다시 건넌방으로 들어갔다. 그때에 그는 색시가 타죽으려고 이불을 쓰고 누워 있는 것을 보았다. 그는 색시를 안았다. 그리고는 길을 찾았다. 그러나 나갈 곳이 없었다. 그는 하는 수 없이 지붕으로 올라갔다. 그는 비로소 자기 몸이 자유롭지 못한 것을 알았다. 그러나 그는 자기가 여태까지 맛보지 못한 즐거운 쾌감을 자기의 가슴에 느끼는 것을 알았다. 색시를 자기 가슴에 안았을 때 그는 이제 처음으로 살아난 듯하였다. 그는 자기의 목숨이 다한 줄 알았을 때, 그 색시를 내려놓을 때에는 그는 벌써 목숨이 끊어진 뒤였다. 집은 모조리 타고 벙어리는 색시를 무릎에 뉘고 있었다. 그의 울분은 그 불과 함께 사라졌을는지! 평화롭고 행복스러운 웃음이 그의 입 가장자리에 엷게 나타났을 뿐이다.

(1925년)

물레방아

1

덜컹덜컹 홈통에 들었다가 다시 쏟아져 흐르는 물이 육중한 물레방아를 번쩍 쳐들었다가 쿵 하고 확[1] 속으로 내던질 제 머슴들의 콧소리는 허연 겻가루가 켜켜 앉은 방앗간 속에서 청승스럽게 들려 나온다.

쏼 쏼 쏼, 구슬이 되었다가 은가루가 되고 댓줄기같이 뻗치었다가 다시 쾅쾅 쏟아져 청룡이 되고 백룡이 되어 용솟음쳐 흐르는 물이 저쪽 산모퉁이를 십 리나 두고 돌고 다시 이쪽 들 복판을 오 리쯤 꿰뚫은 뒤에 이방원(李芳源)이가 사는 동네 앞 기슭을 스쳐 지나가는데 그 위에 물레방아 하나가 놓여 있다.

물레방아에서 들여다보면 동북간으로 큼직한 마을이 있으니 이 마을에 가장 부자요, 가장 세력이 있는 사람으로 이름을 신치규(申治圭)라고 부른다. 이방원이라는 사람은 그 집의 막실(幕室)살이를 하여 가며 그의 땅을 경작하여 자기 아내와 두 사람이 그날그날을 지내간다.

---

1) 확 — 절구 아가리로부터 밑바닥까지의 구멍.

어떠한 가을밤 유난히 밝은 달이 고요한 이 촌을 한적하게 비칠 때 그 물레방앗간 옆에 어떤 여자 하나와 어떤 남자 하나가 서서 이야기를 하는 소리가 들렸다.

그 여자는 방원의 아내로 지금 나이가 스물두 살, 한창 정열에 타는 가슴으로 가장 행복스러운 나이의 젊은 여자요, 그 남자는 오십이 반이 넘어 인생으로서 살아 올 길을 다 살고서 거의거의 쇠멸의 구렁이를 향하여 가는 늙은이다.

그의 말소리는 마치 그 여자를 달래는 것같이,

"애, 내 말이 조금도 그를 것이 없지? 쉰네 할멈에게도 자세한 말을 들었을 터이지마는 너 생각해 보아라. 네가 허락만 하면 무엇이든지 네가 허고 싶다는 것을 내가 전부 해줄 터이란 말야. 그까짓 방원이 녀석 하고 네가 몇 백 년 살아야 언제든지 막실 구석을 면하지 못할 터이니……. 허허, 사람이란 젊어서 호강해 보지 못하면 평생 한 번 하여 보지 못하고 죽을 것이 아니냐. 내가 말하는 것이 조금도 잘못 한 것이 없느니라! 대강 너의 말을 쉰네 할멈에게 듣기는 들었으나 그래도 너에게 한 번 바로 대고 듣는 것만 못해서 이리로 만나자고 한 것이다. 너의 마음은 어떠냐? 어디, 허허, 내 앞이라고 조금도 어떻게 알지 말고 이야기해 봐 응?"

이 늙은이는 두말할 것 없이 신치규다. 그는 탐욕스러운 눈으로 방원의 계집을 들여다보며 한 손으로 등을 두드린다.

새침한 얼굴이 파르족족하고 기다란 눈썹과 검푸른 두 눈 가장자리에 예쁜 입, 뾰로통한 뺨이며 콧날이 오뚝한 데다가 후리후리한 키에 떡 벌어진 엉덩이가 아무리 보더라도 무섭게 이지적(理智的)인 동시에 또는 창부형(娼婦型)으로 생긴 것이다.

계집은 아무 말이 없이 서서 짐짓 부끄러운 태를 지으며 매혹적인 웃

음을 생긋 웃고는 고개를 돌렸다. 그 웃음이 얼마나 짐승 같은 신치규의
만족을 사게 되었으며 또는 마음을 충동시켰는지 희끗희끗한 수염이 거
의 계집의 뺨에 닿도록 더 가까이 와서,

"응? 왜 대답이 없니? 부끄러워서 그러니? 그렇게 부끄러워할 일은
아닌데."
하고 계집의 손을 잡으며,

"손도 이렇게 예쁜 줄은 이제까지 몰랐구나. 참 분결 같다. 이렇게 얌
전히 생긴 애가 방원 같은 천한 놈의 계집이 되어 일평생을 그대로 썩
는다는 것은 너무 가엾고 아깝지 않으냐? 애."

계집은 몸을 돌리려고 하지도 않고 영감이 하는 대로 내버려 두며 눈
으로 땅만 내려다보고 섰다가 가까스로 입을 떼는 듯하더니,

"제 말야 모두 쇤네 할멈이 여쭈었지요. 저에게는 너무 분수에 과한
말씀이니까요."

"온, 천만에 소리를 다 하는구나. 그게 무슨 소리냐? 너도 아다시피
내가 너를 장난삼아 그러는 것도 아니겠고 후사(後嗣)[2]가 없어 그러는
것이니까 네가 내 아들이나 하나 나 주렴. 그러면 내 것이 모두 네 것이
되지 않겠니? 자아, 그러지 말고 오늘 허락을 허렴. 그러면 내일이라도
방원이란 놈을 내쫓고 너를 불러들일 터이니."

"어떻게 내쫓을 수가 있에요?"

"허어, 그것이 그리 어려울 것이 무엇 있니……내가 나가라는데 제가
나가지 않고 배길 줄 아니?"

"그렇지만 너무 과하지 않을까요?"

"무엇? 저런 생각을 하니까 네가 이 모양으로 이때까지 있었지. 어떻

---

2) 후사(後嗣) — 대(代)를 잇는 아들.

단 말이냐? 그런 것은 조금도 염려하지 말구, 자아 또 네 서방에게 들킬라, 어서 들어가자."

"먼저 들어가세요."

"왜?"

"남이 보면 수상히 알게요."

"무얼, 나하고 가는데 수상히 알 게 무어야……어서 가자."

계집은 천천히 두어 걸음 따라가다가,

"영감!"

하고 머츰하고[3] 서 있다

"왜 그러니?"

계집은 다시 말이 없이 서 있다가,

"아니에요."

하고,

"먼저 들어가세요."

하며 돌아선다. 영감이 간이 달아서 계집의 손을 잡으며,

"가자, 집으로 들어가자."

그의 가슴은 두근거리는지 숨소리가 잦아진다. 계집은 손을 빼려 하며,

"점잖으신 어른이 이게 무슨 짓이에요."

하면서도 그의 몸짓에는 모든 것을 허락한다는 뜻이 보였다. 영감은 계집의 몸을 끌어안더니 방앗간 뒤로 돌아 들어섰다. 계집은 영감 가슴에 안겨서 정욕이 가득 찬 눈으로 그를 보면서,

"영감."

---

3) 머츰하다 — 잠시 그쳐 뜸하다.

말 한 마디 하고 침 한 번 삼키었다.

"영감이 거짓말은 안 하시지요?"

"아니."

그의 말은 떨리었다. 계집은 영감의 팔을 한 손으로 잡고 또 한 손으로는 방앗간 속을 가리켰다.

"저리로 들어가세요."

영감과 계집은 방앗간에서 이삼십 분 후에 다시 나왔다.

2

사흘이 지난 뒤에 신치규는 방원이를 자기 집 사랑 마당 앞으로 불렀다.

"애."

방원은 상전이라 고개를 숙이고,

"예."

공손하게 대답을 하였다.

"네가 그간 내 집에서 정성스럽게 일을 한 것은 고마운 일이지마는……."

점잔과 주짜를 빼면서 신치규는 말을 꺼내었다. 방원의 가슴은 이 '마는'이라는 말 뒤에 이어질 말을 미리 깨달은 듯이 온 전신의 피가 가슴으로 모여드는 듯하더니 다시 터럭[4]이라는 터럭은 전부 거꾸로 일어서는 듯하였다.

---

4) 터럭 — 사람이나 길짐승의 몸에 난 길고 굵은 털.

"오늘부터는 우리 집에 사정이 있어 그러니, 내 집에 있지 말고 다른 곳에 좋은 곳을 찾아가 보아라."

아무 조건이 없다. 또는 이곳에서도 할 말이 없다. 죽으라고 하면 죽는 시늉이라도 해야 하는 것이다. 주인은 돈 가지고 사람을 사고 팔 수도 있는 것이다.

방원은 가슴이 답답하였다. 자기 혼잣몸 같으면 어디 가서 어떻게 빌어먹더라도 살 수가 있지마는 사랑하는 아내를 구해 갈 길이 막연하다. 그는 고개를 굽히고 허리를 굽히고 나중에는 마음을 굽히어 사정도 하여 보고 애걸도 하여 보았다. 그러나 그것은 헛된 일이다. 주인의 마음은 쇠나 돌보다도 더 굳었다.

그는 하는 수 없이 자기 아내에게 그 이야기를 하였다. 그리고 아내더러 안주인 마님께 사정을 좀 하여 얼마간이라도 더 있게 하여 달라고 하여 보라고 하였다. 그러나 아내는 방원의 말을 들을 리가 없었다. 도리어,

"그러면 어떻게 한단 말이오. 이제부터는 나를 어떻게 먹여 살릴테요?"

"너는 그렇게도 먹고 살 수 없을까 봐 겁이 나니?"

"겁이 나지 않고. 생각을 해 보구려. 인제는 꼼짝할 수 없이 죽지 않았소?"

"죽어?"

"그럼 임자가 나를 데리고 이곳까지 올 때에 무엇이라고 하였소. 어떻게 해서든지 너 하나야 먹여 살리지 못하겠느냐고 하였지요?"

"그래."

"그래 얼마나 나를 잘 먹여 살리고 나를 호강시켰소? 이때까지 이태나 되도록 끌구 돌아다닌다는 것이 남의 집 행랑이었지요."

"애 그것을 네가 모르고 하는 말이냐? 내가 허려고 하지 않아서 그렇게 된 것이냐? 차차 살아가는 동안에 무슨 일이든지 생기겠지. 설마 요 대로 늙어 죽기야 하겠니?"

"듣기 싫소! 뿔 떨어지면 구워 먹지 어느 천년에."

방원이는 가뜩이나 내어쫓기고 화가 나는데 계집까지 그러하니까 속에서 열화가 치밀어 올라왔다.

"이 육시를 하고도 남을 년! 왜 남의 마음을 글컹거리니?"

"왜 사람에게 욕을 해!"

"이년아, 욕 좀 하면 어떠냐?"

"왜 욕을 해!"

계집이 얼굴이 노래지며 대든다.

"이년이 발악인가?"

"누가 발악야. 계집년 하나 건사[5] 못 하는 위인이 계집보고 욕만 하고, 한 게 무어야? 그래 은가락지 은비녀나 한 벌 사 주어 보았어? 내가 임자 하자고 하는 대로 하지 않은 것은 없지?"

"이년아! 은가락지 은비녀가 그렇게 갖고 싶으냐? 이 더러운 년아."

"무엇이 더러워? 너는 얼마나 정한 놈이냐!"

계집의 입 속에서는 '놈' 소리가 나오기 시작한다.

"이년 보게! 누구더러 놈이래."

하고 손길이 계집의 낭자[6]를 후려 잡더니 그대로 집어 들고 두어 번 주먹으로 등줄기를 우리었다.[7]

---

5) 건사 — 간수하여 지키는 것.

6) 낭자 — 여자의 예장(禮裝)에 쓰는 딴머리의 하나.

7) 우리다 — 힘껏 때리다.

"이 주릿대[8]를 안길 년!"

발길이 엉덩이를 두어 번 지르니까[9] 계집은 그대로 거꾸러졌다가 다시 일어났다. 풀어 헤뜨린 머리가 치렁치렁 끌리고 씰룩한 눈에는 독기가 섞이었다.

"왜 사람을 치니? 이놈! 죽여라 죽여, 어디 죽여 보아라, 이놈 나 죽고 너 죽자!"

하고 달려드는 계집을 후려쳐서 거꾸러뜨리고서,

"이년이 죽으려고 기를 쓰나!"

방원이가 계집을 치는 것은 그것이 주먹을 가지고 하는 일종의 농담이다. 그는 주먹이나 발길이 계집의 몸에 닿을 때 거기에 얻어 맞는 계집의 살이 아픈 것보다 더 찌르르하게 가슴 복판을 찌르는 아픔을 방원은 깨닫는 것이다. 홧김에 계집을 치는 것이 실상은 자기의 마음을 자기의 이로 물어뜯는 것이나 다름이 없는 것이다. 때리는 그에게는 몹시 애처로움이 있고 불쌍함이 있는 것이다. 그러나 자기의 화풀이를 받아 주는 사람은 아직까지도 계집밖에는 없었다. 제일 만만하다는 것보다도 가장 마음놓고 화풀이할 수 있음이다. 싸움한 뒤, 하루가 못 되어 두 사람이 베개를 나란히 하고 서로 꼭 끼고 잘 때에는 그렇게 고맙고 그렇게 감격이 일어나는 위안이 또다시 없음이다. 계집을 치고 화풀이를 하고 난 뒤에 다시 가슴을 에는 듯한 후회와 더 뜨거운 포옹으로 위로를 받을 그때에는 두 사람 아니라 방원에게는 그만큼 힘있고 뜨거운 믿음이 또다시 없는 까닭이다.

계집은 일부러 소리를 높여서 꺼이꺼이 운다.

---

8) 주릿대 — 주리를 트는 데에 쓰는 두 개의 긴 막대기.
9) 지르다 — 팔다리나 막대기 따위를 내뻗쳐 힘껏 건드리다.

온 마을 사람들이 거의 귀를 기울였으나,

"응, 또 사랑 싸움을 하는군!"

하고 도리어 그 싸움을 부러워하였다. 옆집 젊은 것이 와서 싱글싱글 웃으면서 들여다보며,

"인제 고만두라구."

하며 말리는 시늉을 한다. 동네 아이들만 마당 앞에 죽 늘어서서 눈들이 뚱그래서 구경을 한다.

<h1 style="text-align:center">3</h1>

그날 저녁에 방원이는 술이 얼근하여 돌아왔다. 아까 계집을 차던 마음은 어느덧 풀어지고 술로 흥분된 마음에 그는 계집의 품이 몹시 그리워져서 자기 아내에게 사과를 할 마음까지 생기었다. 본시 사람이 좋고 마음이 약하고 다정한 그는 무식하게 자라난 까닭에 무지한 짓을 하기는 하나 그것은 결코 그의 성격을 말하는 무지함이 아니다.

그는 비척거리면서[10] 집으로 향하는 길에 거슴츠레하게 풀린 눈을 스르르 내리감고 혼잣소리로,

"빌어먹을 놈! 나가라면 나가지 무서운가? 제 집 아니면 살 곳이 없는 줄 아는 게로군! 흥, 되지 않게 다 무엇이냐? 돈만 있으면 제일이냐? 이놈, 네가 그러다가는 이 주먹 맛을 언제든지 볼라. 그대로 곱게 돼질 줄 아니."

하고 개천 하나를 건너 뛴 후에,

---

10) 비척거리다 — '비치적거리다' 의 준말. 몸을 제대로 가누지 못하고 약간 비틀거리며 걷다.

‘돈! 돈이 무엇이냐?’

한참 생각하다가,

“에후.”

한숨을 쉬고 나서,

“돈이 사람을 죽이는구나! 돈! 돈! 흥, 사람 나고 돈 났지 돈 나고 사람 났니?”

또 징검다리를 비척비척하고 건넌 뒤에,

“고 배라먹을 년이 왜 고렇게 포달을 부려서 장부의 마음을 긁어 놓아!”

그의 목소리에는 말할 수 없이 다정한 맛이 있었다. 그는 자기 계집을 생각하면 모든 불평이 스러지는 듯이, 숙였던 고개를 쳐들어 하늘을 보면서,

“허어, 저도 고생은 고생이지.”

하고 다시 고개를 숙인 후,

“내가 너무 해, 너무 그럴 게 아닌데.”

그는 자기 집에 와서 문고리를 붙잡고 흔들면서,

“애! 자니! 자?”

그러나 대답이 없고 캄캄하다.

“이년이 어디를 갔어!”

그는 문짝을 깨어져라 하고 닫친 후에 다시 길거리로 나와 그 옆집으로 가서,

“여보 아주머니! 우리 집 색시 어디 갔는지 보았소?”

밥들을 먹는 옆엣집 내외는,

“어디서 또 취했소그려! 애 어머니가 아까 머리 단장을 하더니 저 방아께로 갑디다.”

"방아께로?"

"네."

"빌어먹을 년! 방아께로는 무얼 먹으러 갔누!"

다시 혼자 방아를 향하여 가면서 혼자 중얼거린다.

그는 방앗간을 막 뒤로 돌아서자 신치규와 자기 아내가 방앗간에서 나오는 것을 보았다.

"아!"

그는 너무 뜻밖의 일이므로 아무 말도 하지 못하고 그대로 한참이나 멀거니 서서 보기만 하였다.

그의 눈에서는 쌍심지가 거꾸로 섰다. 열이 올라와서 마치 주홍을 칠한 듯이 그의 눈은 붉어지고 번개 같은 광채가 번뜩거리었다.

그는 한참이나 사지를 떨었다. 두 이가 서로 맞춰서 달그락달그락하여졌다. 그의 주먹은 부서질 것같이 단단히 쥐어졌다.

계집과 신치규는 방원이 와 선 것을 보고서 처음에는 조금 간담이 서늘하여졌으나 다시 태연하게 내려앉았다. 일이 이렇게 되었으매 할 대로 하라는 뜻이다.

방원은 달려들어서 계집의 팔목을 잡았다. 그리고 이를 악물고 부르르 떨었다.

"나는 네가 이럴 줄은 몰랐다."

계집은,

"무얼 이럴 줄을 몰라?"

하며 파란 눈을 흘겨보더니,

"나중에는 별꼴을 다 보겠네. 으레 그럴 줄을 인제 알았나? 놔요! 왜 남의 팔을 잡고 요 모양이야. 오늘부터는 나를 당신이 그리 함부로 하지는 못해요! 더러운 녀석 같으니! 계집이 싫다고 그러면 국으로 물러갈

일이지, 이게 무슨 사내답지 못한 일야! 놔요!"

팔을 뿌리쳤으나 분노가 전신에 가득 찬 그는 그렇게 쉽게 손을 놓지 않았다.

"얘! 네가 이것이 정말이냐?"

"정말이 아니구, 비싼 밥 먹고 거짓말 할까?"

"네가 참으로 환장을 하였구나!"

"아니 누구더러 환장을 했대? 온 기가 막혀 죽겠지! 놔요! 놔! 왜 추근추근하게 이 모양야? 놔."

하고서 힘껏 뿌리치는 바람에 계집의 손이 쑥 빠지었다. 계집은 손목을 주무르면서 암상[11]맞게 돌아섰다.

이때까지 이 꼴을 멀찍이 서서 보고 있던 신치규는 두어 발자국 나서더니 기침 한 번을 서투르게 하고서,

"얘! 네가 술이 취하였으면 일찍 들어가 자든지 할 것이지 웬 짓이냐? 네 눈깔에는 아무것도 보이는 것이 없단 말이냐? 너희 연놈이 싸우는 것은 너희 연놈이 어디든지 가서 할 일이지 여기 누가 있는지 없는지 눈깔에 보이는 것이 없어? 엣 괘씸한 놈!"

눈깔을 부라리었다. 방원은 한참이나 쳐다보고서 말이 없었다. 생각대로 하면 한 주먹에 때려 누일 것이지마는 그래도 그의 머릿속에는 아까까지의 상전이라는 관념이 남아 있었다. 번갯불같이 그 관념이 그의 입과 팔을 얽어 놓았다. 어려서부터 오늘날까지 남을 섬겨 보기만 한 그의 마음은 상전이라면 모두 두려워하는 성질이 깊이깊이 뿌리를 박아 놓았다. 그러나 오늘부터는 신치규가 자기의 상전이 아니요, 자기가 신치규의 종도 아니다. 다만 똑같은 사람으로 서로 마주 섰을 뿐이다. 아니다,

---

11) 암상 — 남을 미워하고 샘을 잘 내는 잔망스러운 심술.

지금부터는 치규도 방원의 원수였다. 그의 간을 씹어 먹어도 오히려 나머지 한이 있는 원수다.

신치규는 똑바로 쳐다보는 방원을 마주 쳐다보며,

"똑바루 보면 어쩔 터이냐? 온, 세상이 망하려니까 별 해괴한 일이 다 많거든. 어째 이놈아!"

"이놈아?"

방원은 한 걸음 들어섰다. 나무같이 힘센 다리가 성큼 하고 나설 때 신치규는 머리 끝이 으쓱하였다. 쇠몽둥이 같은 두 주먹이 쑥 앞으로 닥칠 때 그의 가슴은 덜컥 내려앉았다.

"네 입에서 이놈이라는 소리가 나오니? 이 사지를 찢어 발겨도 오히려 시원치 못할 놈아! 네가 내 계집을 뺏으려고 오늘 날더러 나가라고 그랬지?"

"어허 이거 그놈이 눈깔이 삐었군. 애, 나는 먼저 들어가겠다. 너는 네 서방하구 나중 들어오너라."

신치규는 형세가 위험하니까 슬금슬금 꽁무니를 빼려고 돌아서서 들어가려 했다. 방원은 돌아서는 신치규의 멱살을 잔뜩 쥐어 한 팔로 바싹 치켜 들고,

"이놈 어디를 가? 네가 이때까지 맞을 몰랐구나!"

하며 한 번 집어쳐 땅바닥에다가 태질[12]을 한 뒤에 그대로 타고 앉아서 목줄띠[13]를 누르니까, 마치 뱀이 개구리 잡아먹을 적 모양으로 깩깩 소리가 나며 말 한 마디 못 한다.

"이놈, 너 죽고 나 죽으면 고만 아니냐?"

---

12) 태질 — 세게 메어치거나 내던지는 짓.
13) 목줄띠 — 목구멍의 힘줄.

하고 방원은 주먹으로 사정 없이 닥치는 대로 들이댄다. 나중에는 주먹이 부족하여 옆에 있는 모루돌멩이를 집어서 죽어라 하고 내리친다. 그의 팔, 그의 몸에는 끓어오르는 분노가 극도에 달하자 사람의 가슴 속에 본능적으로 숨어 있는 잔인성(殘忍性)이 조금도 남지 않고 그대로 나타났다. 그의 눈은 마치 펄떡펄떡 뛰는 미끼를 가로차고 앉은 승냥이나 이리와 같이 뜨거운 피를 보고야 만족하다는 듯이 무섭게 번쩍거렸다. 그에게는 초자연(超自然)의 무서운 힘이 그의 팔과 다리에 올라왔다.

이 꼴을 보는 계집은 무서웠다. 끔찍끔찍한 일이 목전에 생길 것이다. 그의 맥이 풀린 다리는 마음대로 놓여지지 아니하였다.

"아! 사람 살류! 사람 살류!"

적적한 밤중에 쓸쓸한 마을에는 처참한 여자 목소리가 으스스하게 울리었다. 이 소리를 들은 방원은 더욱 힘을 주어서 눈을 딱 감고 죽어라 내리 짓찧었다.[14] 뼈가 돌에 맞는 소리가 살이 얼크러지는 소리와 함께 퍽퍽 하였다. 피 묻은 돌이 여기저기 흩어지고 갈가리 찢긴 옷에는 살점이 묻었다.

동네편 쪽에서 수군수군하더니 구두 소리가 나며 칼 소리가 덜거덕거리었다. 방원의 머리에는 번갯불같이 무엇이 보이었다. 그는 손에 주먹을 쥔 채 잠깐 정신을 차려 그쪽으로 귀를 기울였다.

"순검.[15]"

그는 신치규의 배를 타고 앉아서 순검의 구두 소리를 듣자 비로소 자기가 무슨 짓을 하였는지 깨달았다.

---

14) 짓찧다 — 아주 세게 찧다.
15) 순검(巡檢) — 조선 말에 경무청에 팔렸던 경리(警吏). 밤마다 순장(巡將)과 감군(監軍)이 맡은 구역 안을 돌며 통행을 감시하던 일.

그는 미친 사람처럼 일어났다. 그리고는 옆에 서서 벌벌 떠는 계집에게로 갔다.

"얘! 가자 도망가자! 너하고 나하고 같이 가자! 자 어서 어서!"

계집은 자기에게 또 무슨 일이 있을까 하여 겁을 내어 도망을 하려 한다. 방원은 계집을 따라가며,

"얘! 얘! 네가 이렇게도 나를 몰라 주니? 내가 너를 어떻게 생각하는지 알지를 못하니? 자! 어서 도망가자, 어서 어서. 뒤에서 순검이 쫓아온다."

계집은 그대로 서서 종종걸음을 치며,

"싫소! 임자나 가구려! 나는 싫어요, 싫어."

"가자! 응! 가!"

그는 미친 사람처럼 계집의 팔을 붙잡고 끌었다. 그때 누구인지 그의 두 팔을 마치 형틀에 매다는 것같이 꽉 뒤로 끼어안는 사람이 있었다.

"이놈아! 어디를 가?"

그는 뒤를 돌아보지 않고도 그가 누구인지 알았다. 그는 온 전신에 맥이 풀리어 그대로 뒤를 자빠지려 할 때 어느덧 널판 같은 주먹이 그의 뺨을 사정 없이 갈겼다.

"정신 차려!"

"네."

그는 무의식중에 고개가 숙여지고 말소리가 공손하여졌다.

땅바닥에서는 신치규가 꿈지럭거리며 이리저리 뒹군다. 청승스러운 비명(悲鳴)이 들린다.

방원은 포승 지인 채, 계집은 그대로 주재소로 끌려가고, 신치규는 머슴들이 업어 들였다.

4

석 달이 지났다. 상해죄(傷害罪)로 감옥에서 복역을 하던 방원은 만기가 되어 출옥을 하였다. 그러나 신치규는 아무 일 없이 자기 집에서 치료하고 방원의 계집을 데려다 산다. 신치규는 온몸이 나은 뒤에 홀로 생각하였다.

'죽는 줄만 알았더니 그래도 이렇게 살아 있으니!'
하고 얼굴에 흠이 진 곳을 만져 보며,

'오히려 그놈이 그렇게 한 것이 나에게는 다행이지, 얼굴이 아프기는 좀 하였으나! 허어. 어떻게 그놈을 떼어 버릴까 하고 그렇지 않아도 걱정을 하던 차에 잘 되었지. 그놈 한 십 년 감옥에서 콩밥을 먹었으면 좋겠다.'

방원은 감옥에서 생각하기를 나가기만 하면 연놈을 죽여 버리고 제가 죽든지 요정[16]을 내리라 하였다.

집에서 내어쫓기고 계집까지 빼앗기고, 그것을 생각하면 이가 갈리고 치가 떨리었다. 그것이 모두 자기의 돈 없는 탓인 것을 생각하매 더욱 분한 생각이 났다.

"에 더러운 년!"

그는 홍바지에 쇠사슬을 차고서 일을 할 때에도 가끔 침을 땅에다 뱉으면서 혼자 중얼거리었다.

"사람이 이러고서야 살아서 무엇하나. 멀쩡한 놈이 계집 빼앗기고 생

---

16) 요정(了定) — 결판을 내어 끝을 마치는 것.

으로 콩밥까지 먹으니……."

그가 감옥에서 나올 때에는 감옥소를 다시 한번 둘러보고, 내가 여기서 마지막으로 목숨을 잃어버리든지 그렇지 않으면 내가 내 손으로 내 목을 찔러 죽든지, 무슨 요정이 날 것을 생각하고 다시 온몸에 힘을 주고 쓸쓸한 웃음을 웃었다.

그는 이백 리나 되는 길을 걸어서 계집이 사는 촌에를 왔다. 그러나 아무도 그를 아는 체하는 사람이 없었다. 전에 친하게 지내던 사람들도 그를 보고 피해 갔다. 마치 문둥병이나 마찬가지 대우를 하였다. 감옥에서 나온 뒤로부터는 더욱이 세상이 차디차졌다. 자기가 상상하던 것보다도 더 무정하여졌다.

그는 하는 수 없이 밤이 될 때까지 그 근처 산 속으로 돌아다녔다. 그래서 깊은 밤에 촌으로 내려왔다. 그는 그 방앗간을 다시 지나갔다. 석 달 전 생각이 났다. 자기가 여기서 잡혀 갔다는 것을 생각할 때 더욱 억울하고 분한 생각이 치밀어 올라왔다. 그는 한참이나 거기 서서 그때 일을 생각하고 몸서리를 친 후에 다시 그 전 집을 찾아갔다.

날이 몹시 추워지고 눈이 쌓였다. 옷은 입은 것이 가을에 입고 감옥에 들어갔던 그것이므로 살을 에는 듯한 것이로되 그는 분한 생각과 흥분된 마음에 그것도 몰랐다.

'연놈을 모두 처치를 해 버려?'

혼자 속으로 궁리를 하다가,

'그렇지, 그까짓 것들은 살려 두어 쓸데없는 인생들야.'

하면서 옆구리에 지른 기름한[17] 단도를 다시 만져 보았다. 그는 감격스런 마음으로 그것을 쓰다듬었다. 그는 신치규의 집 울을 넘어 들어갔다.

---

17) 기름하다 ― 조금 긴 듯하다.

그의 발은 전에 다닐 적같이 익숙하였다. 그는 사랑을 엿보고 다시 뒤로 돌아서 건넌방 창 밑에 와 섰다. 귀를 기울였으나 아무 말도 들리지 않았다. 그는 손에 칼을 빼들었다. 그리고는 일부러 뒤 창문을 달각달각 흔들었다.

"그 뉘?"

하고 계집의 머리가 쑥 나오며 문이 열리었다. 그는 얼른 비켜 섰다. 문은 다시 닫혀지고 계집은 들어갔다.

방원의 마음은 이상하게 동요가 되었다. 예쁜 계집의 목소리가 오래 간만에 귀에 들릴 때 마치 자기가 감옥에서 꿈을 꿀 적 모양으로 요염하고도 황홀하게 그의 마음을 꾀는 것 같았다. 그는 꿈 속에서 다시 만난 것 같고 오래간만에 그를 만나 보매 모든 결심은 얼음같이 녹는 듯하였다. 그래도 계집이 설마 나를 영영 잊어버리랴 하고 옛날의 정리[18]를 생각할 때 그것이 거짓말이 아니고 무엇이랴는 생각이 났다.

아무리 자기를 감옥에까지 가게 하였다 하더라도 그는 감히 칼을 들어 죽이려는 용기가 단번에 나지 않아서 주저하기를 시작하였다.

"아니다, 다시 한 번만 물어 보자!"

그는 들었던 칼을 다시 짚고 생각하였다.

"거짓말이다. 거짓말이다! 그럴 리가 없다."

그는 반신 반의(半信半疑)하였다.

"그렇다. 한 번만 다시 물어 보고 죽이든 살리든 하자!"

그는 다시 문을 달각달각하였다. 계집은 이번에도 다시 문을 열고 사면을 둘러보더니 헌 짚신짝을 신고 나왔다.

"뉘요?"

---

18) 정리(情理) — 인정과 도리.

그는 방원이 서 있는 집 모퉁이를 돌아서려 할 제,

"내다!"

하고 입을 틀어막고 칼을 가슴에 대었다.

"떠들면 죽어!"

방원은 계집의 입을 수건으로 틀어막고 결박을 한 후 들쳐업고서 번개같이 달음질하였다. 그는 어느 결에 계집을 업어다가 물레방아 앞에 내려놓은 후 결박을 풀었다. 그리고 한숨을 쉬었다.

"나를 모르겠니?"

캄캄한 그믐밤에 얼굴을 바짝 계집의 코앞에 들이대었다. 계집은 얼굴을 자세히 보더니,

"아!"

소리를 지르더니 뒤로 물러섰다.

"조금도 놀랄 것이 없다. 오늘 네가 내 말을 들으면 살려 줄 것이오, 그렇지 않으면 이것이야?"

하고 시퍼런 칼을 들이대었다. 계집은 다시 태연하게,

"말요? 임자의 말을 들으렬 것 같으면 벌써 들었지요, 이때까지 있겠소? 임자도 남의 마음을 알 거요. 임자와 나와 이 년 전에 이곳으로 도망해 올 적에도 전남편이 나를 죽이겠다고 허리를 찔러 그 흠이 있는 것을 날마다 밤에 당신이 어루만지었지요? 내가 그까짓 칼쯤을 무서워서 나 하고 싶은 것을 못 한단 말이오? 힝, 이게 무슨 비겁한 짓이오, 사내 자식이. 자! 찌르려거든 찔러 보아요. 자, 자."

계집은 두 가슴을 벌리고 대들었다. 방원은 너무 계집의 태도가 대담하므로 들었던 칼이 도리어 뒤로 움찔할 만큼 기가 막혔다. 그는 무의식중에,

"정말이냐?"

하고 한 걸음 더 가까이 나섰다.

"정말 아니고? 내가 비록 여자이지마는 당신같이 겁쟁이는 아니라오! 이것이 도무지 무엇이오?"

계집은 그래도 두려웠던지 방원의 손에 든 칼을 뿌리쳐 땅에 떨어뜨리었다.

이 칼이 땅에 떨어지자 방원은 이때까지 용사[19]와 같이 보이던 계집이 몹시 비겁스럽고 더러워 보이어 다시 칼을 집어 들고 덤비었다.

"에잇! 간사한 년! 어쩔 터이냐? 나하고 당장에 멀리 가지 않을 터이냐? 자아, 가자!"

그는 눈물이 어린 눈으로 타일러 보기도 하고 간청도 하여 보았다.

"자아, 어서 옛날과 같이 나하고 멀리멀리 도망을 가자! 나는 참으로 나의 칼로 너를 죽일 수는 없다!"

계집의 눈에는 독이 올라왔다. 광채가 어두운 밤에 번개같이 번쩍 거리며,

"싫어요. 나는 죽으면 죽었지 가기는 싫어요. 이제 나는 고만 그렇게 구차하고 천한 생활을 다시 하기는 싫어요. 고만 물렸어요."

"너의 입으로 정말 그런 말이 나오느냐? 너는 나를 우리 고향에 다시 돌아가지도 못하게 만들어 놓고 나의 모든 것을 다 잃어버리게 한 후에 또 나중에는 세상에서 지옥이라고 하는 감옥소에까지 가게 하였지! 그러고도 나의 맨 마지막 원을 들어 주지 않을 터이냐?"

"나는 언제든지 당신 손에 죽을 것까지도 알고 있소! 자! 오늘 죽으나 내일 죽으나 언제든지 죽기는 일반, 이렇게 된 이상 나를 죽이시오."

"정말이냐? 정말야?"

---

19) 용사(勇士) — 용맹스러운 사람.

"정말요!"

계집은 결심한 뜻을 나타내었다. 방원의 손은 떨리었다. 그리고 그는 눈을 꽉 감고,

"에, 여우 같은 년!"

하고 칼 끝을 계집의 옆구리를 향하고 힘껏 내밀었다. 계집은 이를 악물고,

"사람 죽인다!"

소리 한 번에 그 자리에 거꾸러졌다. 칼자루를 든 손이 피가 몰리는 바람에 우르르 떨리더니 피가 새어 나왔다. 방원은 그 칼을 빼어 들더니 계집 위에 거꾸러져서 가슴을 찌르고 절명[20]하여 버리었다.

(1925년)

---

20) 절명(絶命) — 목숨이 끊어지는 것.

뽕

1

안협집이 부엌으로 물을 길어 가지고 들어오매 쇠죽을 쑤던 삼돌이란 머슴놈이 부지깽이로 불을 헤치면서,

"어젯밤에는 어디 갔었습던교?"

하며 불밤송이 같은 머리에 외수건을 질끈 동여 뒤통수에 슬쩍 질러맨 머리를 번쩍 들어 안협집을 훑어본다.

"남 어데 가고 안 가고, 님자가 알아 무엇할 게요?"

안협집은 별 꼴사나운 소리를 듣는다는 듯이 암상스러운 눈을 흘겨보며 톡 쏴버린다.

조금이라도 염량[1]이 있는 사람 같으면 얼굴빛이라도 변하였을 것 같으나 본시 계집의 궁둥이라면 염치 없이 추근추근 쫓아다니며 음흉한 술책을 부리는 삼십이나 가까이 된 노총각 삼돌이는 도리어 비웃는 듯한 웃음을 웃으면서,

---

1) 염량(炎凉) — 선악(善惡)과 시비(是非)를 분별하는 슬기.

"그리 성낼 게야 무엇 있습나? 어젯밤 안주인 심바름으로 님자집을 갔었으니깐두루 말이지."

하고 털 벗은 송충이 모양으로 군데군데 꺼칫꺼칫하게 난 수염을 숯검정 묻은 손가락으로 두어 번 쓰다듬었다.

"어젯밤에도 김 참봉 아들네 사랑방에서 자고 왔습네그려."

삼돌이는 싱긋 웃는 가운데에도 남의 약점(弱點)을 쥔 비겁한 즐거움이 나타났다.

"무엇이 어쩌고 어째, 이 망나니 같은 놈……."

하는 말이 입 바깥까지 나왔던 안협집은 꿀꺽 다시 집어삼키면서,

"남 어데 가 자든 말든 상관할 것이 무엇인고!"

하며 물동이를 이고서 다시 나가려 하니까,

"흥! 두구 보소. 가만 있을 줄 알았다가는……."

"듣기 싫어! 별 꼬락서니를 다 보겠네."

2

강원도 철원(鐵原) 용담(龍潭)이라는 곳에 김삼보(金三甫)라는 자가 있으니, 나이는 삼십오륙 세나 되었고 키는 작달막하여, 목은 다가붙고 얼굴빛은 노르께하며, 언제든지 가죽창 받은 미투리에 대갈편자를 박아 신고 걸음을 걸을 적마다 엉덩이를 내저으므로 동리에서는 그를 '땅딸보 김삼보', '아편쟁이 김삼보', '오리 궁둥이 김삼보'라고 부르는데, 한 달에 자기 집에 붙어 있는 날이 이틀이라면 꽤 오래 있는 셈이요, 하루라면 예사다. 그리고는 언제든지 나돌아다니므로 몇 해 전까지도 잘 알지 못하였으나, 차차 동리서 소문이 돌기를 '노름꾼 김삼보'라는 말이

퍼졌는데, 알아본즉 딴은 강원도·황해도·평안도 접경을 넘어 다니며 골패,[2] 투전으로 먹고 지내는 것이 알려지게 되었다.

그 노름꾼 김삼보의 여편네가 아까 말하던 안협집이니, 안협(安峽)은 즉 강원·평안·황해, 삼도 품에 있는 고읍(古邑)의 이름이다.

그 안협집을 김삼보가 얻어 오기는 지금으로부터 오 년 전, 안협집이 스물한 살 되던 해인데, 어떻게 해서 얻었는지 자세히는 알지 못하나 사람들의 말을 들으면 술 파는 것을 눈을 맞추어서 얻었다고 하기도 하고, 계집이 김삼보에게 반해서 따라왔다기도 하고, 또는 그런 것 저런 것도 아니라 계집의 전남편과 노름을 해서 빼앗았다고도 하는데, 위인된 품으로 보아서 맨 나중 말이 가장 유력할 것 같다고 동리 사람들이 말을 한다.

처음에 안협집이 동리에 오자, 그 동리 그 또래 계집들은 모두 석경(石鏡)을 들여다보게 되었다. 안협집이 비록 몸은 그리 귀하게 태어나지 못하였으나 인물이 남달리 고운 점이 있어, 동리 젊은것들이 암연[3]히 부러워도 하고 질투도 하게 되고 또는 석경 속에 비친 자기네들의 어여쁘지 못한 얼굴을 쥐어뜯고 싶기도 하였으니, 지금까지 '나만한 얼굴이면' 하는 자만심이 있던 젊은 계집들에게 가엾게도 자가 결함(自家缺陷)이 폭로되는 환멸[4]을 느끼게 하기까지도 하였다. 그러나 촌구석에서 아무렇게나 자란데다가 먼저 안 것이 돈이었다.

'돈만 있으면 서방도 있고, 먹을 것, 입을 것이 다 있지.'
하는 굳은 신조는 자기 목숨을 내어놓고는 무엇이든지 제공하여 부끄러

---

2) 골패(骨牌) — 납작하고 네모진 작은 나뭇조각 32개에 각각 흰 뼈를 붙이고, 여러 가지 수효의 구멍을 판 기구를 가지고 하는 노름.
3) 암연 — 어렴풋하고 애매한 모양.
4) 환멸(幻滅) — 공상이나 이상이 깨어질 때 느끼는 허무함이나 쓰라림.

운 것이 없었다.

십오륙 세 적, 참외 한 개에 원두막 속에서 총각 녀석들에게 정조를 빌린 것이나, 벼 몇 섬, 돈 몇 원, 저고릿감 한 벌에 그것을 빌리는 것이 분량과 방법이 조금 높아졌을 뿐이요 그 관념은 동일하였다.

그리하여 이곳으로 온 뒤에도 동리에서 돈푼이나 있고 얌전한 젊은 사람들은 거의 다 한 번씩은 후려내었으니[5] 그것은 남자 편에서 실없는 짓 좋아하는 이에게 먼저 죄가 있다 하는 것보다도 이쪽 안협집에게 그 책임이 더 있다고 할 수 있고, 또 그것보다 더 큰 죄는 그 남편 되는 노름꾼 김삼보에게 있다고 할 수가 있으니, 그것은 남편 노름꾼이 한 달에 한 번을 올까 말까 하면서도 올 적에는 빈손을 들고 오는 때가 많으니 젊은 계집 혼자 지낼 수가 없으매 자연히 이집 저집 동리로 다니며 품방아도 찧어 주고 김도 매주고 진일도 하여 주며 얻어먹다가, 한 번은 어떤 집 서방님에게 실없는 짓을 당하고 나서 쌀 말과 피륙 필을 받아 보니 그것처럼 좋은 벌이가 없어 차츰차츰 이번에는 자기가 스스로 벌이를 시작하여 마치 장사하는 사람이 거래 단골을 트듯이 이 사람 저 사람을 집어먹기 시작하더니, 그것도 차차 눈이 높아지니까 웬만한 목도꾼[6] 패쟁이나 장돌림,[7] 조금 올라가서 순사 나리쯤은 눈으로 거들떠보지도 않게 되고, 적어도 그곳에서는 돈푼도 상당하고 여간해서 손아귀에 들지 않는다는 자들을 얼러 보기 시작하게 되었던 것이다.

그후부터는 일하지 않고 지내며 모양내고 거드름 부리고 다니는데, 자기 남편이 오면은,

"이번에는 얼마나 땄습노?"

---

5) 후려내다 — 매력으로써 남의 정신을 흐리게 하여 꾀어 내다.
6) 목도꾼 — 석재나 무거운 물건을 나르는 일꾼.
7) 장돌림 — 각처의 장으로 돌아다니면서 물건을 파는 사람.

하고 포르께한[8] 눈을 사르르 내리뜬다.

"딴 게 뭔가. 밑천까지 올렸네."

삼보는 목 뒤를 쓰다듬으며 입맛을 다신다. 그러면 안협집은 전에 없던 바가지를 긁으며,

"불알 두 쪽을 달구서 그래 계집만두 못하다는 말요?"

하고서, 할말 못할말을 불어서 풀을 잔뜩 죽여 놓은 뒤에는, 혹시 서방이 알면 경이 내릴까 하여 노자랑 밑천푼을 주어서 배송을 낸다.[9] 그러면 울며 겨자 먹기로 삼보는 혼자 한숨을 쉬면서,

"허허, 실상 지금 세상에는 섣부른 불알보다는 계집 편이 훨씬 나니라."

하고 봇짐을 짊어지고 가 버린다.

3

이렇게 이삼 년을 지내고 난 어느 가을에 삼돌이란 놈이 그 뒷집 머슴으로 왔는데, 놈이 어느 곳에서 어떻게 빌어먹던 놈인지는 모르나 논맬 때 콧소리나마 아리랑타령 마디나 똑똑히 하고 술잔이나 먹을 줄 알며 동료들 가운데 나서면 제법 구변이나 있는 듯이 떠들어 젖히는 것이 그럴 듯하고, 게다가 힘이 세어서 송아지 한 마리 옆에 끼고 개천 뛰기는 밥 먹듯 하는 까닭에 동리에서는 호랑이 삼돌이로 이름이 높다.

놈이 음침하여, 오던 때부터 동리 계집으로 반반한 것은 남모르게 모

---

8) 포르께하다 — 파르께하다. 곱지도 짙지도 않게 약간 파랗다.

9) 배송내다 — '쫓아내다' 의 곁말.

뽕 ■ 179

두 건드려 보았으나 안협집 하나가 내내 말을 듣지 않으므로 추근추근 귀찮게 구는데, 마침 여름이 되어 자기 집 주인 마누라가 누에를 놓고 혼자서 힘이 드니까 안협집을 불러서 같이 누에를 길러 실을 낳거든 반분(半分) 하자는 약속을 한 후 여름내 같이 누에를 치게 된 것을 알고 어떤 틈 기회만 기다리며,

"흥, 계집년이 배때가 벗어서 말쑥한 서방님만 어르더라. 어디 두고 보자. 너도 쩍 소리 못 하고 한번 당해야 할걸! 건방진 년!"

하고는 술잔이나 취하면 주먹을 들었다 놓았다 한다.

그러나 주인 마누라가 치는 누에가 거의 오르게 되자 뽕이 떨어졌다. 자기 집 울타리에 심은 뽕은 어림도 없이 다 따다 먹이었고, 그 후에는 삼돌이란 놈을 시켜서 날마다 십 리나 되는 건넛말 일갓집 뽕을 얻어다 먹이었으나 그것도 이제는 발가숭이가 되게 되었다. 이제는 뽕을 사다 먹이는 수밖에 없게 되었다. 그러나 사다가 먹이자면 돈이 든다.

주인 노파는 담뱃대를 물고서 생각하여 보았다.

"개량 뽕이 좋기는 좋지마는 돈을 여간 받아야지. 그리고 일일이 사서 먹이려다가는 뽕값으로 다 들어가고 남는 것이 어디 있나."

노파 생각에는 돈 한 푼 안 들이고 공짜로 누에를 땄으면 좋을 것이다. 돈 한 푼을 들인다 하면 그 한 푼이 전 수확에서 나오는 이익의 전부같이 생각되어 못 견뎠다. 그뿐 아니라, 자기 혼자 이익을 먹는 것 같으면 모르거니와 안협집하고 동사[10]로 하는 것이므로 안협집이 비록 뼈가 부서지도록 일을 한다 하더라도 그 힘이 자기 주머니에서 나가는 돈 한 푼만 못해 보인다.

그래서 뽕을 어떻게 공짜로 돈 안 들이고 얻어 올 궁리를 하고 있다

____

10) 동사(同事) ― 공동으로 장사를 하는 것.

가 안협집이 마침 마당으로 들어서매,

"뽕 때문에 일 났구려."

하며 안협집에게 무슨 도리가 없느냐고 물어 보았다.

"글쎄."

안협집 생각은 주인의 마음과 또 달라서 남의 주머니 돈 백 냥이 내 주머니 돈 한 냥만 못하다. 그래서 '돈 주면 살걸' 하는 듯이 심상하게[11] 있다.

"어떻게 해서든지 구해 와야지."

서로 얼굴만 쳐다볼 때 들에 나갔던 삼돌이란 놈이 툭 튀어들어오다가 이 소리를 듣더니 제딴은 동정하는 표정으로,

"이것 일 났쇠다. 어떻게 하나……."

한참 허리를 짚고 생각을 해 보더니,

"형! 참 그 뽕은 좋더라마는 똑 되기를 미선[12] 조각같이 된 놈이 기름이 지르르 흐르는데 그놈을 먹이기만 하면 고치가 차돌같이 여물 거야!"

들으라는 말인지 혼잣말인지는 모르나 한 마디를 탁 던지고 말이 없다. 귀가 반짝 띈 주인은,

"어디 그런 것이 있단 말이야?"

하며 궁금증 난 사람처럼 묻는다.

"네, 저 새 술막에 있는 뽕밭에 있는 것 말씀이오."

혹시 좋은 수가 있을까 하다가 남의 뽕밭, 더구나 그것으로 살아가는 양잠소 뽕이라, 말씨름만 하는 것이 될 것 같으므로,

---

11) 심상(尋常)하다 — 대수롭지 않고 예사롭다.

12) 미선(尾扇) — 둥근 부채의 하나.

"응! 나도 보았지. 그게 그렇게 잘 되었나? 잘 되었겠지, 그렇지만 그런 것이야 짐으로 있으면 무엇 하니?"

"언제 보셨어요?"

"보기야 여러 번 보았지. 올봄에 두릅 따러 갔다가도 보고……."

삼돌이란 놈이 한참 있다가 싱긋 웃더니 은근하게,

"쥔 마님! 제가 뽕을 한 짐 져다 드릴 것이니 탁주 많이 먹이시랍니까?"

듣던 중에도 그렇게 반가운 소리가 또 어디 있으랴.

"작히 좋으랴. 따오기만 하면 탁주에다 젓이라도 담그마."

귀찮스런 삼돌이도 이런 때는 쓸 만하다는 듯이 안협집도 환심 얻으려는 듯한 웃음을 웃으며 삼돌이를 보았다. 삼돌이는 사내 자식의 솜씨를 네 앞에 보여 주리라 하는 듯이 기운이 나며 만족하였다.

그날 밤 저녁을 먹고 자정 때가 되었을 때, 삼돌이는 눈을 비비며 일어나서 문 밖으로 나갔다. 나갔다가 한 두어 시간 만에 무엇인지 지고 오더니 그것을 뒤꼍 건넌방 뒤 창 밑에 뭉뚱그려[13) 놓았다. 이튿날 보니까 딴은 미선 쪽 같은 기름이 흐르는 뽕잎이었다.

"어디서 났을꼬?"

주인하고 안협집은 수군수군하였다.

"그 녀석이 밤에 도둑질을 해온 게지? 뽕은 참 좋소, 그렇지?"

"참 좋쇠다. 날마다 이만큼씩만 가져오면 넉넉히 먹이겠쇠다."

두 사람은 뽕을 또 따오지 않을까 보아서 아무 말도 아니 하고,

"참 뽕 좋더라. 오늘도 좀 따오렴."

하고 충동인다. 놈은 두 손을 내저으며,

---

13) 뭉뚱거리다 ─ 되는대로 대강 뭉쳐 싸다.

"쉬, 떠드시지 맙쇼. 큰일나죠. 그것이 그렇게 쉬워서야 그 노릇만 하게요. 까딱하다가는 다리 마디가 두 동강이 날걸요."

도둑해 온 삼돌이나 받아들인 두 사람이나 도둑질했소! 하는 말은 없으나 서로 알고 있다.

그러자 하루는 주인이 안협집더러,

"여보, 이번에는 님자가 하루 저녁 가 보구려. 앞으로 그놈이 혹시 못 가게 되더라도 님자가 대신 갈 수 있지 않수. 또 고삐가 길면은 밟힌다구 무슨 일이 있을는지 모르니 님자와 둘이 가서 한몫 많이 따오는 것이 좋지 않수."

안협집이 삼돌이를 꺼리는 줄 알지마는 제 욕심에 입맛이 달아서 자꾸자꾸 충동인다.

"따다가 잡히면 어찌하구유."

"무얼! 밤중에 누가 알우? 그리고 혼자 가라오? 삼돌이란 놈하고 가랬지."

"글쎄. 운이 글러서 잡히거나 하면 욕이지요."

잡히는 것보다도 안협집의 걱정은 보기도 싫은 삼돌이란 녀석하고 밤중에 무인지경[14]에를 같이 가라니 그것이 딱한 일이다.

안협집이 정조가 헤프기로 유명한 만치 또 매몰스럽기도 유명하여 한 번 맘에 들지 않는 것은 죽어도 막무가내다.

그것은 만냥금을 주어도 거들떠보지도 아니한다. 그런데 삼돌이가 그 중의 하나를 참례하여 간장을 태우는 모양이다.

안협집은 생각하고 생각하여 결심해 버렸다.

'빌어먹을 녀석이 그 따위 맘을 먹거든 저 죽이고 나 죽지, 내 기운은

---

14) 무인지경(無人之境) — 사람이 없는 외진 곳.

없어도……'

하고 찰찰하게 눈을 가로 뜨고 맘을 다잡아 먹었다. 그리고는 뽕을 따러 가기로 하였다.

삼돌이는 어깨에서 춤이 저절로 추어진다.

'애, 이것이 정말인가, 거짓말인가, 인제는 때가 왔구나. 인제는 제가 꼭 당했지.'

놈이 신이 나서 저녁 먹고 마당 쓸고, 소 여물 주고, 도야지, 병아리새끼 다 몰아넣고 앞뒤로 돌아다니며 씻은 듯 부신 듯 다 해놓고, 목물하고, 발 씻고 등거리[15] 잠방이[16]까지 갈아 입은 후 곰방대에 담배를 꾹꾹 눌러 듬뿍 한 모금 빨아 휘이 내뿜으며 시간 오기만 기다린다.

4

안협집은 보자기를 가지고 삼돌이를 따라서 뽕밭을 향하여 간다. 날이 유달리 캄캄하여 앞의 개천까지 자세히 보이지 않는다. 돌부리가 발부리를 건드리면 안협집은 에구 소리를 내며 천방지축으로 다리도 건너고 논이랑도 지나고 하여 절반쯤 왔다.

삼돌이란 놈은 속으로 궁리를 하였다.

'뽕을 따기 전에 논이랑으로 끌고 가?……아니지, 그러다가는 뽕두 못 따 가지고 오면 어떻게 하게……저도 열녀가 아닌 다음에야 당하고 나면 할말 없지. 아주 그런 버릇이 없는 년 같으면 모르거니와……옳지,

---

15) 등거리 — 등만 덮을 만하게 겹쳐 입는 홑옷.
16) 잠방이 — 가랑이가 무릎까지 오는 짧은 남자용 홑바지.

수가 있어. 뽕을 잔뜩 따서 이어 주면 제가 항우의 딸년이라도 한 번은
중간에서 쉬렷다. 그러거든……'
  이렇게 궁리를 하다가 너무 말이 없으니까 심심 파적[17]도 될 겸, 또
는 실없는 농담도 좀 해서 마음을 좀 떠보아 나중 성사의 전제도 만들
어 놓을 겸 공연히 쓸데없는 말을 지껄인다.
  "삼보는 언제 온답데까?"
  "몰라, 언제는 온다 간다 말이 있어 다니나."
  "그래 영감은 밤낮 나돌아다니니 혼자 지내기 쓸쓸치도 않소?"
  놈이 모르는 것같이 새삼스럽게 시치미를 뗀다.
  "별걱정 다 하네, 어서 앞서 가, 난 길이 서툴러서 못 가겠으니……"
  "매우 쌀쌀하구려. 나는 님자를 위해서 하는 말인데. 그렇지만 김 참
봉 아들이란 쇠귀신 같은 놈이라 아무리 다녀도 잇속 없습네. 내 말이
그르지 않지."
  안협집은 삼돌이가 아주 터놓고 말을 하는 것을 들으니까 분해서 뺨
이라도 치고 싶었으나 그대로 참으며,
  "무엇이 어째? 말이라면 다 하는 줄 아는군."
하고 뒤로 조금 떨어져 걸어갈 제, 전에도 그 녀석이 미웠지마는 남의
약점을 들어 가지고 제 욕심을 채우려는 것이 더 더러웠다.
  뽕밭에 왔다. 삼돌이란 놈이 철망으로 울타리한 것을 들어 주어 안협
집이 먼저 들어가고 나중으로 삼돌이란 놈은 그 무거운 다리를 성큼하
여 안으로 들어갔다. 들어가다가 발끝에 삭정이[18] 가지를 밟아서 딱 우
지끈 소리가 나고 조용하였다.

---

17) 심심 파적(破寂) — 할 일 없이 심심함을 잊으려고 무엇인가를 하는 것.
18) 삭정이 — 산 나무에 붙은 채 말라 죽은 작은 가지.

삼돌이는 손에 익어서 서슴지 않고 따지마는 안협집은 익지도 못한데다가 마음이 떨리고 손이 떨려서 마음대로 안 된다.

삼돌이는 뽕을 따면서도 이따가 안협집을 꾀일 궁리를 하지마는 안협집은 이것저것을 잊어버리고 손에 닥치는 대로 뽕을 땄다.

얼마쯤 땄다. 갑자기 안협집의 뒤에서,

"누구야!"

하고 범 같은 소리를 지르는 남자 소리가 안협집의 간담을 서늘하게 하였다. 삼돌이란 놈은 길[19]이나 되는 철망을 어느 결에 뛰어넘었는지 십여 간통이나 달아나서 안협집을 불렀다.

"어서 와요! 어서, 어서!"

그러나 안협집은 다리가 떨려서 빨리 나와지지를 않는다. 그러나 죽을 힘을 다하여 달아나려고 한아름 잔뜩 따 넣었던 뽕을 내던지고 철망으로 기어 나오기는 나왔으나 치맛자락이 걸려서 잡아당긴다. 거기에 더 질겁을 해서 그대로 쭉 찢고 나오려 할 때, 때는 이미 늦었다. 뽕 지키던 남자는 안협집을 잡았다.

"이 도둑년! 남의 뽕을 네 것같이 따 가? 온 참, 이년! 며칠째냐, 벌써? 이렇게 남의 것이라고 건깡깽이[20]로 먹으면 체하지 않을 줄 알았더냐! 저리 가자."

안협집은,

"살려 주소. 제발 잘못했으니 살려만 주소, 나는 오늘이 처음이오. 저 삼돌이란 놈이 날마다 따 갔지 나는 죄가 없쇠다."

하고 손이 발이 되도록 빈다.

---

19) 길 — 사람 키의 한 길이.

20) 건깡깽이 — 건깡깡이. 일을 하는 데 밑천이나 기술, 기구 따위가 없이 그냥 함.

"듣기 싫어, 이년아! 무슨 변명이냐. 육시를 하고도 남을 년 같으니. 왜 감옥소의 콩밥 맛이 고소하더냐?"

"그저 잘못했습니다."

삼돌이는 보이지 않고 뽕지기는 안협집 손목을 끌고 뽕밭으로 들어갔다.

"이리 와! 외양도 반반히 생긴 년이 무엇이 할 게 없어 뽕 서리를 다녀."

하더니 성냥불을 그어 대고 안협집을 들여다보더니,

"흥!"

의미 있는 웃음을 웃어 보였다.

안협집은 이 웃음에 한가닥 희망을 얻었다. 그 웃음은 안협집의 손아귀에 자기를 갖다 쥐어 준다는 웃음이다. 안협집은 따라서 방싯 웃었다. 그 웃음 한 번이 넉넉히 뽕지기의 마음을 반 이상이나 흰죽 풀어지게 하였다.

안협집은 끌려갔다.

'제가 철석 같은 간장을 가진 놈이 아닌 바에……. 한 번이면 놓아 줄걸.'

그는 자기의 정조를 팔아서 자기의 죄를 면할 수 있음을 알았다. 그는 마지못한 체하고 끌려갔다.

삼돌이란 놈은 멀리서 정경[21]만 살피다가 안협집을 뽕지기가 데리고 가는 것을 보더니 두 눈에서 쌍심지가 돋았다.

'얘, 이놈이 호랑이 삼돌이를 모르는 모양이다. 그러나 대관절 어떻게 할 셈이냐? 이놈 안협집만 건드려 보아라. 정강마루를 두 토막에다 내놀

------

21) 정경(情景) — 사람이 처하고 있는 형편.

테니. 오늘 밤에는 꼭 내 것이던 걸 그랬지. 어디 좀 가까이 좀 가 볼까?'

이제는 단판 씨름이라 주먹이 시비 판단을 하는 때이다. 다시 철망을 넘어서 들어갔다. 들어가서는 이곳 저곳 귀를 기울이더니 이구석 저구석으로 돌아다녀 보았다.

저쪽에서 인기척이 웅얼웅얼하더니 아무 말이 없다. 한 두서너시간 그 넓은 뽕밭을 헤매고, 또 거기 닿은 과목밭, 채마전,[22] 나중에는 그 옆 원두막까지 가 보았다. 놈이 뽕나무밭 가운데 부풀 덤불을 보지 못한 까닭이다. 그는 입맛을 다시면서 집으로 와서 주인에게 그 이야기를 했다.

노파는 눈이 등잔만해지더니 두 손 두 다리가 사시나무 떨 듯했다.

"이거 일 났구나. 어쩌면 좋단 말이냐?"

좌불안석[23]을 할 제 삼돌이란 녀석은 분한 생각에 곰방대만 뚝뚝 떨고 앉았다.

5

그날 새벽에 안협집은 무사히 왔다. 머리에 지푸라기가 묻고 몸매무시가 말이 아니다.

"에그, 어떻게 왔어! 응?"

주인은 눈에 눈물이 괴어서 어루만진다.

"무얼 어떻게 와요? 밤새도록 놈하고 승강이를 하다가 그대로 왔지."

---

22) 채마전(菜麻田) — 채소밭.
23) 좌불안석(坐不安席) — 불안·근심 등으로 한 군데에 오래 앉아 있지를 못함.

"그대로 놓아 주던가?"

"놓아 주지 않고, 붙잡아 두면 어찌힐 테야!"

일이 너무 싱겁다. 삼돌이란 놈만 혼잣말처럼,

"내가 잡혔더면 콩밥을 먹었을걸. 여편네니까 무사했지."

주인은 그래도 미진해서,[24]

"그래, 잘 놓아 주었으니 다행이지. 그러나저러나 뽕은 어떻게 되었소?"

"아! 뺏겼죠!"

"인제는 아무 일이 없겠소?"

"일이 무슨 일예요."

그날 밤에 삼돌이란 놈은 혼자 앉아서 생각하기를,

"복 없는 놈은 하는 수가 없거든. 그러나 내가 다 눈치를 채었으니까, 노름꾼놈이 오거든 이르겠다고 위협을 하면 년도 발이 저려서 그대로는 못 있지. 내 입을 안 막고 될 줄 아는 게로구먼."

그후부터는 삼돌이란 놈은 안협집을 보고는,

"뽕지기놈을 보고 싶지 않습나?"

하고 오며 가며 맞대놓고 빈정대기도 하고 빗대놓고도 비웃는다.

"뽕이나 또 따러 가소."

이러는 바람에 온 동리에서 다 알았다. 안협집은 분해서 죽겠는데, 하루는 삼돌이란 놈이 막 안협집이 이불을 펴고 누우려는데 찾아와서 추근추근 가지도 않고,

"삼보 김 서방이 올 때도 되었습네그려."

하며 눈치를 본다. 안협집은 졸음이 와서 눈꺼풀이 뻣뻣하여 오는데 삼

---

24) 미진(未盡)하다 — 아직 다 하지 못하다.

돌이란 놈이 가지도 않는 것이 귀찮아서,

"누가 아누, 오고 싶으면 오고 가고 싶으면 가겠지."

하고 담벼락에 비스듬히 기대앉는다.

삼돌이의 눈에는 그 고단해하며 비스듬히 누워서 눈을 감을락말락한 안협집의 목덜미 살쩍 밑이며 볼그레한 두 볼이 몹시 정욕을 일으킨다.

그래서 차츰차츰 말소리가 음흉해 갔다.

"님자는 사람을 너무 가려 봅디다! 그러지 마슈. 나도 지금은 남의 집 머슴이지마는 집안 지체라든지, 젊었을 적에는 그래도 행세하는 집에서 났더라우. 지금은 그놈의 원수스런 돈 때문에 이렇게 되었지마는……"

하고 말을 건네려 하는데 안협집은 별 시러베자식 다 보겠다는 듯이 대답이 없다.

"자, 그럴 것 있소. 내 청을 한번 들어 주소그려."

하고 바싹 달려드는 바람에 반쯤 감았던 안협집의 눈은 뚱그래지며 어느 결에 삼돌이의 뺨에 손뼉이 올라가 정월에 떡치듯 철썩한다.

"이놈! 아무리 쌍녀석이기로 이게 무슨 버르장머리냐. 냉큼 나가거라."

하고 호령이 추상같다.[25] 삼돌이란 놈은 따귀를 비비면서 성이 꼭두까지 일어나서,

"무엇이 어쩌고 어째. 횡! 어디 또 한 번 때려 봐."

일이 이렇게 되었으니 자기가 하려던 것은 이루고 마는 것이 상책이다. 이래도 소문은 날 것이요 저래도 소문은 날 것이니 이왕이면 만족이나 채우고 소문이 나더라도 나는 것이 자기에게는 이로울 것 같았다. 더구나 안협집으로 말을 하면, 온 동리에서 판 박아 놓은 화냥년이니 한

---

25) 추상(秋霜)같다 ― 위엄이 있고 서슬이 푸르다.

번 화냥이나 두 번 화냥이나 남이나 내나 무엇이 다를 것이 있으랴 하는 생각이 났다.

도리어 자기의 만족을 한 번 얻는 것이 사내자식으로서 일종의 자랑인 것같이 생각되었다. 그는 두 팔로 안협집을 힘껏 끼어안고,

"내가 호랑이 삼돌이다! 네가 만일 내 말을 들으면 무사하지만 그렇지 않으면 그대로 두지는 않을 터이야! 네 남편이 오기만 하면 모조리 꼬아바칠 터이야! 뽕 따러 갔던 날 일까지 모조리!"

무식한 놈이라 야비한 곳이 있다. 안협집은 그 소리가 얼마나 사내답지 못하였는지 알 수 없었다. 쇠 같은 팔이 자기 허리를 누를 때 눈을 감고 한 번만 허락할까 하려다가 그 말을 듣고서 그만 침을 얼굴에 뱉었다.

"이 더러운 녀석! 네가 그까짓 것으로 나를 위협한다고 말을 들을 줄 아니!"

하고 소리를 질렀다. 삼돌이는 손으로 안협집 입을 막았으나 때는 이미 늦었다. 마침 마을을 다녀오던 이장의 동생이 이 소리를 듣고 문을 열었다.

삼돌이란 놈은 무안해서 얼굴이 붉어지며 안협집을 놓았다. 안협집은 분해서 색색거리며,

"저놈 보시소, 아닌 밤중에 혼자 자는 데 와서 귀찮게 굽니다. 저 죽일 놈이요. 좀 끌어 내다 중치[26]를 좀 해 주시오."

이장의 동생은 안협집의 행실을 아는 고로 삼돌이만 보내려고,

"이놈이 할일이 없거든 자빠져 자기나 하지, 왜 아닌 밤중에 남의 계집의 방에서 지랄야? 냉큼 네 집으로 가거라!"

---

26) 중치(重治) ― 엄중히 다스림.

두 눈이 등잔만하여진다.

"네, 그런 게 아니라 실없이 기롱[27]을 좀 했삽더니……."

"듣기 싫어. 공연히 어름어름하면서, 이놈아! 너는 사람을 죽여도 기롱으로 아느냐?"

삼돌이는 쫓겨났다. 이장의 동생은 포달[28]을 부리며 푸념을 하는 안협집을 향하여,

"젊은 것이 늦도록 사내 녀석들을 방에다 붙이니까 그런 꼴을 당하지."

"누가요?"

"그만둬. 어서 잠이나 자."

하며 문을 닫아 주고 나가 버렸다.

6

삼돌이는 앙심을 먹었다. 안협집을 어떻게 해서든지 한번 곯리리라는 생각이 가슴 속에 탱중하였다.[29]

안협집은 독이 났다. 삼돌이란 놈 분풀이를 하려는 생각이 머리끝까지 올라왔다.

이튿날 동리에 소문이 났다.

"삼돌이란 놈이 뺨을 맞았다지! 녀석이 음침하니까!"

"그렇지만 계집년이 단정하면 감히 그런 맘을 먹을라구!"

---

27) 기롱(譏弄) — 희롱함. 실없는 말로 농락함.

28) 포달 — 암상이 나서 악을 쓰고 함부로 대드는 일.

29) 탱중(撑中)하다 — 화나 어떤 욕심이 가슴 속에 가득 차 있다.

"그렇구말구! 제 행실야 판에 박은 행실이니까."

"지가 먼저 꼬리를 쳤던 게지."

이 소리가 바람에 떠들어 오자 안협집은 분했다. 요조 숙녀보다도 빙설(氷雪)30) 같은 여자인데 이런 누추한 소문을 듣는 것 같았다. 맘에 드는 서방질은 부정한 일이 아니요, 죄가 아니요, 모욕이 아니나, 맘에 없는 놈에게 그런 소리를 듣고 당하는 것은 무서운 모욕 같았다.

그는 그 길로 삼돌의 주인 마누라에게로 갔다.

"삼돌이란 놈을 내쫓으소."

주인은 벌써 알아채었으나 안협집 편은 안 들었다. 다만 어루만지는 수작으로,

"무얼, 내쫓을 것까지 있소. 그만 일에……. 그저 눈감아 두지."

"왜 눈을 감는단 말이오?"

주인은 속으로 웃었다.

'소 한 필 달라면 줄지언정 삼돌이를 내놔?'

"내쫓아선 무얼 하우, 또?"

'어림없는 년! 네가 떠들면 떠들수록 네 밑구멍 들춰서 남 보이는 것이다.'는 듯이 쳐다보며 맨 나중으로 아주 잘라 말을 해 버렸다.

"나는 못 내보내겠소."

안협집은 분해서 집에 와서 머리를 쥐어뜯으며 울었다. 그리고 또 결심했다.

"두고 봐라, 너희들까지 삼돌이를 싸고 도니! 영감만 와 봐라."

하루는, 딴은 영감이 왔다. 안협집은 곤두박질을 하면서 맞았다.

"에그, 어서 오슈."

---

30) 빙설(氷雪) ― 심성(心性)이 결백함의 비유.

노름꾼 김삼보는 눈이 뚱그레졌다. 무슨 큰 좋은 일이나 생긴 것 같았다. 딴 때와 유달리 반가워하는 것이 의심스럽고 이상하였다.

방에 들어앉자마자 얼마나 땄느냐는 말도 물어 보지 않고 삼돌이란 놈에게 욕당할 뻔하였다는 말을 넋두리하듯 이야기하였다.

"사람이 분해서 죽겠구려. 이것도 모두 영감 잘못 둔 탓이야. 오죽 영감이 위엄이 없어 보이면 그 따위 녀석이 그런 짓을 할라고……. 영감이라고 있으나 없으나 마찬가지지. 일 년 열두 달 계집이 죽거나 살거나 내버려 두고 돌아만 다니니까."

영감은 픽 웃었다.

"왜 내 잘못인가? 오죽 행실을 잘 가지면 그 따위 녀석에게 그 꼴을 당한담."

김삼보는 분이 나지 않는 것도 아니었다. 그러나 계집의 소행을 짐작도 하려니와 그놈의 주먹도 아니 생각할 수가 없었다. 계집이 먹여 살리라는 말이 없고 이혼하자는 말만 없는 것이 다행해서 서방질을 해도 눈을 감아 주고 무슨 짓을 하든지 그저 코대답만 하여 주던 터이라 그런 소리가 귓전으로 들릴 뿐이다.

"내가 행실 잘못 가진 게 무어요?"

안협집은 분풀이라도 하여 줄 줄 알았더니 도리어 타박을 주므로 분한 데 악이 났다.

"글쎄 무어야! 무엇? 어디 대 봐요. 님자가 내 행실 그른 것을 보았소? 어디 보았거든 본 대로 말을 하시우."

딴은 김삼보는 집어서 말할 것이 없었다. 그는 그저 그런 눈치만 채었지 반박할 증거는 잡은 것이 없다.

"본 거나 다름없지."

"무엇이 본 거나 다름없어? 일 년 열두 달 계집이 죽거나 살거나 내

버려 두었다가 이제 와서 한다는 소리가 그것밖에 없어? 살기가 싫거든 그대로 살기 싫다고 그래, 사내답게. 왜 그만 냄새가 나지? 또 어디다가 계집을 얻어 논 게지."

"이년이 뒈지지를 못해서 기를 쓰나?"

"그렇다, 이놈아! 네까짓 녀석 아니면 서방 없을까 봐 그러니, 더러운 녀석!"

김삼보의 주먹은 안협집의 등줄기를 우렸다.

"이년, 그래도 잔소리야. 주둥이 좀 닥치지 못하겠니……."

이렇게 서로 툭탁거리며 싸우는 판에 뒷집에서 삼돌이란 놈이 이 소리를 듣고서 가장 긴한 체하고 달려왔다.

"삼보 김 서방 언제 오셨소?"

하고 마당에 들어섰다. 김삼보는 그놈의 상판을 보자 참았던 분이 꼭두까지 올라온다. 삼돌이는 제법 웃음을 띠며,

"허허, 오래간만에 만나셔서 내외분 싸움이 웬일이시우?"

어디서 한잔을 하였는지 얼굴이 불콰하다.

김삼보는 눈을 흘겨 뚫어지도록 삼돌이를 쳐다보았다.

"이놈아! 남이사 내외 싸움을 하든 말든 참견이 무어야?"

삼돌이란 놈은 주춤하였다. 그는 비지 같은 눈곱이 낀 눈을 꿈벅꿈벅하더니,

"그렇게 역정내실 것 무엇 있수. 말 좀 했기로……."

"이놈아, 네가 아랑곳할 게 무어야?"

"아랑곳은 할 것 없어도 흥정은 붙이고 싸움은 말리랬으니까 말이오. 나는 싸움 좀 못 말린단 말이오?"

하고 술냄새를 풍기며 다가앉는다.

"이놈아, 술을 먹었거든 곱게 삭여!"

이번에는 삼돌이란 놈이 빌붙는다.

"나 술 먹고 어찌하든 김 서방이 관계할 게 무어요."

"이놈아, 남의 내외 싸움에 참견을 하니까 그렇지."

주고받다가 삼돌이의 멱살을 김삼보가 쥐었다.

"이 녀석, 네가 무슨 뻔뻔으로 이따위 수작이냐? 내 계집 이놈 왜 건 드렸니?"

삼돌이는 조금 발이 저렸으나 속으로 흥 하고 웃었다.

"요까짓 게 누구 멱살을 쥐어? 앙징하게……."

하더니 김삼보의 팔을 잡아 마당에다가 내려갈기니 개구리 떨어지듯 캑 한다.

"요놈의 자식아! 내 말을 좀 들어 보고 말을 해! 네 계집 흠절[31]은 모르고 덤비기만 하면 강산이냐? 이 동리 반반한 사내 양반 쳐놓고 네 계집 건드리지 않은 놈이 없다. 이놈! 꼭 집어 말을 하라면 위에서 아래로 내리섬기마. 이놈, 너도 계집 덕분에 노잣냥, 노름 밑천푼 좋이 얻어 썼지. 그래 집이라고 오면서 볼받은[32] 것이나마 옥양목 버선벌이나 얻어 가지고 가는 것은 모두 어디서 나온 것으로 아니? 요 땅딸보 오리궁둥아! 아무리 속이 빈 밴댕이 같기로……. 그리고 또 들어 봐라. 나중에는 주워 먹다 못해서 뽕지기까지 주워 먹었다."

안협집이 파래서 달려든다.

"이놈, 네가 보았니?"

"보나 안 보나 일반이지."

"이녀석, 네 말을 듣지 않으니까 된말 안된말 주둥이질을 하는구나."

---

31) 흠절(欠節) ― 부족하거나 잘못된 점.
32) 볼받다 ― 해진 버선의 앞뒤 바닥에 헝겊을 덧대어 깁다.

동리 사람들이 모여들었다. 안협집은 삼돌이에게 발악을 하고 김삼보는 듣고만 있다.

한참 있더니 듣다 듣다 못 하는 듯이 삼돌이란 놈이 안협집에게로 달려들며,

"이년이 뒈지려고 기를 쓰나?"

하고 주먹을 들었다. 동리 사람들이 호령을 하고 말렸다.

"이놈! 저리 얼른 가거라."

삼돌이는 변명을 하며 뻗딩겼다. 그러나 여러 사람에게 끌려 저리로 가 버렸다.

사람이 헤어지자 노름꾼은 계집의 머리채를 잡았다.

그는 삼돌이에게 태질을 당한 것이 분하였다. 그뿐 아니라 그렇게까지 계집년의 행실을 온 동리에서 아는 것이 분하였다.

"이년! 더러운 년, 뽕밭에는 몇 번이나 나갔니?"

발길로 지르고 주먹으로 패고 머리채를 잡아당기고 땅에다 질질 끌었다. 그는 이를 갈고 어쩔 줄을 몰랐다. 계집은 울고 발버둥질을 쳤다,

"죽여라! 죽여!"

"그럼 살려 줄 줄 아니? 이년! 들어앉아서 하는 게 그런 짓밖에는 없어?"

김삼보는 자기의 무딘 팔다리가 계집의 따뜻하고 연한 몸에 닿을 때에 적지 않은 쾌감을 느끼었다. 그는 그럴수록 더욱 힘을 주어 저리도록 속에 숨겨 있던 잔인성이 북받쳐 올라왔다.

맞은 안협집은 당장에 죽을 것 같았다. 그는 생각하기를, 이왕 이리 된 바에야 모두 말해 버리고 저하고 갈라서면 그만이지 언제는 귀밑머리 풀고, 사주 단자 보내고, 사당에 예배 드린 내외냐. 저는 저고, 나는 난데 왜 이렇게 때리노? 하는 맘이 나며,

"이것 놔라! 내 말하마!"
하고 머리를 붙잡았다.
"뽕밭에는 한 번밖에 안 갔다. 어쩔 테냐?"
삼보는 더욱 머리채를 잡아챘다.
"이년, 한 번?"
이번에는 더 때렸다. 안협집은 말한 것이 후회가 났다. 삼보는 그래도 거짓말을 한다고 그대로 엎어 놓고 짓밟았다. 안협집은 기절을 하였다. 삼보는 귀로 안협집의 숨소리를 들어 보았다. 그러나 숨소리가 없다. 그는 기겁을 하여 약국으로 갔다. 그의 팔다리는 떨렸다. 그가 의원에게서 약을 지어 가지고 왔을 때 안협집은 일어나 앉아 있었다. 삼보는 반갑기도 하고 분하기도 하여 약을 마당에 팽개쳤다. 그리고 밤새도록 서로 말이 없었다.

이튿날은 벙어리들 모양으로 말이 없이 서로 앉아 밥을 먹고, 서로 앉아 치어다보고, 서로 말만 없이 옷도 주고받아 갈아 입고, 하루를 더 묵어 삼보는 또 가 버렸다.

안협집은 여전히 동릿집 공청 사랑방에서 잠을 잤다. 누에는 따서 삼십 원씩 나눠 먹었다.

(1925년)

피 묻은 편지 몇 쪽

마산(馬山)에 온 지도 벌써 두 주일이 넘었습니다. 서울서 마산을 동경할 적에는 얼마나 아름다운 마산이었지요!

그러나 이 마산에 딱 와서 보니까 동경할 적에 그 아름다운 산은 아니요, 환멸과 섭섭함을 주는 쓸쓸한 마산이었나이다. 나는 남들이 두고 두고 몇 번씩 되짚어 말하여 온 조선 사람의 쇠퇴라든지 우리의 몰락을 일일이 들어서 말하고 싶지 않습니다.

조선 안에서 다소간이라도 여행해 본 사람이 보고 느낀 바를 나도 보고 느끼었다 하면 더 할 말이 없을 듯합니다.

병의 차도는 아직 같아서는 알 수가 없습니다. 열도[1]가 오르내리는 것이나 피를 뱉는 것은 전과 별로 다르지 않습니다. 날마다 아침이나 저녁으로 산보를 하는 것이 나의 일과입니다. 친구도 없고 아는 사람도 별로 없는 이 곳은 나의 감정을 조금이라도 유쾌히 하여 주는 이가 없습니다. 도리어 고적함과 답답함은 차디찬 얼음으로 나의 생명을 저려 놓는 듯할 뿐입니다.

---

1) 열도(熱度) — 신열(身熱)의 도수.

　형님이 소개하여 주신 이 군(李君)은 날마다 한 번씩 찾아와 줍니다. 어떤 날은 함께 바닷가로 산보도 나가는 일이 있고 어떤 때는 저녁 늦게 같이 놀다가 자고 가는 날도 있었습니다. 그는 나에게 퍽 친절히 하여 줍니다. 무엇이든지 자기가 할 수 있는 것은 하여 줍니다. 어떠한 때는 거짓말이나 아닌가 하고 의심을 하게까지 그는 열정적이요, 진실하고 충실하게 나의 일을 보아 줍니다. 만일 그가 없었다 하면 나는 당장에 서울로 뛰어갔을는지도 알 수가 없습니다.

　병이 일조 일석[2]에 낫지 않을 것을 저는 압니다. 이 병이 머지않은 장래에 나의 생명을 빼앗지나 않을까 하는 의구의 생각까지 나는 때가 있습니다.

　베개를 베고 눈을 감고 누웠을 때 온 세상이 죽은 듯이 고요하면 나는 무서운 생각이 납니다. 세상이 아니요 사람이 하나도 없는 어디로 오지나 아니하였나 하는 무서운 생각이 나서 나는 미친 사람 모양으로 눈을 뜨고 문을 열고 바깥을 내다봅니다.

　어떠한 때는, 무덤 속에 편안히 누웠으면 나의 해골을 덮어 놓은 흙과 돌 틈에서 흐르는 나의 살 썩은 물이 흐르는 소리를 듣는 듯하기도 하고, 나의 살을 먹고 피를 먹고 또 골수를 씹어먹은 버러지들이 두리번두리번하는 인광(燐光)[3] 같은 눈알도 보이는 듯한 때도 있습니다.

　꿈은 많습니다. 꿈이 만일 어떠한 숙명을 예시한다 하면 나의 운명은 장차 그렇게 복잡 다단할 수가 없을 터이지요.

　그러나 이상한 것은 흉한 꿈을 꿀 때에는 그렇게 마음이 편할 수가

---

2) 일조 일석(一朝一夕) ― 하루 아침이나 하루 저녁이라는 뜻으로, 짧은 시일을 이르는 말.
3) 인광(燐光) ― 황린(黃燐)을 공기 중에 방치하였다가 어두운 곳에서 볼 때 보이는 청백색의 미광(微光)

없는데 상서로운 꿈을 꿀 때에는 마음이 섭섭합니다.

어떻든 신경이 뾰족할 대로 뾰족하여져서 과민하게 활동을 할 때에는 나 자신도 나 자신을 걱정하게 되는 때도 많습니다.

마산의 바다는 좋습니다. 바다의 공기를 마시고 그것을 내뿜을 때는 마치 바다를 삼켰다가 뱉는 듯한 때가 있습니다. 구마산(舊馬山) 지저분한 부두에 섰을 때라도 바다를 내다볼 때 멀리서 흰 돛을 단 배가 유리 같은 바다 위로 미끄러져 갈 때에는 돛대 끝에 내맘 한 끝을 매고 한없이 먼 나라로 나의 마음을 끌어 가는 듯합니다.

오늘은 일기가 좋은데다가 마침 일요일이라고 이 군과 함께 신마산(新馬山) 구경을 가기로 하였습니다. 나에게 일요일이 별달리 있겠습니까마는 사람의 관념이라는 것은 이상한 것이 되어서 어쩐지 일요일이 되면 마음이 풀어집니다.

신마산은 일본 사람의 시가입니다. 깨끗하고 한적한 시가입니다. 우리는 정거장 뒤의 방축 위에 앉아서 발 밑에 와서 부딪쳤다가 깨어지는 물결도 보고 공중에 산같이 모였다가 사라져 없어지는 구름도 쳐다보았습니다.

마산만 중앙에 배같이 떠 있는 돛섬을 돌아드는 고깃배도 좋거니와 꼬리를 내젓는 듯 연기를 토하고 멀리 가는 기선도 마음을 끕니다.

바람도 없고 물결도 없습니다. 바다가 아니요, 호수같이 마산만의 푸른 물은 마치 어떠한 그릇에 왜청[4]을 풀어서 하나 가득 담을 듯이 묵직하고 진합니다. 그 위로 사람이 굴러도 빠지지도 않고 거칠 것도 없을 듯이 잔잔하고 평탄합니다.

남쪽에서 불어오는 바람은 정열과 단꿈을 향기에 섞어 가져오는 것

---

4) 왜청(倭青) — 당청(唐青)보다 검은 빛을 띤 푸른 물감.

같습니다. 피로하던 몸과 새침하여진 정신은 다시 산 듯이 뜨거움이 가슴에서 돌고 광채가 눈에서 돌아 손 내밀어 잡은 듯한 곳에 행복이 온 것 같기도 하였습니다.

우리는 모래 위에 눕기도 하였습니다. 휘파람도 불었습니다. 노래도 하여 보았습니다. 그리고 과자도 맛있게 먹었습니다.

내가 머리를 두 손까지 얹어 놓고 공중을 바라보고 있을 때 누구인지 나의 머리 바로 곁으로 지나가는 사람이 있었습니다. 본시 길이 좁은데 아무리 사람이 적은 바닷가라도 길을 가로질러 누운 것이 잘못이지마는 지나가던 사람의 구두는 나의 머리를 건드렸습니다.

가뜩이나 흥분하기 쉬운 나의 감정은 마치 전기같이 타올랐습니다. 마치 머리를 그 사람에게 짓밟힌 것같이 모욕을 깨닫는 동시에 그 자의 조심성 없는 것을 분개하였습니다.

나는 살같이[5] 일어났습니다. 그리고 나의 머리를 모욕한 자를 흘겨보았습니다. 옆에 누웠던 이 군은 고개만 들고 그 자를 보았습니다.

그 자라는 사람은 남자가 아니고 여자였습니다. 여자라 하여도 나의 생각으로는 그런 여자가 이런 곳에 있을 수 없으리라고 생각할 만한 아름다운 여자이었습니다.

새로이 유행하는 머리를 틀었으나 조금도 난해[6] 보이는 곳이 없고, 옷은 아래 위로 다른 투피스로 나누어 입었는데 조금도 어색하거나 서투른 곳이 없어 온몸의 윤곽을 잘 나타내었는데 걸음을 걸을 적마다 두 발이 땅을 단단히 밟았다 뗄 때에 그의 온몸에는 침착한 기운이 무거운 구리 동상이 걸어가는 것 같았습니다.

---

5) 살같이 — 화살같이.

6) 난(亂)하다 — 지나치게 어지럽고 야단스럽다.

그 여자가 나의 머리를 찼다는 것이 얼마나 경솔한 일이겠습니까? 그렇게 침착한 여자로서 남의 머리를 찬다는 것은 나로서는 생각지 못할 만한 일이었습니다. 그러나 그것도 그럴 것이, 우리가 누워 있는 곳은 사람 하나가 다닐락말락한 길인 것을 가로질러 누운데다가, 또 나의 단장[7]이 풀 위에 놓여 있었으므로 그 여자는 나를 피하여 나의 머리맡 철망한 울타리를 피해 간다는 것이 내 옆에 가로놓여 있는 단장에 걸리며 그 바람에 걷잡을 새 없이 한 발로 나의 머리를 찼던 것입니다.

그때 나의 얼굴은 지금 내가 추상하더라도 얼마나 신경질적이었으며 두 눈에서 불같이 타는 듯한 예리한 광채로 그 여자를 흘겨보았을는지 알 수가 있을 것입니다.

그때에 그 여자는 미안한 중에도 어쩔 줄을 모르는 표정으로 고개를 숙여 예를 하며,

"아, 실례하였습니다."

하고 그는 가지도 않고 오지도 않고 그대로 서 있었습니다. 마치 나의 입에서 '당신의 잘못을 용서합니다.' 하는 말을 기다리는 것 같았습니다.

그 순간에는 나도 말이 없고 그도 말이 없고 또 이 군도 말이 없었습니다.

만일 상대자가 여자가 아니고 남자이었더라면 혹시 우리의 입에서 무슨 군소리라도 한 마디 나왔을는지 알 수 없었겠지마는 그가 여자인 까닭에 우리는 아무 말도 없었다는 것을 여기 정직하게 말씀하여 둡니다. 그것이 여자를 한 층 아래로 보아서 쉽사리 용서하는 마음으로 그리하였던지, 양키들 모양으로 여자를 존경하는 마음으로 그리하였던지 그

---

7) 단장(短杖) ─ 짧은 지팡이.

것이 여자의 자랑거리든지 남자의 약점이든지 그것을 여기서 해석하고 싶지는 않습니다.

그의 눈! 미안과 사죄로 찬 눈. 그 눈이 나의 얼굴을 볼 때 제 육감으로써 그 여자의 순진한 마음 속을 본 것 같았습니다.

더구나 자기 혼자가 아니요, 자기 뒤를 따라오던 동무를 보면서,

'어떻게 하면 좋냐?'

하는 듯이 멈칫멈칫할 때 나는 더 말할 말을 갖지 않았습니다.

"천만의 말씀을 다하십니다!"

하고 도리어 허리를 굽혀 인사를 하였습니다.

그러나 같이 있던 이 군은 그 여자를 보더니, 마치 안면은 있으나 인사가 없는 사람을 어떠한 특수한 곳에서 만난 것 모양으로 일어나 앉아서 목례를 하는 것을 나는 보았습니다.

여자들은 지나갔습니다. 그 여자의 뒤 그림자를 볼 때 그의 길지도 않고 짧지도 않은 찰랑찰랑 구두 위에서 울멍대는 치맛자락이 나의 마음을 공연히 흔들어 놓고 다시 어디로인지 저 가는 데로 끌고 가는 듯하였습니다.

그가 저쪽 창고 뒤를 돌아서 그림자까지 사라졌을 때 나는 이 군을 보며,

"그게 누구야?"

하고 물었습니다.

"누구? 마산서는 일류 가는 미인일세."

"저 여자가!"

"그래."

미인이란 말이 나에게 무슨 새삼스러운 울림을 주는 것은 없었습니다마는 어떻든 흔히 볼 수 없는 침착한 여자, 영리한 여자, 또는 차디찬

여자라는 것을 느낄 때 나의 마음은 잔잔한 파도에 진주 한 알을 떨어뜨린 것같이 가늘게 떠는 파문이 일어났습니다.

"집이 어딘데?"

나는 그를 어떤 집 부인이 아니면 서울서 동무의 집에 다니러 온 신가정의 주부(主婦)로 본 것이 맨 처음 인상이었습니다. 그러므로 이 군의 말을 나는 듣기는 하면서 믿을 수는 없었습니다.

이 군은 몹시 재미있고 다변[8]이요, 잔 친구이어서 어떤 편으로 경망한 폐단까지 없지 않으므로 나로서는 어찌 말을 건져 듣지 않겠습니까. 그의 말을 들어 나의 판단을 내리는 것이 매사의 첩경이므로 나는 그의 하고자 하는 말을 듣는 것보다도 나의 듣고 싶은 말만 들었습니다.

"집은 구마산야."

"누구 아낸가?"

"아내? 아내가 뭐야? 여태 처년데."

"나이는 몇인데? 무엇을 해?"

"나이는 아마 스물셋인지 둘인지. ○○학교 교원야."

"고향은 어디고."

"서울서 와 있어."

"서울? 이름은?"

"장영옥."

서울이라는 말이 나에게 다소간에 그리운 마음을 낳게 하였습니다.

이 군과 앉아서 쓸데없는 농담과 잡담을 하고 집으로 향하여 들어올 때, 이 군은 나에게,

"나 같은 사람으로서는 감히 말도 해보지 못할 여자지?"

---

8) 다변(多辯) — 말이 많음.

하는 말에는 무서운 단념 가운데서도 떨어지지 않는 애착이 있는 것 같았습니다.

나도 속으로 너의 마음을 알았다 하면서 일부러,

"어째서?"

하고 물었습니다. 그런즉 이 군은 자기의 마음이 나에게 알아채어지지나 아니하였나 하고 슬쩍 아까 한 말을 흐리마리하여 버리는 수작으로,

"나 같은 자에게 그런 행복이 닥쳐올 리가 만무하니까 말이지."

"하지만 이 군이 너무 얼핏 단념을 하는 것은 그만큼 이 군이 그 여자를 생각하는 도수(度數)가 얕은 증거가 아닐까?"

"글쎄. 혹 그렇게 해석될지도 모르지마는 단념을 하면 단념하는 도수만큼 그 사랑이 발동적으로 고조되는 일이 얼마나 불쌍한 말입니까."

얼마나 불쌍한 말입니까? 그의 말소리까지 불쌍하였습니다. 그의 가슴 속에는 그만큼 고조되어 가는 남모를 고민이 있었다는 것입니다.

침울한 날입니다. 비가 올 듯합니다. 여름이 되어서 그러한지 침중한 공기가 약한 가슴을 누릅니다. 가슴이 답답하여 숨이 막힐 것 같습니다.

하늘에는 누더기에서 빠져 나온 솜같이 보기도 싫은 검은 구름장이 이리저리 돌아다니면서 무슨 물형(物刑)[9]이 되었다가 그것이 때때로 변할 때에 나의 눈에는 무서운 환상이 어른어른하는 듯하여 하늘을 쳐다보기도 싫습니다.

이 군도 아직 오지 아니하고 나 홀로 앉아 있을 때, 공연히 마음이 처량하여지며 세상이 좁아지는 듯합니다. 오늘도 아침에 네 번이나 피묻은 담을 뱉었습니다. 몸에서 한 방울 두 방울 새빨간 피가 샐 적마다 저

---

9) 물형(物形) — 물건의 생김새.

의 눈앞에는 무서운 죽음이 보이며 낙망이 되어서 가뜩이나 약한 몸에 마음까지 점점 약하여 가니 이제는 더 살 수가 없을 것 같을 뿐입니다.

사람은 입으로는 만 번이나 죽어 죽어를 말하지마는 참으로 죽음이 딱 당할 때에는 무서움과 지나간 과거의 그리운 회상과 생의 집착이 점점 강하여지는 것이지요. 나도 이와 같은 날 외로이 있어서 손을 가슴 위에 얹고서 힘없이 팔딱대는 심장의 고동을 들을 때에는 앞을 가리는 것이 절망의 그림자뿐이어서 부질없이 애상(哀傷)의 깊은 곳으로 빠질 따름입니다.

몸이 약하매 정신이 또한 건전치 못하여 매사에 취미를 잃어버리고 흥을 느끼지 못하니만치 나의 생명에는 아무 빛(色)도 없고 하모니도 없이 다만 시들어 가는 꽃과도 같고 줄 끊어진 악기(樂器)와도 같을 따름입니다.

아무리 생각을 하여 보아도 향내와 빛을 잃어버린 꽃은 그것을 뿌리와 줄기와 잎사귀를 살려야 다시 향기와 빛을 회복할 수 있으며 하모니를 잃어버린 악기는 복판을 고르게 하고 그 줄을 가지런히 하여야 다시 소리를 얻을 수가 있는 것 같습니다. 나의 침체한 정신이여, 광채와 신흥이며 법열을 잃어버린 정신은 나의 육체의 피를 고르게 하고 신경을 든든히 해야만 다시 찾을 수 있다고 생각합니다.

시든 꽃에 나비가 온다 하면 그 나빈들 불쌍히 여길지언정 어찌 머무를 마음이 나며 다 깨어진 악기를 훌륭한 음악가의 손에 준다 하더라도 그 음악가는 자기의 재주를 붙일 곳이 없음을 개탄할 따름일까 합니다.

형님! 나는 지금 몹시 비관하는 중에 있습니다. 누구에게도 이 말할 수 없는 슬픈 마음을 호소해야 좋을지 모릅니다. 말을 한다 한들 들어줄 사람이 없을 것이며, 호소한들 그 호소가 무슨 힘을 나에게 주겠습니까?

다만 사형 일자를 기다리는 죄수와 같이 나의 눈앞은 죽음이라는 검은 그림자로 덮는 데만 기다릴 수밖에 없지요? 아아! 그러나 그렇게 참혹한 일이 어찌 사람으로 아니 어찌 나로서 될 수 있는 일이겠습니까.

나는 어떤 때는 얼핏 죽자! 하루라도 일찍 죽자! 한때라도 이 괴로운 세상에서 떠나가자! 하고 의사에게서 얻어 가지고 온 약을 내던져 버리고 일부러 먹지 않는 때도 있었으며 공연히 몸을 함부로 굴 때도 있었습니다. 그러나 무서운 삶의 집착은 다시 무서운 회한과 함께 다시 마음을 가라앉히고 약을 입에 넣게 하였습니다.

어머니, 아버지, 동생들을 생각하고 옛날에 놀던 즐거운 벗들을 생각하면 어디 숨어 있었던지 뜨거운 정열이 가슴을 싸고 돌아 나혼자 감격해 흐르는 눈물이 옷깃을 적십니다.

옛날의 어머니 무릎이 새삼스럽게 그리우며, 아버지의 은근하신 사랑이 더욱 힘있게 그리우며, 동생들의 철없고 순결한 얼굴이 옹기종기 내 눈앞에 보입니다.

아, 이것을 잊어버리고 그것을 내버리고 어찌 날더러 하느님이 세상에서 다른 곳으로 가라고 하실 리가 있습니까? 그것이 거짓말이라 하면 이보다 더 큰 거짓말이 어디 있겠습니까?

나라가 침체된 때, 그 나라의 모든 문명이 쇠퇴하였을 때, 어찌 예술 하나만 찬란한 광채를 내겠습니까? 마찬가지로 심신이 아울러 쇠퇴하여 가는 나로서 무슨 사랑을 향락(享樂)할 수가 있겠습니까?

전에 말씀하였지마는 신마산 방축 위에서 그의 발끝으로 나의 머리를 건드린 여성을 나는 지금껏 잊지 않습니다.

목이 마를 적에 더욱 물이 그리우며 나라가 망할 적에 더욱 지사나 영웅이 있기를 바라는 것이나 마찬가지로 지금 이렇게 외롭게 애인이 그립습니다.

그러면 어찌 여성이 그 여자뿐이겠습니까마는 한 번 나의 마음 거울에 비쳤던 그림자는 웬일인지 사라지지 않습니다.

어떤 때 몹시 외로울 때, 그의 생각을 끌어 내어 혼자 공상에 취하였을 때야말로 살아 있는 듯한 느낌이 듭니다.

또 어떤 때, 혼자 나의 무모한 생각과, 헛된 공상을 나 스스로 비웃을 때에는 나 자신은 더욱더욱 비애와 환멸로 자기의 도수가 더하여질 뿐입니다.

나는 그를 생각하면서 울었습니다. 그를 언제 내가 보았으며 내가 언제 그를 알았겠습니까? 그러나 나의 마음은 그때 방축 위에서 나의 마음에 일으켜 준 파동과 함께 그의 치맛자락이 울멍대는 데로 끌고 간 채 지금까지 돌려 보내 주지 않았습니다.

그러나 나의 마음은 언제든지 빈 듯하여 마치 봄철에 노곤한 양지쪽 밑에서 멀리멀리 산 넘어가는 계집애의 피리 소리를 듣는 것같이 마음이 말할 수 없이 처량하고 슬플 따름입니다.

만일 이것이 사랑이라 하면 나는 영원한 불행을 스스로 자각하지 않으면 안 되게 되었습니다. 지금 나의 모든 것이 과연 꽃답고 향기 나고 하모니가 있는 아름다운 사랑을 나에게 허락하겠느냐 하면 그것은 전에도 말씀하였지마는 되지 않을 말입니다.

만일 나의 생명이 기적적으로 오래 계속되어 그것이 건전한 생명이 되는 때가 있다고 하면 그때에는 혹시 사랑을 행복스러운 사랑을 향락할 수가 있을는지 모르지마는 지금 같은 형편으로는 결코 사랑을 할 수가 없을 것입니다.

즉, 꽃이 몰락한 사회에 예술이 피지 않는 것이나 마찬가지겠지요.

사랑을 단념하자! 생명에서 윤택과 끈적끈적한 맛과 향기를 불살라 버리자!

어찌 무서운 말이 아닙니까? 그러나 나는 날마다 군밤 장수의 소리같이 이 말을 혼자 외고 있습니다. 이제부터는 그렇게 외지를 말고 죽자! 하는 것도 도리어 나을는지 나는 알 수가 없습니다.

평범한 날이 있습니다. 지금까지 나는 평범한 날을 살아 왔습니다. 이 세상 어떠한 사람이든지 똑같이 살아 온 평범한 날이었습니다.

아무리 천재라도 이 평범한 날을 아니 살아 올 수는 없었을 것입니다.

그러나 위대한 사람은 평범한 것에서 평범치 않은 것이 숨어 있는 것을 찾아내며, 또는 평범하던 것을 평범치 않게 만드는 예지와 투철한 힘을 가졌습니다.

불행히 천재가 못 되는 나에게 이러한 평범한 날을 주었다는 것은 너무 심심하고 울적하고 답답하여 자기 자신을 씹어 먹고 싶을 따름입니다.

그러나 그것이 오전까지는 더할 수 없이 평범한 날이었습니다마는 오후에 내가 해안 산보에서 돌아왔을 때에는 그것이 그리 평범하지 않던 날이었던 것을 지금 이 편지를 쓰면서 알게 되었습니다. 이러한 시간이 지나간 후 여러 날 여러 달 혹은 여러 해 만에 비로소 다시 의미가 있게 되는 일이 있는 것이나 마찬가지로 오늘 오후는 이상한 찬스를 우연한 가운데 나에게 만들어 주어 그것이 한 가지 기적 같은 사실을 만들어 놓았습니다.

그것은 다른 것이 아니었습니다. 집에 돌아와 마침 자리를 펴고(대낮이지마는 몸이 불편하면 언제든지 자리 펴는 습관이 있습니다.) 막 누워서 신문을 뒤적일 때 누구인지 밖에서 나를 찾는 사람이 있었습니다.

나는 이상스러운 마음으로 바깥을 내다보았습니다. 그는 주인의 인도로 내 앞에 와서 모자를 벗었습니다.

나는 혹시 다른 사람을 찾는 것이 아닌가 하고 그에게 묵례를 하여
그의 예에 답례를 하고,

　"누구를 찾으십니까?"

하고 물었습니다. 그런즉 그 젊은이는 똑똑한 어조로,

　"○○씨십니까?"

하고 나의 얼굴을 쳐다보았습니다. 처음에는 생면부지[10]의 젊은 사람이
나를 찾으므로 혹시 잘못 알고 그러는 것이나 아닌가 하고 의아한 생각
이 났었으나 나의 이름을 똑똑히 부르는 것을 보고 다시 호기심이 나면
서,

　"네, 그렇습니다."

한즉, 그 젊은 사람은 반가운 듯이 다시 말소리에 힘을 주어서,

　"네, 그러세요."

하며 주머니에서 편지 한 장을 꺼내 주었습니다.

　나는 편지를 받아 들고 그를 방 안으로 들어오기를 권한 후에 피봉을
뜯어 보니까 그 편지 내용은 다른 것이 아니라 서울 있는 박 군(朴君)
의 소개장인데, 자기의 친구인 장 군(張君)을 나에게 소개한다는 말이며,
장 군이 이번에 마산포까지 놀러 가는데 특별히 나와 사귀고 싶어하는
의향인즉 두터운 교제를 하여 주기를 바란다고 하였습니다.

　적적히 지내는데 친구 하나를 얻은 것이 반가운 나는 그를 반가이 생
각하고,

　"이렇게까지 일부러 찾아 주시는 것은 너무 황송합니다."

는 뜻으로 사례를 한 후,

　"그럼 유숙하실 데는 따로 정하셨습니까?"

---

10) 생면부지(生面不知) ― 서로 만나 본 일이 없어 도무지 알지 못하는 사람.

하고 나와 같이 있자고 하고 싶지 않은 것도 아니었으나, 나로 말하면 본시 남들이 가까이 하기를 꺼리는 터이므로 억지로 말할 수는 없어 그의 의향만 들으려 하였습니다.

"네, 여기 저의 누이가 있으니까 누이 집에 있기로 결정했어요."

"누님이 계셔요? 무엇을 하시는데요?"

나는 그때에는 그 신마산 방축 위에서 나의 머리를 차던 여자는 잊어버리고 있었습니다.

"○○학교 교원으로 와 있어요."

"네?"

나는 평범하게 대답을 하여 버리려 한즉, 그는 다시 자기 누이가 여기 있는 것을 더욱 힘있게 하려고 하여 그리하였는지, 그렇지 않으면 날더러 알 듯한데 모른다고 하느냐는 듯이, '장영옥이라구요.' 하고 자기 누님의 이름을 불렀습니다.

"네에……."

그러나 뒷말은 할 말이 없었습니다. 장 군은 자기 누님을 알아주어서 만족하다는 웃음을 웃고 있을 뿐이었습니다.

만일 장 군이 날더러 어떻게 자기 누님을 알았더냐고 묻거나 친분이 있느냐고 할 것 같으면 나는 무엇이라 대답해야 옳았을지 알 수가 없었을 터이나 그것을 물어 주지 않아서 다행이었습니다.

장 군은 몹시 숙성한 사람이었습니다. 지금 나이는 스물이 될락말락한 사람이 키는 나보다 더 크고 몸은 비대하고 골격이 완강하게 생겼고, 또는 그리 묵중하지도 않으나 이 군처럼 입이 가볍지도 않은 듯하여 아직 그의 성격이나 재질이나 감정을 쉽게 알아차릴 수가 없었습니다.

장 군은 잠깐 앉았다가 가 버렸습니다. 간 뒤에 홀로 앉았으매 세상 일이 재미있고 신기한 듯하기도 하고 또는 장 군이라는 의외의 인물이 뛰어들어서 나의 생활에 이상한 기운(機運)을 만들어 주는 것 같기도 하였습니다.

오늘 장 군이 다녀간 뒤에는 공연히 마음이 어수선하여지며 가라앉지를 않아서 잠도 잘 자지 못하였습니다. 장 군을 생각하고 그의 누님을 생각할 때 마음은 공연히 흥분되었습니다.

마산만의 파도는 마치 한꺼번에 몰려들어 마산 시가를 씻어 낼 듯이 울렁거리며 출렁대며 노했다가 성냈다가 합니다.

하늘빛이나 바닷빛이나 똑같이 시꺼멓게 흐려 그것이 저쪽 멀리 수평선 위에서 서로 합하여 하늘이 바다를 누르는지 바다가 하늘을 치받쳤는지 위대한 세력이 그 속에서 움직거릴 뿐입니다.

가슴이 적다 해도 그 파도가 모두 나의 가슴에 몰려들어 그것이 한복판에서 출렁거리는 것 같아서 무슨 큰 힘이 누르는 것 같기도 하고 또는 뒤흔들어 내는 것 같기도 합니다.

마치 무슨 큰일을 기다리는 사람처럼 방에 혼자 앉아 있을 때 찾아온 사람은 이 군이었습니다.

우리 두 사람의 이야기는 어제 찾아온 장 군에게로 옮기며 다시 장영옥에게 옮기었습니다.

남자들이나 여자들이나 이성(異性)에 대하여서는 어째 그런지 몹시 말썽부리기 좋아하는 충동이 있지요. 남자는 여자의 흠점이나 약점을 아무 이해 없이 들추어 놓으려 하고, 여자 역시 남자의 단처[11]나 흠점을 말하기 좋아하며, 칭찬들을 하게 되면 끝없이 칭찬을 하였다가 다시 흉보고 욕하려 들면 여지가 없이 해버립니다.

---

11) 단처(短處) — 부족한 점.

쉽게 말하면 여자와 남자는 다시 말할 수 없는 원수요, 또다시 말할 수 없는 친구입니다.

즉, 원수인 친구요, 친구인 원수가 되어서 서로 미워하며 따르며, 따르면서 미워합니다. 그러나 그 중에는 무서운 미덕이 있어서 욕을 하여도 먹지 않고 얼마든지 붙어 있어도 싫증이 나지 않습니다.

오늘도 이 군과 둘이 다섯 시간 동안이나 여자를 욕도 하여 보았다가 칭찬도 하여 보았다가 찧고 까불고 하느라고 시간 가는 줄을 알지 못하고 있다가 둘이 저녁을 같이 먹기로 하였을 때, 마침 장 군이 찾아왔습니다.

장 군과 이 군에게 인사를 시키고 세 사람이 같이 상을 받았을 때 장 군은 몹시 미안해 하는 표정으로,

"저녁까지 이렇게 대접을 하시니 고맙습니다마는 퍽 미안합니다. 집에 가면 누님하고 같이 먹을 것을."

하는 데는 어느 귀퉁이인지 아직 어린 곳이 있습니다.

나는 그 말에 대답을 하고 밥을 다 먹은 뒤에 과일을 서로 벗겨 먹기로 하였습니다.

그때 장 군은 사과 하나를 들면서,

"사과와 배를 삼랑진 오다가 두 채롱[12]이나 사 가지고 왔는데요. 누님과 둘이 먹다가 남은 것이 집에 있는데……."

하며 말을 채 못 마쳤습니다. 나는 얼핏 그의 말을 받아서,

"그런 것을 사 오시면 나눠 자실 것이지 남매분이서만 자시오? 남은 것을 먹으러 갈까요?"

하고 농담 비슷 장 군에게 가도 괜찮겠느냐는 의향을 물어 보매 장 군

---

12) 채롱 — 껍질 벗긴 싸릿개비나 버들가지 따위로 만든 채그릇.

은 허락한다는 어조로,

"가시지요. 그렇지만 먹던 찌꺼기를 대접할 수야 있나요?"

하고 민망해 하는 빛이 보이므로 나는,

"무어 관계찮습니다. 하필 사과만이 맛입니까? 다른 것이라도 한턱만 내시면 그만이지요."

실상 한턱을 받는다는 것보다도 장 군의 누님을 만나 보려 하는 욕망이 더하였던 것은 그 자리에 앉았던 세 사람이 똑같이 감각하였을 것입니다.

장 군은 그 이튿날 오후에 저녁 먹지 말고 자기 집까지 와 주기를 나와 이 군에게 청하였습니다. 그는 집으로 돌아갈 제 나의 손을 꼭 쥐며,

"꼭 기다립니다. 꼭 오세요."

하고 자기 집으로 갔습니다. 나 혼자 마루 끝에 섰을 때에는 서쪽 하늘에 닷새쯤 되어 보이는 달이 새파랗게 떠 있었습니다.

네 눈이 한꺼번에 번쩍하였습니다. 이쪽 봉우리에서 저쪽 봉우리로 휙 지나가는 번개가 중간에서 딱 부딪친 것 같았습니다. 장영옥의 눈과 나의 눈이 서로 마주쳤을 때 나는 미리 알아차린 것이었지마는 저쪽에서는 뜻밖의 일임에 놀랐던 것인 듯합니다.

"나는 누구시라구?"

그의 눈은 웃었습니다. 신기한 가운데 더욱 친절함을 느끼는 듯하였습니다.

"일전의 잘못은 용서하여 주십시오."

"천만에 말씀을 다하십니다."

할 제 영옥의 말소리는 마치 명주실에 구슬을 꿴 듯이 마디마디가 또렷또렷하게 나왔습니다.

오라비 장 군은 어찌된 일인지를 몰라서 우리 기색만 살피고 있었습

니다.

영옥의 얼굴은 조금 창백한 빛을 띤 난형(卵型)[13]이었습니다. 그 위에는 영롱한 두 눈이 별같이 박혀서 그의 재기에 단단히 뭉친 의지를 나타내며 조금 크다고 하면 클는지 모르는 입은 얼핏 보아 조금 천한 기운이 있으나 그의 붉은 입술을 다물 때는 얼굴의 조화는 어디로인지 가리어 버립니다.

그는 얼핏 보기에는 몹시 침착하고 냉정한 듯이 보이나 실은 의지로써 정열에 탈을 씌워 놓았을 뿐이요, 그의 가슴 속 깊이깊이 깊은 구석에는 뜨거운 정열이 폭발될 때만 기다리고 있는 것이었습니다.

그것은 무엇보다도 침착하였다가 갑자기 웃을 때에 강렬한 향기를 발사하는 듯한 그 웃음을 보아서도 알 수 있으며, 시꺼먼 눈동자 깊이깊이 그윽한 속에서 반짝이는 가늘고도 광채나는 안광을 보아서도 알 것입니다.

그날 저는 오래 앉아서 몸이 몹시 거북한 것도 참으면서 그와 이야기도 하고 트럼프도 하며 놀았습니다.

트럼프를 할 때 여자들의 미세한 감정을 찾아낼 수 있는 것을 나는 알았습니다. 여자는 자기 앞에 무조건으로 굴복하는 자가 있을 때 즐거워합니다. 그렇지 않으면 아무러한 노력도 없이 요행의 승리를 얻기를 바랍니다.

그러나 자기가 남자에게 지는 일이 있거나, 혹은 굴종하지 않아서는 아니 되게 될 때 그들은 아무러한 반성도 없이 저주하며 원망합니다. 그것은 우스운 장난에서도 잘 알 수가 있는 것입니다.

그는 웬일인지 나 한 사람만 지는 것을 좋아하였습니다.

---

13) 난형(卵形) — 달걀 꼴.

　내가 질 적에는 그는 손뼉을 치며 좋아하였습니다. 그러나 자기가 지고 내가 이기었을 때는 그는 나를 꼬집어 뜯었으면 좋을 듯이 원망하였습니다.

　밥들을 먹다가 나는 영옥을 쳐다보았습니다. 힐끔 다시 한 번 쳐다보니까 영옥도 자기를 내가 유심히 보는 데 무슨 의미나 없는가 해서 나를 힐끔 쳐다보며,

　"왜 보십니까?"

하고 물었습니다. 나는 우연히 입 밖으로 나온다는 말이 옛사람의 말을 그대로 인용하여

　"얼굴은 여자의 양심이지요. 그 얼굴을 보며는 그 여자가 무슨 생각을 하는지 알 수가 있지요."

하였더니 세 사람은 일제히 웃었습니다. 영옥은 웃는 웃음을 입으로 참으면서,

　"그럼 제가 지금 무슨 생각을 하였는지 말씀해 보세요."

하고 말하기가 부끄러운지, 그야말로 얼굴을 보이는 것이 부끄러운지 고개를 척 숙이고 말을 잘 못하였습니다.

　나는 그때 영옥에게,

　"당신께서는 지금 성적 번민(性的煩悶)을 가지고 계십니다."

라고 말하여 버리려 하였으나 입 밖으로 그 말이 나오지 않았습니다. 그 여자가 성적 번민을 가졌다는 것은, 즉 나의 가슴 속에 성적 번민이 있으므로 상대방 여자까지 그렇게 보였는지는 알 수 없으나, 그러나 나이 스물이 넘어 삼 년이 지난 독신 여자가 성적 번민이 없다는 것도 또한 거짓말이라고 하겠지요.

　나는 하는 수 없이,

　"글쎄요. 지금 말씀할 수는 없는데요."

하고 웃음을 지은즉 그 여자는 갑자기 무엇을 깨달은 사람처럼 눈을 아래로 깔고 말이 없었습니다.

어떻든지 오늘은 즐거운 하루였습니다. 오전에는 저녁에 장 군 남매를 만나 볼 기대로 가슴을 뛰게 하다가 저녁에는 여성에게 더구나 나의 마음을 빼앗아 간 여성의 향기와 색채 속에 잠기어 꿈 같은 시간을 보낸 것이 즐거운 일이 아니겠습니까?

일 주일이 넘었습니다. 사흘 동안이나 장 군이 놀러 오지를 아니하였습니다. 나는 장 군을 볼 적이면 영옥을 본 것같이 반가웠습니다. 그에게 지지 않는 애정이 끓어올랐습니다. 궁금하여 견딜 수가 없었습니다.

나는 하는 수 없이 저녁을 먹고 이 군과 함께 장 군을 찾아가기로 하였습니다.

장 군을 찾아가는 것이지마는 그것은 거죽뿐이요, 실상은 장영옥을 보고 싶은 마음에서 저절로 마음이 끌려가는 것이므로 우리는 가면서도 주저하였습니다.

더구나 나의 마음 속에는 이상한 기름불이 차차 타기를 시작하는 까닭에 언제든지 나는 반성을 아니 할 수가 없었습니다. 젊은 사람은 누구나 갖는 것이나 마찬가지로 나는 남만한 자긍(自矜)을 갖기는 가졌습니다마는 자포 자기하는 마음이 있어서 대담할 때에 대담하지 못하고 용기를 낼 때 용기를 갖지 못하였습니다.

장 군은 집에 있었습니다. 영옥이도 있었습니다. 영옥은 나를 보더니 들어오기를 청하였습니다.

그때의 나의 마음은 왜 그리 수줍은지 마치 처녀가 정혼한 남자 앞에 나와 앉는 것 같았습니다.

우리는 창을 열어 놓고 바로 그 앞에 앉아 있었습니다.

창이 동쪽으로 향하고 있었으므로 거기 앉아서 내다보면 동남쪽으로 가리어 있는 산 위에 떠오른 달이 바다 위에 비친 것처럼 보이었습니다. 달은 동에서 그 집 창을 비추고 그 창 앞에 가지가지로 늘어져 흩날리는 버들가지를 통하여 방 안까지 흘러들었습니다. 방에서 바깥을 내다보면 공중에 저런 달이 바로 창 앞 버들가지에 매달려서 버들이 흔들거릴 적마다 그 달도 이리 흔들 저리 흔들하는 것 같았습니다.

영옥과 우리는 잠깐 앉아 이야기를 하다가 달구경 나가기로 의견이 일치하였습니다.

우리는 다시 신마산 방죽 위에서 소요[14] 하였습니다.

바다면에 비친 달빛은 마치 하늘에 달린 달덩어리가 바다 밑에 잠겼다가 그것이 다시 방울이 되고 조각이 되어 금진주, 은진주같이 반짝거리기도 하고 다시 하늘을 쳐다보며 금진주, 은진주가 허공 중천에 다시 승화(昇華)한 듯하기도 하였습니다.

바람도 잔잔하고, 물결도 고요하고, 사면도 적적하였습니다.

영옥과 나는 나란히 서서 바다를 내다보고 서 있었습니다.

멀리멀리 한복판 금진주가 날뛰는 듯한 물결 위로는 돛대 하나 삿대 하나를 실은 배가 금물결, 은물결을 헤치며 지나갔습니다.

영옥은 내 옆에 서서 정신 없이 바다만 내다보더니 또다시 나를 쳐다보았습니다.

"세상에 만일 큰 비극이 있다고 하면, 자기의 마음 속을 툭 털어 말 못 하는 것처럼 큰 비극은 또다시 없을 것이지요?"

그는 갑자기 이 말을 묻고서 나의 대답을 기다렸습니다. 그의 몸에서는 여자의 향내가 나의 취각을 흥분시켜 주었습니다.

나는 그 묻는 말의 의미를 알 수 없다는 것보다 섬뜩 가슴이 내려앉

---

14) 소요(逍遙) ― 슬슬 산책삼아 거닐며 돌아다님.

았다가 다시 평상시로 회복할 때 그 말 속에 숨긴 영옥의 뜻을 찾아낼 열쇠를 갖지 못한 것이 한(恨)이 되었습니다. 다만 헤매는 생각으로 가슴을 뒤숭숭하게 할 뿐이었습니다.

"그렇겠지요."

그 말에 힘있는 공명(共鳴)15)을 갖는다는 듯이 대답을 하였습니다.

"마찬가지로 나의 마음을 알아 주는 이가 없는 것도 비극일 거예요."

그는 또다시 말 한 마디를 하였습니다. 그것이 나의 귀에 몹시 의미 있게 들리어 다시 그 말대답을 하려 할 제,

"저리로 가시죠."

하고 그는 앞장을 서서 언제 무슨 말을 하였더냐는 듯이 말이 없었습니다.

우리 두 사람은 맨 처음에 그 자리, 즉 그가 발끝으로 차고 나의 마음을 끌어 가던 그 자리에 다다랐습니다.

"여기였죠."

영옥은 가던 다리를 멈추며 웃는 눈으로 나를 보았습니다. 그의 얼굴에 은빛 같은 달이 비치며 마치 백합꽃 위에 떨어진 이슬이 반짝거리듯 그의 눈이 반짝거렸습니다.

그때 나는,

"네, 당신이 나의 머리를 차지 않고 나의 마음을 차서 영원히 흔적이 남게 한 곳이 바로 여기였죠."

하고 대답을 하고 싶었습니다. 만일 그때 그 자리에 이 군도 없고 장 군도 없었더면 그리하였을는지도 알 수 없었습니다.

우리 두 사람은 사랑하는 사이는 물론 아닙니다. 다만 혼자 가슴 속에 애타는 정을 숨겼다 하면 그것은 정말일는지 모르지마는, 장영옥의

---

15) 공명(共鳴) — 남의 행동이나 사상 등에 깊이 동감하는 것.

가슴은 내가 사람이요, 귀신이 아니매 알 수가 없을 것입니다.

그러나 멀리 마산만 한 귀퉁이에서 임자가 모르는 사랑으로 속을 태우면서 하룻밤을 그 무정한 사람과 재미있게 지냈다는 것만 알아 주십시오.

나의 생명은 짧습니다. 마치 뱃전 위에 켜놓은 촛불 같을지도 모르지마는, 그러나 그와 같이 불쌍한 사람 가슴 가운데 다만 한때라도 사랑을 깨닫고 그것을 느끼고 또는 그것을 스스로 혼자 향하였다 하면 얼마나 아름다운 일이겠습니까?

오늘은 나 혼자 스스로 장영옥의 집에 놀러 갔습니다. 나의 가슴 속에서 고조되어 가는 사랑은 그만큼 나를 대담하고 용기 있게 만들어 놓았습니다.

영옥은 혼자 있었습니다. 장 군은 그 근처 다른 친구를 보러 갔었습니다.

그날 영옥은 나의 얼굴을 보더니,

"무슨 번민이 계십니까? 신색[16]이 아주 못 되었으니……."

하고 물었습니다.

나는 갑자기 옆에 있는 거울을 보았습니다. 나의 얼굴은 마치 기름 먹은 유지에 주황으로 코나 눈이나 입을 그려 놓은 것같이 해쓱하고 보기가 싫었습니다.

나는 스스로 책망하였습니다.

'이 꼴을 하고 무엇을 하러 왔느냐?'고.

사람의 마음은 공통한 것이 있습니다. 누구든 자기의 눈에 미감(美感)

---

16) 신색(神色) ─ '안색(顔色)'의 높임말.

을 주는 것은 사랑하고 그렇지 않은 것은 물리치는 것은 사실입니다. 더구나 사랑에 들어서 그러하니 사람의 감정은 이론(理論)으로 좌우되는 것이 아닙니다.

자기의 애인을 가질수록 몸을 든든히 하고 아름답게 하려는 것이 결코 이치 없는 일이 아니겠습니다. 나는 풍모가 나 자신까지 낙망시키도록 무섭게 된 것을 보고 몸 편치 않은 것을 핑계로 집에 돌아왔습니다.

집에 돌아오며 세상이 허무한 것 같을 뿐이었습니다.

세상이란 무엇입니까? 사랑이란 무엇입니까?

세상의 모든 것이 자기 만족에 불과하고 자기가 잘 살자는 데 불과한 것이지요. 나도 남보다 더 힘있고 뜨거운 생활을 하여 보고 싶습니다. 자기의 욕망을 채워 가며 살고 싶습니다. 그러나 그것이 생각한 대로 뜻한 대로 되지 않습니다.

형님! 왜 나는 어제 저녁에 영옥의 집에서 '무슨 번민이 계시냐'고 물을 적에 나의 마음을 다 이야기하지 못하였을까요? 왜 그렇게 얻기 어려운 기회를 잃어버리었을까요?

그렇습니다. 내가 사랑을 하는 것이 결코 죄악이 아닌 이상 정직하고 떳떳하게 나의 마음을 상대자에게 피력하는 것이 옳은 것 아닙니까? 상대자가 나를 생각하여 주든 아니 하여 주든 그것은 그편의 자유이지마는 나의 사랑을 상대자에게 말하는 것이 조금도 어리석은 일도 아니요, 비열한 일도 아니건만 나로서는 그 말을 하지 못하였습니다.

마음에 혼자 넣고 속태우느니보다 속맘을 말로 하고 끝을 내는 것이 혹은 현대인의 사랑을 구하는 법일는지도 모르지요. 그러다 어느 편으로 생각하면 말하지 않는 것이 말한 것보다 오히려 아름다운 것이 있었을는지도 알 수 없습니다.

세월은 너무 쓸쓸하고 단조합니다. 마치 감옥에 들어앉은 것같이 나의 생활은 단순합니다. 그러니 요 사이 며칠은 기침이 심하고 각혈(咯血)이 더하여 몹시 신음하는 중입니다. 피가 가슴 속 고통과 함께 떨어질 때 나는 세상의 모든 것을 부인(不認)하고 싶습니다. 이것이 결코 참다운 '생'이 아니라고.

세상을 부인하고, 사랑을 부인하고, 나중에는 죽음까지 부인하여 버리려 하다가도 나는 그것 하나는 부인할 수가 없습니다. 무서운 죽음이 나의 눈앞에 있어 나를 누르고 위협하고 끌어 잡아당기는 것 같았습니다. 나는 병상에 누워서 생각한 것이 있었습니다. 나도 지금까지의 모든 생을 단념하는 동시에 장영옥에게 가는 사랑까지 단념하자고.

사랑을 합니다. 그 사랑은 반드시 완전한 결심을 요구합니다. 행복을 추구합니다.

옛날 사람이 쓴 소설에는 여러 가지 이상적 사랑을 비극에서 끝을 맺게 한 것이 많습니다. 그러나 나라는 사람이 옛적 사람보다 다르다는 것은 얼핏 모든 것을 단념할 수 있다는 것입니다. 즉 '이상(理想)에서 현실에' 가깝다는 것입니다. 그러나 그 단념처럼 큰 비극은 없을 것입니다. 단념하자! 모든 것을 단념하자! 여기에 인생의 비극이 있는 것입니다.

단념하겠다. 사랑을 단념하고 영옥을 단념하겠다고 몇 번이나 나 자신의 인격을 두고 맹세하였는지 알 수가 없습니다.

안 된다, 나의 사랑은 결코 좋은 결과를 맺지 않으리라고 나는 단정하였습니다.

아! 구름장 하나, 무서운 구름장 하나가 나의 '생' 위로 배회합니다. 그 구름장은 머지않아서 나의 눈을 덮고 영(靈)을 덮어, 다시 이 눈은 영옥을 보지 못하고 이 영은 영옥을 생각지 못하겠지요? 아아! 삶! 사랑! 영옥! 나는 이 모든 것을 단념하지 않아서는 안된답니다.

오늘은 눈앞에 환각(幻覺)을 일으키도록 몸이 피곤하였습니다. 그 환각에 대하여서는 여기서 말씀할 필요까지 없을까 합니다.

어찌하였든지 오늘이나 어제와 같이 몸이 피곤하고 더욱 쇠퇴하여 간다고 하면 나는 다시 서울로 올라가는 수밖에 없게 되겠습니다. 몸이 약하매 마음이 무척 약하여졌습니다. 더구나 없던 번민, 아름다운 번민이 하나 더 생기니 마음이 더욱 약할 대로 약하여질 뿐입니다.

나는 때때로 웁니다. 무엇이라고 말을 할 수는 없는데 눈물이 자꾸 납니다.

더구나 요 사이 며칠 마산을 떠나야 하겠다는 생각을 할 제 가슴은 어리는[17] 듯이 섭섭하였습니다.

오늘 장 군이 사흘 만에 왔습니다. 자기 누이가 오늘 저녁에 저녁을 같이 먹자고 나를 청하더란 말을 하였습니다.

고마웠습니다. 반가웠습니다. 그러나 저는 그 호의를 받을 수가 없었습니다. 몸이 약한 것도 약한 것이지마는 나는 영옥이와 만나는 것을 단념하렵니다.

'무서운 행복'은 영옥과 만나는 것입니다. 만나면 만날수록 나의 가슴 속에는 오뇌와 번민이 고조될 뿐입니다.

아아! 안 만나겠습니다. 다시는 안 만나겠습니다. 죽음이 가까운 사람이 어찌 영옥의 생활까지 침범하려는 대담한 마음을 갖겠습니까? 내가 참으로 영옥을 사랑하니까 그와 만나지 않으려는 것입니다.

가지고 가지요. 나의 관뚜껑을 덮을 때 나의 가슴에는 그와 사랑을 가지고 영원히 가렵니다.

오늘은 지팡이를 짚고서 마산 온 뒤에 갔던 곳은 모조리 한 번씩 돌

---

17) 어리다 — 엉기어 괴다.

아다니었습니다.

더구나 장영옥의 집 앞에 홀로 서서 다만 창 옆에서 흩날리는 버들가지를 볼 때 나는 나의 마음을 그 버들가지에 매어 놓고 왔습니다. 바람에 버들가지가 창을 두드릴 때면 거기 내 맘이 달려 있는지를 영옥은 알는지요?

모든 것을 꿈으로 돌려 보내기는 너무 애닯고, 그렇다고 분명한 세상일로 보기는 너무 가슴이 쓰립니다.

모레는 마산을 떠납니다. 무엇이 덜미를 쳐서 몰아내는 것 같습니다.

천 가지나 되고 만 가지나 되는 감회가 가슴을 누릅니다. 어제 저녁자리에서 밤새도록 솟아오르는 눈물이 오늘은 한 방울도 나오지 않습니다.

짐을 싸는 것을 보니까 초상집에서 죽은 이의 입던 못 쓰던 물건을 뭉치는 것 같아서 싫었습니다.

나는 맨 나중, 나의 생전의 맨 나중 인사를 하러 영옥에게 갔습니다.

영옥은 놀랐습니다.

"왜 그렇게 갑자기 가세요?"

하고 그 눈이 똥그랗게 떠질 때 나는 그의 가슴에 엎드려 울고 싶었습니다.

갑니다! 영원히 갑니다! 인제 다시 영옥을 나는 보지를 못하겠지요? 보지 못해도 좋습니다. 아무래도 좋습니다. 그러나 그의 사랑! 그에게서 남몰래 나 혼자 나의 가슴에 맺힌 사랑은 어느 때까지든지 가지고 가렵니다.

정거장에서 나는 세 사람을 작별하였습니다. 이 군과 장 군과 또 영옥을.

영옥은 눈물 괸 눈으로 나를 보고 수건을 흔들었습니다.

아아! 눈물! 영옥은 나에게 두 가지를 주었습니다. 한 번은 잊지 못할 발길과 또 한 번은 가슴에 사무치는 진주 같은 눈물을.

기차는 어김없이 떠났는데 멀리 공중에서 저녁 별 하나가 깜박거릴 뿐입니다.

(1926년)

《물레방아》 바로 읽기

낭만적 자유를 꿈꾼 작가

나도향은 낭만성과 사실성을 아울러 지닌 작가로 우리나라 근대 단편소설의 형성기에 크게 기여하였다. 그의 작품은 초기에 애상적인 낭만주의 경향에서 출발하여 객관적인 사실주의 경향으로 변화하였다. 따라서 그의 작품에는 감성적이며 낭만적인 특질과 함께 현실의 부조리를 직시하는 사실적 경향이 스며 흐르고 있다. 그는 스무 살이라는 이른 나이에 등단해 〈벙어리 삼룡이〉, 〈물레방아〉, 〈뽕〉 등의 수작(秀作)을 발표하며, 뛰어난 작가적 역량으로 세상의 주목을 끌었으나, 오륙 년의 짧은 작가 생활을 끝으로 요절하고 말았다. 그는 1926년 25세로 세상을 떠날 때까지 소설 30여 편과 수필, 평론 20여 편을 남겼다.

나도향은 1920년대 우리의 소설문학이 형성되어 가는 과정을 가장 집약적으로 보여준 작가였다. 그가 활약하던 1920년대는 일제의 식민정치가 가장 심했던 정치적 암흑기였다. 1919년 3·1 만세운동 이후 일제의 무단정치는 교묘한 문화정치로 바뀌어 탄압을 계속했다. 그러나 다행히도 이 무렵부터 개화사상과 일제의 압박에서 벗어나려는 민족 의식에서 영향을 받은 문화운동이 거세게 일어나기 시작했으며, 각종 신문과 순수 문예지가 발간되는 등 새로운 문화의 세계가 열리기 시작했다. 서구 문예사조의 집중적인 유입 속에서 근대소설의 형성을 위한 여러 가지 모색이 이루어지기 시작했던 것이다.

이제 문학은 춘원 이광수가 주도했던 계몽주의에서 벗어나 예술을 위한 예술로 전환되기 시작했으며, 새로이 발간된 동인지를 중심으로 여러 재능있는 문인들이 새로운 문학의 시대를 개척해 나갔다. 특히 1919년 2월에 발간된 「창조(創造)」를 시작으로 「폐허(廢墟)」, 「장미촌(薔薇村)」, 그리고 「백조(白潮)」 등은 황무지나 다름없었던 당시의 문학계를 새롭게 꽃피웠던 근대문학의 전진기지였다.

낭만주의적 경향을 추구했던 「백조」는 1922년 1월, 홍사용, 현진건, 박영희, 박종화, 나도향 등을 중심으로 태동되었다. 당시 이들의 낭만주의는 우울하고 탐미적인 경향과 애상적인 감상주의가 특징이었는데, 이러한 어두운 분위기는 식민지 현실과 3·1 만세운동의 실패라는 절망적인 사회 현실에서 비롯된 것이었다. 그들은 아름답고 진실되며, 이상적인 세계를 추구했던 서구의 낭만주의 문인들과는 달리 암울한 시대적 분위기를 배경으로 눈물과 비탄, 절망과 죽음의 세계를 작품에 담았다. 그러나 이들 백조파는 인간 본래의 자유로움에 대한 낭만적 정신을 결코 잊지는 않았으며, 나도향은 바로 그러한 낭만적 자유의 꿈을 꾸었던 대표적인 작가였다.

절망과 비탄의 짧은 삶

나도향(羅稻香)은 1902년 3월 30일(음력) 서울 남문 밖 양골(지금의 청파동)에서 아버지 나성연(羅聖淵)과 어머니 김성녀(金性女) 사이의 6남매 가운데 장남으로 태어났다. 도향은 그의 아호이며 필명으로는 주로 빈(彬)이 사용되었다. 실제 본명은 경손(慶孫)이다. 경손이라는 이름은 나도향이 태어난 해가 할아버지의 회갑년이 있던 해였기 때문에 '경사스런 손자'란 뜻으로 지어졌다고 한다. 할아버지 나병규는 한의사로서 명성을 얻고 있었는데 나도향의 아버지도 할아버지의 영향으로 양의(洋醫)가 되기 위해 의과대학에 다녔다고 한다. 그러나 아버지는 할아버지의 강권에 따라 억지로 의사가 되려고 했을 뿐 실제로는 의학 공부보다는 신문학, 특히 일본을 통해 수입된 외국의 문학 및 사상에 심취해 있었다. 이러한 연유로 아버지와 할아버지의 관계는 좋지 못했으며, 이러한 불안한 가족 관계는 어린 시절 나도향의 삶에 지대한 영향을 미쳤다. 할아버지와의 갈등으로 인해 아버지는 가족들의 생활에 무관심했으며, 정상적인 가부장의 권위를 내세우지 못했다.

나도향은 할아버지와 아버지의 갈등을 보면서 내성적이고 감상적인 성격이 되었다. 그리고 나도향은 가장으로서는 제대로 된 역할을 하지 못했지만, 문학청년 기질이 다분했던 아버지로부터 문학적 영향을 받게 되었다. 〈젊은이의 시절〉, 〈별을 안거든 우지나 말걸〉, 〈옛날 꿈은 창백하더이다〉, 그리고 장편 《환희》 등 나도향의 초기 작품에서 드러나는 유교적 가족제도에 대한 반발과 가정에 대한 부정적인 생각은 바로 이러한 갈등으로 인해 생긴 것이라 할 수 있다.

이처럼 대대로 의업을 잇는 집안에서 태어난 나도향은 1914년 당시의 기독교 청년화관(지금의 YMCA)에서 주관하던 공옥(攻玉) 보통학교를 거쳐 배재고등보통학교에 입학했다. 이 시절 그는 교우지를 편집하면서 문예활동을 시작했으며 동창인 박영희, 김팔봉 등과 어울렸다. 나도향은 평생 동안 일반 친우가 거의 없고 주로 학교와 문단의 친우뿐이었는데, 후에 참여하게 되는 백조파 동인들과 일본에 가서 친하게 된 염상섭, 이태준, 그리고 배재고보 시절의 친우들이 전부였다.

1918년 배재고보를 졸업한 나도향은 할아버지의 뜻대로 의학을 공부하기 위해 경성의전(京城醫專)에 입학했다. 그러나 이 무렵부터 나도향에게도 아버지가 겪었던 할아버지와의 갈등이 생겨나기 시작했다. 경제적인 실권자이며 실질적인 집안의 가장인 할아버지는 아버지에게 했던 것처럼 나도향에게도 의업을 잇도록 강요를 했고, 이미 문학에 뜻을 두고 있던 나도향은 심적 고통을 받게 되었던 것이다. 할아버지의 강권에 못이겨 할 수 없이 의대에 진학을 하기는 했지만, 나도향은 의학 공부에는 아무런 뜻이 없었다. 그는 이 시기에 이미 소설과 시에 전념하며 습작을 문예지에 투고하는 등 본격적으로 문학을 인생의 목적으로 정해 놓고 있었다.

그는 이듬해 봄, 고종(高宗)의 인산일(因山日)인 동시에 독립만세운동이 일어나던 1919년 3월 1일에 할아버지가 집을 비운 틈을 타 노자를 훔쳐 몰래 일본으로 건너갔다. 물론 할아버지의 영향에서 벗어나 마음껏 문학 공부를 하기 위해서였다. 그는 와세다 대학 영문학과에 입학하려 했으나 꿈을 이루지 못하고 몇 달 만에 다시 되돌아오고 말았다. 젊은 열정에 무작정 도쿄까지 가긴 했으나, 진노(震怒)한 할아버지가 일체의 학비를 보내주지 않았기 때문에 학업은 물론이고 생계비조차 없었기 때문이었다. 결국 그는 자신에 대한 할아버지의 실망감과 노여움만 더욱 크게 했을 뿐 심한 좌절감을 안고 귀국했다. 당시 나도향의 가슴은 자신의 이상을 충족시켜주지 못하는 가족에 대한 반발과 현실에 대한 환멸로 깊은 절망에 빠질 수밖에 없었다. 게다가 당시 나도향의 집안은 급격히 가세(家勢)가 기울고 있었다. 가난은 식민정책이 가속화되던 1920년대의 보편적인 실상이었고, 또한 할아버지가 개인적으로 독립운동을 지원하느라 빚까지 질 정도로 가세가 기울고 있었던 것이다.

귀국 후 「계명」이라는 잡지의 편집인으로 잠시 있었던 나도향은 1920년 경북 안동(安東)의 보통학교에서 교사 생활을 하게 되었다. 그는 이곳에서 일 년간 근무를 했는데, 이때 마쓰모도라는 일본인 여교사와 열렬한 사랑을 나누었다고 한다. 나도향은 죽을 때까지 결혼을 하지 않아서 아내와 자녀가 없다. 알려진 바에 따르면 그는 평생 세 명의 여인과 사랑을 나누었는데, 그 첫 번째 여인이 바로 마쓰모도였다. 나도향은 이 여인을 사랑했으나 결국 일본인이라는 이유로 갈등을 느끼고 1년 만에 헤어지고 말았다. 나도향의 두 번째 여인은 장편 《환희》를 동아일보에 연재할 때 알게 된 단심이라는 기생이었다. 그는 첫눈에 그녀에게 반했는데, 그의 가난과 기생이라는 신분 때문에 역시 실패로 끝나고 말았다. 마지막 여인은 동아일보 기자였던 최모라는 여인인데, 이 여자는 나도향이 1925년 두 번째로 일본에 건너간 것과 관계가 있다. 나도향은 정신적, 육체적으로 지쳐 있던 그 해에 그 여자를 찾아 일본으로 건너갔으나, 만남은 이루어지지 못하고 말았다. 이 여자로 인한 실연은 나도향의 죽음을 앞당기는 원인이 되었다. 이처럼 나도향의 사랑은 모두 실패로 끝나고 말았는데, 이러한 사랑의 좌절은 그의 작품에 나타나는 애상과 비탄의 감상에 커다란 영향을 끼쳤다. 안동에서 교사 생활을 하던 시기에 씌어진 애정 소설 〈청춘(靑春)〉은 바로 마쓰모도와의 체험을 바탕으로 한 것인데, 이 작품은 6년이 지난 1926년에야 단행본으로 발간되었다.

1921년 나도향은 단편 〈출학(黜學)〉을 「배재학보」에, 〈추억(追億)〉을 「신민공론」에 발표하며 본격적인 문학활동을 시작했다. 그리고 배재고보 동창인 박영희의 주선으로 같은 해에 이른바 낭만파 문학 동인인 「백조(白鳥)」에 참여하며 곧바로 문단의 중심으로 부상하게 되었다. 그는 홍사용, 현진건, 이상화, 박영희 등과 어울리며 그 동안 억눌러 왔던 문학적 열정을 마음껏 쏟아내기 시작했다.

1922년 1월 「백조」 창간호에 그의 첫 문단 데뷔작이라 할 수 있는

〈젊은이의 시절〉을 발표하는 것으로 시작해 〈별을 안거든 우지나 말걸〉(「백조」), 〈옛날 꿈은 창백하더이다〉(「개벽」) 등을 발표했으며, 같은 해 11월에는 「동아일보」에 장편소설 《환희(幻戲)》를 연재하기도 했다. 장편소설로서는 최초로 삽화가 함께 그려져 나온 이 작품은 이복 남매인 혜숙과 이영철이 형성하고 있는 두 개의 삼각관계에 대한 이야기이다. 이 작품은 두 등장인물의 죽음을 통해 삶과 사람에 대한 진정한 애정의 결핍이 초래하는 비극성을 보여주고 있는데, 비현실적인 사건과 감정의 남발로 인해 비판적인 평가를 받기도 했다. 하지만 《환희》가 연재되면서 소설가로서 나도향의 이름은 대중적으로 알려지게 되었고, 일약 문사(文士)로 대접을 받게 되었다. 이들 초기 작품들은 아직 문학적인 완성도에 있어서는 조금 떨어지기는 하지만, 나도향의 문학적 열정을 충분히 느낄 수 있는 작품들이다.

나도향은 1923년에도 〈은화백동화(銀貨白銅貨)〉(「동명」), 〈십칠 원 오십 전〉(「개벽」), 〈춘성(春星)〉(「개벽」), 〈행랑자식〉(「개벽」), 〈여 이발사〉(「백조」) 등과 같은 작품들을 잇달아 발표했다. 이들 작품은 당시 사회적으로 가장 문제시되고 있던 가난의 문제를 하층민들의 질곡(桎梏) 같은 삶을 통해 그려낸 작품들이다.

문학적으로 왕성한 활동을 하던 이 시기에 나도향은 그의 작품에 나오는 등장인물들처럼 극심한 경제적 어려움에 처하게 되었다. 그렇게 된 가장 직접적인 이유는 실질적으로 집안의 생계를 맡아 오던 할아버지가 쓰러졌기 때문이었다. 할아버지는 '철원 애국단 사건'이라는 사상사건에 연루되어 함흥 감옥소에 수감되었는데, 곧 풀려나기는 했으나 이로 인해 병을 얻고 쓰러지고 말았던 것이다. 이로 인해 이미 기울어져 가고 있던 나도향의 집안은 더 이상 회복할 수 없을 정도로 가세가 극도로 어려워지고 말았다. 그토록 가정사에 무관심하던 아버지가 외과

의사로 개업을 하며 집안 살림을 떠맡고 나섰으나, 한번 기울어진 가세는 쉽게 회복되지 못했다. 이 무렵 나도향도 조선도서주식회사라는 출판사에 입사해 생계에 도움을 주려했으나 그다지 도움은 되지 못했다.

1924년 할아버지는 결국 세상을 떠나고 말았다. 문학에 대한 나도향의 열정을 이해해 주지 못했던 할아버지였지만, 막상 할아버지의 죽음은 나도향에게 큰 충격을 주었다. 또한 이 무렵 그가 문학적 열정을 불태웠던 동인지 「백조」가 폐간되기까지 했다. 절망한 나도향은 여관과 친구의 하숙집을 전전하며 술과 방탕의 생활에 빠져들었다. 훗날 그를 죽음으로 몰아넣었던 폐병은 아마 이 시기부터 그의 몸 속에 숨어들었을 것이다.

정신적으로 경제적으로 파탄에 빠져 있던 나도향에게 있어서 다행히도 1925년은 문학적인 면에서는 가장 큰 성과를 이룩한 해였다. 그는 직장을 옮겨 시대일보의 사회부 기자로 근무하며 소설 창작에 전념했다. 그리고 이 시기에 그의 작품은 초기에 보여주었던 애상적인 낭만주의 경향에서 벗어나 객관적인 사실주의 경향으로 변화하였다. 「시대일보」에 연재한 장편 《어머니》를 시작으로 단편 〈J의사의 고백〉(「조선문단」), 〈계집하인〉(「조선문단」) 등을 발표했으며, 특히 나도향 문학의 정수이자 한국 근대문학의 대표작이라 할 수 있는 〈벙어리 삼룡이〉(「여명」), 〈물레방아〉(「조선문단」), 〈뽕〉(「개벽」) 등의 수작들을 연달아 발표했다. 이들 작품으로 나도향은 이제 1920년대의 대표적 작가로 찬사를 받게 되었다.

그러나 이 시기에 나도향의 정신적인 절망과 육체적인 고통(폐병으로 인한)은 극에 달해 있었다. 1925년 겨울 그는 새로운 도약을 위해 두 번째로 일본에 건너갔다. 그러나 궁핍과 폐병의 고통, 그리고 짝사랑하던 여인으로부터의 실연 등으로 인한 괴로움에 시달리다가 아무런 소득도 없이 다시 귀국하고 말았다. 비탄에 빠진 나도향은 마지막 혼신의 힘을 다해 소설 창작에 전념하지만 이미 그의 몸은 폐결핵으로 인해 다시 회복될 수 없는 최악의 상황에 처해 있었다. 결국 그는 그의 마지막 작품이 된 〈화염에 싸인 원한〉을 미완성으로 남긴 채 1926년 8월 26일에 세상을 떠나고 말았다.

그의 나이, 너무나 아까운 스물다섯이었다.

낭만과 애정의 감상에 싸인 초기 작품

애정의 문제로부터 출발한 나도향의 작품 세계는 초기에는 감상적 애정의 좌절과 부정적인 가정관의 표출이 두드러졌으나, 후기로 갈수록 애정의 문제는 견고한 현실의 문제에 부딪혀 파멸하는 전락과 초월의 양상으로 변화되었으며 점차 가난을 소재로 한 사실적인 작품으로 성숙되어 갔다.

나도향의 애정 소설에서 애정에 대한 비극적인 관념과 함께 드러나는 것은 폐쇄적인 가정에 대한 부정적인 생각으로 여기에는 유교적 가부장제(家父長制)에 대한 저항과 구습의 비판 의식 등이 표출되어 있다. 이것은 〈젊은이의 시절〉,《환희》등에서처럼 자식의 개성과 이상에 대해 몰이해하고 복종만을 강요하는 아버지와 마찰을 일으키는 주인공의 반발로 나타나거나, 또는 〈별을 안거든 우지나 말걸〉, 〈옛날 꿈은 창백하더이다〉 등에서처럼 가족 구성원 개개인에 대한 사랑과 이해가 부족한 가정으로부터 파생되어지는 고독과 우울의 모습으로 나타나기도 한다. 이것은 실제로 할아버지와 아버지간의 보이지 않는 갈등 속에서 우울한 유년을 보내고, 가족으로부터 문학에 대한 자신의 꿈을 인정받지 못한 채 단절되고 고독한 삶을 살았던 나도향의 자전적인 체험이 작품에 있어서 유교적 가족제도에 대한 반발과 가정에 대한 부정적인 생각으로 형상화되어진 것이라 할 수 있다..

나도향의 초기 소설에서는 애정의 문제가 주로 다루어지며 대부분 비극적 파탄으로 결말이 난다. 현실적인 요소들이 배제되어 있는 초기의 작품들은 관념의 어둠에 싸인 애정의 문제가 낭만적으로 그려진다. 그리고 현실에 대한 적극적인 힘을 갖지 못한 심약한 감상적인 인물들이 주로 등장한다. 이들 나약한 인물들의 관념어린 감상으로 인해 갈등이 생기며 반윤리적 폭력성과 결부되어 비극적 파탄에 이르게 된다. 이러한 초기의 대표작으로는 〈출학(黜學)〉, 〈젊은이의 계절〉, 〈별을 안거든 우지나 말걸〉, 〈옛날 꿈은 창백하더이다〉, 〈춘성(春星)〉 등이 있다.

〈출학(黜學)〉은 나도향의 처녀작으로 알려져 있는 소설로 1921년 4월, 「배재학보」에 발표되었다. 학교로부터 퇴학을 당한 영숙이라는 주인공이 자신의 심정을 토로하고 사죄하는 마음을 담은 서간체 형식의 작품으로 당시 나도향의 주요 관심사였던 애정의 문제를 다루고 있다. 영숙은 서울로 이사오기 전에 병철이라는 한 남자와 사랑을 나누었으나, 서울로 떠나온 후 재산가의 아들인 정윤모에게 몸을 허락한 뒤 그의 경제적 조건을 믿고 외국으로 떠날 것을 기대한다. 그러나 이러한 영숙의 감상적인 충동과 막연한 기대는 영숙의 의지와는 관계 없는 외부의 반윤리적인 폭력으로 인해 깨어지고, 애정의 좌절과 학교로부터의 퇴학이라는 파탄을 겪게 된다.

〈젊은이의 시절〉은 1922년 1월에 창간된 〈백조〉에 발표되었는데 나도향의 공식적인 문단 데뷔작이라 할 수 있다. 나도향 초기 작품 특유의 감상적이고 몽상적인 성향이 짙게 드러나 있는 이 작품에는 사랑과 예술에 대한 동경이 현실의 장벽에 부딪혀 좌절되고, 환상으로의 도피를 통해 이를 다시 초월하려는 의지가 담겨져 있다.

심약하고 감상적인 등장인물들의 비정상적인 애정 관계를 통해 감상적 열정으로서의 애정이 빚는 파멸을 드러내고 있는 이 작품은 주인공 철하가 가정과 현실의 굴레를 벗어나 음악가가 되고자 하는 열망을 그리고 있다. 철하는 음악가가 되는 것이 꿈이지만, 아버지의 몰이해로 장애에 부딪히게 되지만 다행히도 누나 경애의 격려에 기대를 갖게 된다. 그는 경애가 사귀고 있는 영빈이라는 가짜 예술가를 통해 자신의 꿈을 이루어 보려고 한다. 하지만 경애가 위선적인 영빈에게 배신당하고 순결을 잃게 됨으로써 철하가 꿈꾸던 음악가의 꿈도 깨어지고 만다. 아름다움과 예술에 대한 막연한 동경 속에서 자신의 현실도피적인 지향을 해소하려는 주인공의 비극은 속악한 현실에 대한 반발로 관념의 세계를 추구하고자 했던 당시의 낭만주의적 경향을 반영하고 있다.

서간체의 회상 형식 작품인 〈별을 안거든 우지나 말걸〉은 1922년 5월, 「백조」에 발표된 작품으로 같은 백조파 동인인 홍사용이 제목을 지어주었다고 한다. 이 소설은 DH라는 남자 주인공이 MP라는 여인에 대해 갖는 비애의 감상을 그리고 있다. 사랑은 DH가 추구하는 지고(至高)의 가치이다. 그러나 그의 사랑에 대한 동경은 이상적 관념의 세계에만 존재할 뿐 현실의 구체적인 인간관계를 통해서는 실현되지 못한다. 따라서 그는 현실에 존재하는 여인인 MP와의 관계를 허무한 환영으로 느끼며, 그녀의 머리 속에 자신의 환영이 있을까를 고민하며 비애에 젖는다. 깊은 애정을 지니고 있으면서도 사랑한다는 말 한 마디를 하지 못하고 괴로워하는 주인공의 애정은 결국 짝사랑으로 끝나게 된다. DH는 MP라는 여인이 어떤 남자와 지나가는 것을 보고는 혼자 의심하고 고뇌하며 마음 속의 갈등에서 괴로워하다가 결국은 스스로 사랑을 포기해 버리고 마는 것이다.

DH라는 남자 주인공은 나도향 자신을 모델로 한 듯한데, DH가 나도향의 영문자 표기와 같고 주인공의 직업 또한 문사로 매우 유사한 관계를 보이고 있다. 또한 남자 주인공의 소극적인 성격 또한 나도향의 성격과 유사한 부분이 있다.

〈옛날 꿈은 창백하더이다〉는 신앙에 오도된 할머니와 아버지의 갈등으로 인해 야기되는 가정 내의 불화를 소년의 시각을 통해 보여주고 있는 작품으로 가족간의 관계와 부성(父性)에 대한 나도향 개인의 부정적인 시각을 드러내고 있다. 빚까지 내면서 과도하게 헌금을 하는 할머니, 할아버지에게서 버림받은 아버지, 전통적인 순종형의 어머니가 벌이는 불화를 통해 가족애의 부재 현실을 부여주고 있다. 경제적으로 몰락하고 애정이 결핍된 가족들 사이에서 주인공은 깊은 고독감을 느끼고, 고독은 다시 동경과 환상으로 이어지는 이 작품은 할아버지와 아버지의 갈등으로 불안한 어린 시절을 보낸 나도향 자신의 자전적인 체험을 바탕으로 하고 있다.

〈춘성(春星)〉은 한 여인에 대한 남자 주인공의 희화된 애정을 그리고 있다. 춘성은 영숙에게 애정을 품고 있다. 그는 어느 날 눈물이 없어서 사랑도 없을 것이라는 영숙의 편지를 받고는 영숙 앞에서 이유없는 눈물을 흘린다. 그러나 영숙이 눈물을 흘리고 함께 울어줄 사람을 찾은 것은 상하이에서 날아온 아버지의 사망 전보 때문이었는데, 이러한 사정을 모른 채 그저 눈물만 흘려대는 춘성은 우스운 꼴만 당하게 된다.

궁핍의 문학

1920년대 한국 문학의 가장 큰 주제는 가난의 문제였다. 일제에 의해 식민지 초기부터 강제적으로 시행되어진 토지 수탈로 인해 농민과 유랑민, 일용 노동자들로 이루어진 대부분의 한국 민중은 끝없는 가난에 시달렸다. 가난은 사회 전체의 보편적이고 시급한 문제였고, 당연히 문학의 커다란 주제로 대두될 수밖에 없었다. 당시 대부분의 작가들은 가난을 인간의 구체적인 삶과 깊이 연관지으며 사회 현실에 대한 비판적인 시선을 작품 속에 담아내려 했다. 나도향의 작품 세계 역시 이와 같은 당대의 흐름에 따라 궁핍한 현실 속에서 벌어지는 사람들의 질곡 같은 삶을 그려내었다. 보편적이고 일상적인 삶으로서의 가난의 문제를 다룬 작품으로는 〈은화·백동화〉, 〈십칠 원 오십 전〉, 〈당착(撞着)〉, 〈속 모르는 만년필 장사〉, 〈여(女) 이발사〉, 〈행랑자식〉, 〈자기를 찾기 전〉, 〈계집 하인〉 등이 있으며, 가난으로 인해 벌어지는 도덕적 일탈의 문제를 다룬 작품으로는 〈전차차장의 일기 몇 절〉, 〈물레방아〉, 〈뽕〉, 〈지형근(池亨根)〉 등이 있다.

〈은화·백동화〉는 가난한 인력거꾼 김첨지의 일상을 그리고 있고, 〈십칠 원 오십 전〉은 한 가난한 교사의 눈에 비친 사회의 빈궁한 현실을 그리고 있으며, 〈당착〉은 추운 겨울날 밤에 거리에 누워 있는 주정꾼을 도와주려고 파출소 순사에게 인계했으나 오히려 순사에게 따귀를 맞는 주정꾼의 모습을 통해 1920년대의 지독한 가난한 삶을 보여주고 있다. 또한 만년필 장사와 아라사 사람 간의 의사 표시의 엇갈리는 상황을 보여주고 있는 〈속 모르는 만년필 장사〉, 가난한 고학생의 쓸쓸한 이야기를 다루고 있는 〈여 이발사〉, 아침부터 저녁까지 아무런 잘못도 없이 혼이 나는 행랑자식 진태의 억울한 하루 일상을 통해 가난으로부터 상처받고 있는 아이의 모습을 생생하게 그리고 있는 〈행랑자식〉, 수님의 삶의 악순환을 통해 궁핍상을 제시하고 있는 〈자기를 찾기 전〉, 주인집에서 쫓겨날 것을 걱정하며 찾을 돈을 궁리하는 양천집의 모습을 그린 〈계집 하인〉 등에서 나도향은 당시의 보편적인 가난의 모습을 매우 사실적으로 드러내었다.

이와 같은 작품들이 가난의 문제를 보편적인 일상의 문제로 그린 반면에 나도향의 작품 중에서 유일하게 일기체 형식의 작품으로 경제적

궁핍 끝에 창부로 전락하는 한 여인의 삶을 다룬 〈전차차장의 일기 몇 절〉, 가난한 상황으로부터 연유되어지는 물질에 대한 욕구와 성적인 본능으로 인해 타락해 가는 모습을 다룬 〈물레방아〉와 〈뽕〉, 그리고 돈을 벌 목적으로 노동자가 되어 떠난 몰락한 지주의 아들 지형근이 오히려 절도범이 되어 감옥에 갇힌다는 아이러니한 삶의 과정을 그린 〈지형근〉 등의 작품은 극단적인 가난으로 인해 정상적인 인간성과 도덕성을 상실해 가는 과정을 보여주었다.

낭만의 세계를 넘어 현실의 세계로

초기의 작품과 달리 나도향의 후기 작품들은 특유의 낭만성에 현실적인 문제들이 결합되어 나타난다. 이것은 이 무렵 할아버지의 죽음으로 극심한 경제적 어려움에 처해 있었고, 또한 당시 문단계의 주도적인 흐름이었던 프로문학의 영향을 받았기 때문이다. 그는 개인에서 가정과 사회로 시선을 확대하기 시작했고, 그 속에서 궁핍한 사회상과 하층민들의 질곡을 사실적으로 표출해내기 시작했다. 이들 후기 작품들의 주요 갈등은 물질적인 욕망이나 성적인 탐욕, 그리고 신분적인 요인에서 기인한다. 현실적 여건의 문제와 그로 인해 애정의 갈등과 파멸이 제시되어지는 이들 작품들은 초기의 감상적인 애정관 속에 갇혀 있던 나도향의 의식이 구체적이고 객관적인 현실 세계를 향해 열려졌음을 의미한다.

〈벙어리 삼룡이〉는 한국 전통 사회의 폐단과 신분 사회의 비극적 단면을 보여주고 있다. 이 작품은 낭만주의를 기조로 하면서도 사실주의적인 기법과 정신이 공존하는 나도향 후기 소설의 대표작이다. 나도향의 사랑과 죽음의 낭만적 미의식이 드러나 있는 이 작품은 신체적으로는 추악하게 생긴 벙어리이며, 신분적으로는 머슴인 삼룡이가 주인집 새색시에게 느끼는 사랑에 대한 이야기이다.

부잣집 오생원댁의 머슴살이를 하고 있는 벙어리 삼룡이는 비록 비천하고 불구의 신세이지만, 선녀와도 같은 새색시를 사랑하게 되면서 자신의 인간성에 대해 인식하게 되고, 결국에는 죽음을 통해 억압당한 인간성과 애정을 획득하게 된다. 비록 추악한 외모의 삼룡이지만 그의 내면에는 선한 의지가 숨쉬고 있다. 그는 육체적으로는 불구지만 그 인간성만큼은 결코 불구가 아닌 것이다. 그는 머슴이며 불구자인 자신이 수모를 당하는 것은 운명으로 받아들이지만 아름답고 착한 새색시가 주인 아들로부터 학대를 받는 것에는 두려운 생각을 품게 된다. 그리고 그는 학대받고 집안에서 소외된 새색시에게서 자기와 같은 동질감을 느끼게 되고, 동정의 마음을 넘어 애정의 감정을 갖게 된다. 삼룡이는 자살하려던 색시를 구해주게 되는데, 오히려 이 사건으로 인해 그는 온몸이 짖이겨질 정도로 두들겨 맞고 집 밖으로 내쫓기게 된다. 그리고 그는 이것을 계기로 자신의 삶에 대한 새로운 각성을 하게 되고, 자신이 지금까지 믿고 바라던 모든 것, 즉 주인 영감과 그 집 사람들에 대한 배반감을 느끼게 된다. 이 배반감은 주인 집에 불을 지르는 것으로 현실화되어 나타난다. 불과 그로 인한 파괴는 단순히 부당한 억압에 대한 복수와 반항의 상징에 머무르지 않고, 삼룡이의 새로운 인간성의 재생과 애정의 승화를 암시한다. 불 속에서 색시를 무릎에 누인 채 평온한 웃음을 지으며 죽어가는 삼룡이는 죽음을 통해서 비로소 자신을 제약하는 모든 현실적인 억압으로부터 해방되고 구원에 이르게 된다.

〈물레방아〉는 낭만적인 작품 색채가 더욱 심화되어 나도향의 성숙한 사실 세계를 보여주는 역작으로, 물질적 탐욕과 에로스적 본능이 초래한 비극적이고 파멸적인 세계를 그리고 있다. 자신의 욕망 충족을 위해 무엇이든지 할 수 있는 두 인물인 신치규와 방원 처, 그리고 그 두 사람 사이에서 인간적인 고뇌를 겪는 이방원의 갈등이 첨예하게 대립을 이루고 있는 이 작품은 신치규의 금전적인 유혹과 성적인 욕망, 방원 처의 물질적인 탐욕으로 인해 살인극이 벌어지기까지의 과정을 그리고 있다. 물레방앗간을 배경으로 시작되는 이 작품은 처음 부분에서 마을의 가장 부자이며 세력 있는 사람으로서 신치규에 대한 해설과 전형적인 창부형(娼婦型)으로서의 방원 처에 대한 묘사가 나오는데, 이를 통해 작품의 결말이 결코 평탄치 않을 것임을 예시하고 있다.

본능적이고 추악한 인간형인 방원 처는 자신의 욕망을 위해서는 여러가지 이해타산이 재빠르게 작용하는 여인이다. 그리고 막실살이하는 방원 부부의 주인인 신치규 역시 자신의 욕망, 특히 성적인 욕망을 위해서 무엇이든지 할 수 있는 인물로 시대적 폭력의 상징이다. 두 사람은 서로의 욕망을 충족시키기 위해 장애물인 이방원을 내쫓고자 함으로써 이방원의 분노를 촉발시킨다. 상전이라면 모두 두려워하던 이방원이 주인인 신치규를 원수로 생각하게 되는 결정적인 이유는 아내의 배신 때문인데, 물질적 욕망과 성적 욕망이 서로 부합하는 사회적·도덕적 불감증과 모순이 한 인간을 어떻게 변모시키는지 잘 보여주고 있다.

세 사람의 갈등이 단순히 애정을 중심으로 한 삼각관계의 형태를 이루고 있지만, 그 내면에는 인간 본성의 문제들, 즉 물질적이고 성적인 욕망의 갈등이 자리잡고 있다. 또한 그러한 갈등을 유발시킨 당시의 사회적인 상황이 비판적으로 제시되고 있다. 본래 사람 좋고 마음 약했던 이방원은 결국 분노로 인해 신치규에게 폭력을 휘두르게 되고, 그 죄로 감옥에 가게 된다. 그러나 그는 자기의 죄에 대한 후회보다는 돈이 없어 아내를 빼앗기고 감옥에까지 들어온 것에 대한 억울함을 더욱 느끼게 된다. 그리고 감옥에서 풀려나온 그는 분한 생각에 두 사람에게 복수할 생각을 갖게 되고, 물레방앗간으로 아내를 데려간다. 그는 그곳에서 칼을 들이대며 함께 도망치자며 다시 한번 아내를 설득해 보지만, 그녀는 더욱 냉담하게 그를 대한다. 그리고 소설은 결국 살인과 자살이라는 두 사람의 죽음으로 파멸적인 결말에 이르게 된다.

〈뽕〉은 아편쟁이며 노름꾼인 김삼보와 노름을 해서 얻은 아내 안협집과의 비정상적인 부부관계와 안협집을 탐내지만 번번히 실패하는 삼돌이의 이야기가 가난한 농촌을 배경으로 펼쳐진다.

노름빚 대신에 데려온 안협집의 존재는 김삼보에게 있어 돈의 대용물 이상의 가치를 지니지 못하며, 따라서 두 사람의 관계는 애정으로 이루어진 정상적인 부부관계가 아닌 돈에 의해 맺어진 종속적인 관계이다. 당연히 김삼보는 아내를 돌보지 않으며, 오히려 아내의 매춘 수입으로 계속해서 노름판을 전전한다. 안협집은 처음에는 할 수 없이 매음 행위를 하지만, 나중에는 자신의 성을 이용해 적극적으로 매음 행위를 하며 돈을 번다. 두 사람의 관계는 인간의 원초적인 욕망과 물질적인 탐욕으로만 유지되는 것이다. 그런 두 사람 사이에 뒷집의 머슴 삼돌이가 끼어들면서 갈등이 유발된다. 마을의 반반한 여자는 모두 건드려 본 삼돌이는 온갖 수단을 동원해 안협집을 유혹한다. 그러나 아무리 정조가 헤픈 안협집이지만 돈도 없고 보잘것없는 삼돌이에게는 관심을 주지 않는다. 하지만 동네에 이상한 소문이 나돌게 되자 억울한 안협집은 남편에게 자신의 죄없음을 하소연한다. 그러나 이미 아내의 음행(淫行)에 암묵적인 동의를 하고 있던 김삼보는 그런 소문과 하소연에 아무런 반응도 나타내지 않는다. 삼돌이로 인해 폭력이 오가는 한바탕의 난리를 치르고 난 뒤에도 남편으로서의 김삼보의 추궁은 더 이상 계속되지 않고, 아무런 일도 없었다는 듯이 또 다시 노름판을 찾아 떠난다.

비정상적인 부부관계, 매춘, 노름 등 부도덕한 인간의 적나라한 본성이 들끓고 있는 이 작품은 물질과 성에 대한 탐닉에 젖어 있는 당시의 인간 군상과 어두운 세태를 반영하고 있다. 노름으로 한 밑천 잡아보려는 김삼보, 매춘으로 남편의 노름돈을 대주는 안협집, 수단 방법을 가리지 않고 여자를 유혹하려는 삼돌이, 이들 세 사람은 인간적인 삶의 기반을 잃고 질곡의 고통으로 신음하던 당시 대부분 민중의 상징적인 인물들인 것이다.

나도향 연보

1902년　3월 30일(음력), 서울 남문 밖 양골(지금의 청파동)에서 아버지
　　　　나성연(羅聖淵)과 어머니 김성녀(金性女) 사이의 6남매 가운데
　　　　장남으로 태어남. 도향(稻香)은 그의 아호이며 필명으로는 주
　　　　로 빈(彬)이 사용되었음. 실제 본명은 경손(慶孫). 할아버지는
　　　　유명한 한의사였으며, 아버지도 의학을 공부함.

1908년(7세)　할아버지 재혼.

1909년(8세)　기독교 청년회관(지금의 YMCA)에서 주관하던 공옥(攻玉)
　　　　보통학교에 입학함.

1911년(10세)　아버지 경성의전(京城醫專)을 졸업함.

1914년(13세)　배재고등보통학교에 입학함. 이 시절 교우지를 편집하며
　　　　문예활동을 시작함. 동창인 박영희, 김팔봉 등과 사귐.

1918년(17세)　배재고보를 졸업함. 할아버지의 권유로 의학을 공부하기
　　　　위해 경성의전(京城醫專)에 입학함. 그러나 이 시기에 이미 문
　　　　학에 뜻을 두고 작가가 되기로 결심함. 할아버지와의 갈등으로
　　　　심적 고통을 받게 됨.

1919년(18세)　3월 1일, 고종(高宗)의 인산일(因山日)인 이 날 독립만세운

동이 일어남. 문학 공부를 하기 위해 할아버지가 집을 비운 틈을 타 노자를 훔쳐 몰래 일본으로 건너감. 와세다 대학 영문학과에 입학하려 했으나 학비 부족으로 꿈을 이루지 못하고 몇 달 만에 다시 귀국함. 귀국 후 「계명」이라는 잡지의 편집인으로 잠시 근무함.

1920년(19세) 경북 안동(安東)의 보통학교에서 교사로 근무함. 이 곳에서 일 년간 생활하며, 마쓰모도라는 일본인 여교사와 사랑을 나누게 됨. 일본인이라는 이유로 갈등을 느끼고 헤어짐. 이 시기에 씌어진 애정 소설 《청춘(靑春)》은 바로 마쓰모도와의 체험을 바탕으로 한 것으로, 이 작품은 6년이 지난 1926년에야 단행본으로 발간이 됨.

1921년(20세) 단편 〈출학(黜學)〉을 「배재학보」에, 〈추억(追憶)〉을 「신민공론」에 발표하며 본격적인 문학활동을 시작함. 배재고보 동창인 박영희의 주선으로 낭만파 문학 동인인 「백조(白鳥)」에 참여함.

1922년(21세) 1월, 「백조」 창간호에 첫 문단 데뷔작이라 할 수 있는 〈젊은이의 시절〉을 발표함. 이어서 〈별을 안거든 우지나 말걸〉(「백조」), 〈옛날 꿈은 창백하더이다〉(「개벽」) 등을 발표함. 11월, 「동아일보」에 장편소설 《환희(幻戱)》를 연재함. 장편소설로서는 최초로 삽화가 함께 그려져 나온 이 작품의 성공으로 대중적으로 문명(文名)이 알려지기 시작함. 이 무렵 단심(丹心)이라는 기생과 사랑에 빠짐. 신분 차이와 나이 차이로 인해 곧 헤어짐.

1923년(22세) 1월, 〈은화백동화(銀貨白銅貨)〉(「동명」)와 〈십칠 원 오십 전〉(「개벽」)을 발표함. 이어서 〈당착(撞着)〉(「배재학보」), 〈춘성

(春星)〉(「개벽」), 〈속 모르는 만년필 장사〉(「배재학보」), 〈여 이발사〉(「백조」), 〈행랑자식〉(「개벽」) 등을 발표함. 할아버지가 '철원 애국단 사건'이라는 사상 사건에 연루되어 함흥 감옥소에 수감됨. 곧 풀려나기는 했으나 이로 인해 병을 얻음. 이후 급격히 가세가 기울기 시작함. 조선 도서 주식회사에 근무함. 단편집 《진정(眞情)》이 발간됨. 〈여 이발사〉를 기점으로 초기 작품에 드러났던 애상적인 낭만주의 경향이 객관적인 사실주의 경향으로 변모하기 시작함.

1924년(23세) 3월, 〈자기를 찾기 전〉을 「개벽」에 발표함. 4월부터 「시대일보」 사회부 기자로 근무함. 6월, 평론 〈문단(文壇)으로 본 경성(京城)〉을 「개벽」에 발표함. 할아버지가 세상을 떠남. 「백조」가 폐간됨. 이 후 여관과 친구의 하숙집을 전전하며 술과 방탕의 생활에 빠짐. 이 무렵을 전후해 폐병에 걸림. 12월, 〈전차차장의 일기 몇 절〉을 「개벽」에 발표함.

1925년(24세) 1월부터 4월까지 장편소설 《어머니》를 「시대일보」에 연재함. 이어서 단편 〈J의사의 고백〉(「조선문단」), 〈계집하인〉(「조선문단」) 등을 발표함. 7월, 「여명」 창간호에 대표작인 〈벙어리 삼룡이〉를 발표해 호평을 받음. 이어서 〈물레방아〉(「조선문단」), 〈꿈〉(「조선문단」), 〈뽕〉(「개벽」) 등의 수작들을 연달아 발표함. 또한 수필 〈그믐달〉(「조선문단」)과 평론 〈부르니 푸로니 할 수는 없지만〉(「개벽」), 그리고 시(詩) 〈찾아나 볼까〉, 〈오늘엔 날더러 서방님 하지만〉, 〈사랑고개〉 등을 발표함. 연말에 새로운 도약을 위해 두 번째로 일본에 건너감.

1926년(25세) 3월, 〈피묻은 편지 몇 쪽〉(「신민」)과 〈지형근(池亨根)〉(「조선문단」) 등을 발표함. 6월, 궁핍과 폐병의 고통, 그리고 짝사랑하던 여인으로부터의 실연 등으로 인한 괴로움에 시달리다가 아무런 소득도 없이 귀국함. 마지막 혼신의 힘을 다해 소설 창작에 전념하려 하지만, 폐결핵으로 인해 다시 회복될 수 없는 최악의 상황에 처하게 됨. 마지막 작품이 된 〈화염에 싸인 원한〉(「신민」)을 미완성으로 남긴 채 8월 26일에 세상을 떠남. 〈벙어리 삼룡이〉가 「현대평론」 8월호에 '고(故) 도향'이란 이름으로 재수록됨. 중편 소설 《청춘》이 「조선도서」에서 발간됨.

1939년 　《어머니》가 발간됨.
1940년 　미완성 유고인 미정고(未定稿) 장편이 「문장」에 발표됨.

Hye Won World Best
Hye Won World Best

Hye Won World Best
Hye Won World Best